Magdalena Felixa
Die Fremde

Magdalena Felixa

Die Fremde

Roman

Aufbau-Verlag

ISBN 3-351-03037-1

1. Auflage 2005

Einbandgestaltung Henkel/Lemme
Druck und Binden GGP Media GmbH, Pößneck
Printed in Germany

www.aufbau-verlag.de

Die Fremde

Ich habe keinen Namen, gab mir selber viele, ich besitze nichts, habe nicht einmal Schulden. Ich habe mein Leben in Kartons verpackt. Fünf Schachteln. Mehr gibt es nicht her. Sie stehen in einem Keller. Die Adresse habe ich vergessen. Das meiste Geld gebe ich für Taxis und Zigaretten aus. Am liebsten reise ich nachts. Die Straßen der Nacht betören mich mit ihren aufdringlichen Reizen und zwingen mich zur ewigen Schlaflosigkeit. Jemand, ein Fremder, fährt mich, ich bezahle, und er ist nett zu mir, weil er mich fährt und nichts weiter von mir erwartet. Ich wandle durch die Nacht, die Straßen von Berlin, ohne Ziel.

Manchmal haben sie vergessen, eine alte Straßenlaterne auszutauschen gegen die eines berühmten Designers, und es leuchtet noch wie früher hier. Oft paßt das Straßenbild nicht zur Beleuchtung, sagte mir einmal ein blinder Klavierspieler, der wegen der weißen Nächte in den hohen Norden gezogen ist. Manchmal irre ich zu Fuß zwischen den gläsernen Fassaden umher, laufe durch die Straßen, die einen neu, andere nur frisch aufgeschüttete Bahnen schlafender Erde, und sehe zu, wie sie Häuser errichten. Groß. Schwindelerregend hoch. Stählern, unzerstörbar, wie spitze Reißzähne, die in den müden Himmel ragen.

Um den Platz herum, wo einst die Grenze war, ist es seltsam still. Ich liebe die stummen Baustellen, die nachts mit offenen Augen schlafen, wie ich es tue. An manchen Orten bitte ich den Taxifahrer, eine weitere Runde zu drehen. Sein Blick im Rückspiegel sucht in meinem Wahnsinn oder Drogen. Ich lehne mich zurück, weiß, er wird keine Fragen stellen, weil ich es bin, die ihn bezahlt, nachdem er drei Stunden mit laufendem Motor in der Kälte stand.

Die Dunkelheit ist mir das liebste. Sie leuchtet in allen Farben. Den grellen und den sanften. Die Dunkelheit gibt mir Geborgenheit, sie ist meine Verbündete, sie versteckt mich vor dem Unheil. Sie wird die Zeit eine Weile aufhalten und sie daran hindern, meine Spur aufzunehmen, falls ich im nächsten Augenblick fliehen muß. Ich habe keine Papiere. Ich lebe hier illegal. Ich lächle den Fahrer im Rückspiegel an, er ahnt nicht, welch schicksalhafte Macht er über mein Leben haben könnte.

Meine Freunde sind Neger, Kanaken, Schwule, Fliehende, Fremde. So wie ich. Ich mag Menschen, für die ich austauschbar bin, die nicht heucheln, verliebt zu sein. Ich sehe lieber ihre Begierden, als in ihre Seelen zu blicken. Ich will keine Fragen stellen. Ich mag, wenn sie um mich herum sind und mir aus ihrem Leben erzählen. Ich selbst bleibe lieber unsichtbar, ziehe es vor, daß man sich nicht an mich erinnert. Das Zuhören ist keine tugendhafte Eigenschaft meines Charakters. Es ist ganz eigennützig. Das Stakkato beruhigt mich. Ich schließe die Augen und höre zu. Hunderte Geschichten vom verpaßten Glück. Berlin, Stadt der Entzauberten.

Ich verfolge kein Ziel, strebe keine Aufgabe an. Ich habe viele Beschäftigungen ausgeübt und meine Bestimmung nicht gefunden. Habe in lichtdurchfluteten Räumen Gelehrten obskure Ideen erläutert und in dunklen Höhlen betrunkenen Menschen meinen weißen Hintern ins Gesicht gestreckt.

Mein Herz trägt tausend Wunden, und es blutet immer noch. Eines Tages wird aus ihm kaltes klares Wasser fließen, dann bin ich ein Engel oder tot. Vielleicht werden unsere Seelen zu einem dunklen Stern, der irgendwo von draußen auf die Erde herableuchtet und alles Irdische überdauert.

Eines Tages legte ich die Liebe ab wie einen Mantel und schloß sie ein in einen unauffindbaren Schrank.

Von Zeit zu Zeit vermag mir ein Heilmittel zu helfen: Der Atem eines Fremden, der nichts über mich erfahren wird, bis wir uns wieder trennen. Oft wache ich auf und weiß nicht mehr wo ich bin. Manchmal hat die Verwirrung ein Gesicht, manchmal ein weibliches, manchmal ein männliches, und einen Namen, den ich nicht mehr wissen will. Der Kuß eines Mannes ist ein Höllenfeuer, und wenn ich brenne und mein Herz brennt, brennt die Welt mit mir, und es wird endlich Frieden und still. Der Kuß einer Frau ist die Flut, in die ich meine Gedanken wie unruhige, silberne Fische in einem Netz hinauswerfe, und sie verstummen im weiten Meer.

Ich suche mir Menschen danach aus, wie sie eine Türklinke in die Hand nehmen. Es gibt Menschen, deren kleinste Bewegung Musik ist. Das Gehen, ein Augenaufschlag, wie sie ein Fenster schließen, den Kopf neigen, sich mit dem Finger über die Augenbraue fahren oder wie jemand sich durch einen Spalt in der Tür bewegt.

Die Menschen, die mir jemals etwas bedeutet haben, sind entweder ans Ende der Welt gezogen oder tot. Ich habe alles verloren, Vater, Mutter, Heimat, Liebe, Geld und Stolz. Ich habe keine Muttersprache, ich habe sieben Stiefmuttersprachen und kein Vaterland.

Ich bin hier auf der Durchreise. Dieser Landstrich beherbergt mich. Jemand wie ich fällt hier nicht auf. Die Stadt ist zu sehr mit sich selbst beschäftigt. Hier bin ich frei. Die Welt steht mir offen. Ich bin frei, so frei, daß ich mich vor lauter Möglichkeiten nicht entscheiden kann. Als wäre die Freiheit eine Naturgewalt, der wir Menschen nicht gewachsen sind. Die Flucht ist mir Geborgenheit. Warum muß jeder einen Platz finden in der Welt?

Frostklirrende Schatten

Ich wohne in einer Wohnung zur Untermiete. Der Vermieter nahm das Geld für drei Zahlungen und verschwand. Er ist auch nicht zurückgekehrt, als die nächsten drei längst fällig waren. Ich schlafe in einem Bett voller Träume eines anderen, esse von roten Tellern, benutze das Bad von jemandem, der gummierte Badematten liebte. An Klingel und Briefkasten steht kein Name. Mein Vermieter war froh, daß ich ihm keine Fragen stellte, und diese Freude beruhte auf Gegenseitigkeit.

Meine kleine Wohnung versteckt sich im Erdgeschoß unter der Treppe. Der knarrende Aufzug hält erst einen halben Stock höher. Sie hat einen kleinen Balkon, den ich mit ein paar Ratten teile. In ruhigen Stunden blicken wir gemeinsam in den Hof mit dem schütteren Rasen und dem kranken Ahorn.

Es ist ein schönes Haus mit frisch gestrichener, elfenbeinfarbener Fassade. Die Namensschilder sind aus Messing, und das Holz im Treppenaufgang riecht nach frischem Lack. Ich achte darauf, nicht allzu vielen Nachbarn über den Weg zu laufen, allen voran dem Hausmeister nicht, der einmal die Woche nach dem Rechten sieht. Es ist ein schönes Haus mit lauter höflichen, wohlsituierten Menschen. In den Nächten sehe ich die Silhouetten ihrer Gestalten von den leuchtenden Fenstern der gegenüberliegenden Stockwerke umrahmt. Ich betrachte ihre Bewegungen und höre der Melodie ihres Daseins zu. Sie hat die mathematisch genau wiederkehrende Regelmäßigkeit einer Fuge mit immerwährend gleichgesetzten Akzenten. Allein die Jahreszeiten wechseln. Es gibt eine Zeit des Blumengießens, eine Zeit des Vorhangzuziehens, des Kinderbeschimpfens, des Liebens, des schrillen Telefonklingelns, des Müllentsorgens und der heimlichen Treffen mit dem Liebhaber im Hof.

Jemand hat ein paar Gartenzwerge unter den Ahorn gestellt. Von meinem Balkon sehen sie aus wie eine müde Invasion Außerirdischer. Sowohl die Ratten als auch die Vögel begegnen den bärtigen Wichteln mit Ehrfurcht.

Ich habe einen Job als Übersetzerin bei einer Immobilienfirma. Ohne Arbeitserlaubnis und ohne Steuerkarte. Meine Aufgabe ist es, die Gespräche meines Arbeitgebers mit seinen Kunden zu übersetzen. Sie kommen aus Osteuropa, sind Schweizer, Amerikaner, Franzosen oder Chinesen, die in der Hoffnung auf das große Geld in die neue Metropole Europas gekommen sind.

Manchmal werde ich spätabends angerufen. Roman und ich teilen dieselbe Leidenschaft für die Dunkelheit. Ich bin seine Dolmetscherin, Krankenschwester und Privatsekretärin, übersetze seine Akten, jage ihm Vitamincocktails in die Adern oder fahre ihn, wenn er getrunken hat, durch die Stadt. Vor lauter Geschäftstüchtigkeit hat er es versäumt, die Landessprache zu erlernen. Er verläßt sich auf mich: Je übler und hinterhältiger die Vertragsbedingungen, desto eleganter und höflicher fällt meine Übersetzung aus.

»Wir treffen uns um zehn am Olivaer Platz. Sei pünktlich!« sagt er, obwohl ich mich niemals verspäte.

Ich öffne die Tür und steige in das silberne Kreuzfahrtschiff. Es ist die größte Limousine mit Stern.

»Soll ich fahren?« frage ich Roman.

»Wie geht's, was macht das Leben? Mach die Tür zu!« begrüßt er mich in seiner üblichen hektischen Art, ohne den Blick von der Straße zu wenden.

Unter meinem Hintern brennt die Sitzheizung.

»Und? Wie heißt du diesmal, wie möchtest du vorgestellt werden?«

»Was sind es heute?«

»Französische Chinesen.«

»Dann sag ihnen, mein Name sei Gertrud.«

Wir fahren in ein Restaurant, das berühmt sein soll für

seine Mittelmeerspezialitäten. Roman macht sich Sorgen um die Verdauung seiner asiatischen Gäste und ich um die Übersetzung all der Namen eßbarer Weichtiere. Doch die französischen Chinesen halten nicht viel vom Mittelmeer. Als wir das Lokal betreten, treffen wir drei Männer an, die gar nicht erfreut sind über Tintenfische und Muscheln. Wir wechseln den Ort, ich erkundige mich nach ihren kulinarischen Vorlieben.

»Chinesisch!« rufen sie im Chor.

»In einer fremden Stadt essen wir am allerliebsten chinesisch«, erklärt mir der Kleinste, der eine gelbe Krawatte trägt.

Roman fragt mich mit hochrotem Kopf nach einem chinesischen Restaurant, in dem auch Chinesen essen. Mir fällt nur etwas Thailändisches ein. Da schlagen unsere Gäste ein Lokal in Neukölln vor, das unter ihresgleichen einen guten Ruf genießt. Sie bestellen Speisen, die nicht auf der Karte stehen: Rindfleisch mit Mandarinenschalen, Kristalleisbein und Ochsenschwanz mit Eiweißblüten für Roman, kleine gebratene Schlangen, geschmorte Haifischflossen, Mandelmilchgelee für mich. Der Restaurantbesitzer, die Köche und die Bedienung unterhalten sich angeregt mit unseren Gästen auf Mandarin – die französischen Visitenkarten fliegen durch die Luft wie Spielkarten eines Zauberkünstlers. Sie wollen ein Lederwarengeschäft eröffnen, mit falschen Krokodilledertaschen. Doch in Wahrheit soll dort ein bißchen Geld gewaschen werden.

Ein paar Gläser Reiswein später übersetze ich für Roman chinesische Witze aus dem Französischen ins Russische, deren Pointen ich nicht verstehe. Der Stimmung schadet es nicht. Roman lacht schallend und aufgesetzt und singt daraufhin ein zweideutiges, russisches Liedchen. Unsere Gäste sind begeistert und kommen in diesem Fall gänzlich ohne meine Übersetzung aus. Die französischen Chinesen wollen die Kaution für die Ladenmiete in Krokodilledertaschen bezahlen. Roman hält das für den besten Witz des Abends.

Ich mag den Job. Er läßt mir freie Hand. Roman neigt nicht dazu, sich in Details zu verstricken. Er ist nett zu mir.

Ich bin ihm angenehm gleichgültig. Ich mag ihn auch. Manchmal, wenn wir allein sind in seinem kleinen Büro, lehnt er sich zurück auf seinem Stuhl, der seinem gewaltigen Körper sichtlich unterlegen ist. Die filterlose Zigarette im Mundwinkel, kneift er die Augen zu blitzenden Schlitzen zusammen, betrachtet mich und fragt nach einer Weile: »Hanna, Maria, Lea, Mimi, Clara, Gertrud, oder wie auch immer du heißt: Weshalb treibt sich so ein nettes Mädchen wie du auf der Straße herum, ohne zu irgend jemandem zu gehören? Warum machst du nichts Vernünftiges?«

»Was meinst du mit ›Vernünftiges‹?«

»Warum läßt du dich nicht heiraten? Manch ein reicher Typ wäre scharf auf dich.« Er blickt in mein entsetztes Gesicht. »Du kannst natürlich auch bei mir Karriere machen«, fährt er fort, und das »r« seiner »Karriere« knattert wie ein alter russischer Traktor. »Aber davon wirst du doch nur schneller alt«, sagt er mit einem Hauch von Überheblichkeit und plustert sich auf wie ein Gockel. »Du solltest es dir leichter machen. Heirate! Ich mache mir Sorgen um dich.«

Er macht sich keineswegs Sorgen um mich, aber er bezahlt mich gut. Es ist üblich für ihn, abgedroschene Phrasen zu benutzen, Sätze, die schon tausendmal zuvor gesagt wurden. Sie verwandeln Roman in ein Chamäleon, das sich vollkommen der jeweiligen Situation anpaßt, ohne zu verraten, was er wirklich denkt. Ich weiß nicht viel über ihn. Er ist immer auffällig und teuer gekleidet, riecht nach einer Mischung aus Zwiebeln, Hering und sizilianischen Zitronen. Er hat ein Haus hier und Kinder und auch sonst alles, was dazugehört. Seine Frau ist eine kleine Russin, die ihre betont teure Modekleidung gerne zwei Nummern zu klein trägt, ein nettes Wesen mit einer unzähmbaren Schwäche für Fingernagelstudios und Friseursalons.

In letzter Zeit gehe ich ausschließlich zu Fuß, und das Rauchen habe ich mir beinahe abgewöhnt. Nicht aus gesundheitlichen Gründen. Vor ein paar Tagen klingelte mein grünblaues Handy. Roman sprach in kurzen, atemlosen Sätzen, vielleicht auch nur, damit ihm die Zigarette nicht aus dem Mundwinkel fiel: »Mädchen, ich bin in Schwierigkeiten, ich muß dir kündigen, tut mir leid.« Dann fiel noch eines meiner Lieblingsworte, das schöne und elegante: »Insolvenz«. Es klebt dieser Stadt an den Fersen wie ein Fluch.

»Was ist passiert?« fragte ich schnell, aber es kam keine Antwort, nur ein Knistern. Pleite. Pleite. Pleite. Das drückt das Desaster besser aus. »Wo bist du?« versuchte ich es erneut.

»Es geht mir gut. Alles bestens. Ich melde mich, wenn ich wieder da bin.«

Ich hörte ein Knarren, vermutlich versuchte Roman zu lachen.

Mein Vermieter hat in seiner Wohnung nichts hinterlassen, was man im Falle eines Überflusses an Zeit gebrauchen könnte. Keine Bücher, keine Musik, kein Radio, keinen Fernseher. Die Ratten auf dem Balkon haben sich verkrochen, sind zur Jagd nach etwas Eßbarem aufgebrochen. Ich wünschte, sie brächten mir etwas mit. Es ist Herbst, die Wohnung hat keine Heizung. Nicht einmal einen Ofen. Ich wärme mich auf bei dem Gedanken an die Großeltern meiner Großeltern, an die verschneite Landschaft, die sie erblickten, wenn sie am Morgen die schweren Vorhänge vor den riesigen Fenstern ihres Anwesens öffnen ließen, an denen sich die schönsten Eisblumen rankten. Vor Kälte zitternd in den ewig ungeheizten Räumen, haben sie gelernt, das Frieren auszuhalten. Aus zartem Porzellan, dünner als Eierschalen, tranken sie ein Leben lang heißen Tee, flüssigen Duft, der ihnen von der anderen Seite der Welt in den unbarmherzigen Winter gebracht worden war, auf den Frühling und auf bessere Zeiten wartend.

Der Vater meines Urgroßvaters war ein leidenschaftlicher Spieler mit einer Schwäche für das weibliche Geschlecht. Neben einem halben Dutzend Mädchen, die von ihm schwanger wurden, mußte er die Mätresse eines Großfürsten aushalten, mit der er sich unglücklicherweise auch eingelassen hatte, obwohl er mit dem Großfürsten nicht an Reichtum mithalten konnte. Der Großfürst starb leider vor ihm, worauf die Haupteinnahmequelle der Mätresse versiegte. Später hat er seinen letzten Pferdestall verspielt, den Rest seines Erbes, beinahe alles an Familienbesitztümern, und vielleicht war er tatsächlich an der unglücklichen Heirat seiner Töchter schuld. Das jedenfalls warf ihm seine Frau für den Rest seines Lebens vor, danach ihre Töchter und wiederum deren Töchter, so daß die Geschichte mit der Mätresse des Großfürsten beinahe das einzige ist, was vom Familienbesitz übrigblieb. Dann kamen die Kriege und danach das kommunistische Regime. All der Glanz war vorbei, nur das Frieren setzte sich fort und wurde zu unserem Vermächtnis.

Ich starre die schmutzigen Wände an. Nach ein paar Tagen ist mein Körper kälter als der Montblanc auf der zerknitterten Postkarte in meiner Jackentasche, und ich kenne jeden Riß in den Wänden, hinter denen die Zeit stillzustehen scheint. Mein Telefon bleibt stumm. Ich wünschte, ich könnte mir etwas besorgen, das mir das Ausharren ein wenig erleichtert, doch mein Geld reicht nicht einmal für etwas zu essen. Meine Finger zittern, haben Sehnsucht nach einem Klavier. Es würde meine kalten Gedanken erwärmen. Ich stelle mir vor, das Holz vor meinen Augen sei ein Flügel und trommle eine halbe, winselnde Mondscheinsonate in die Tischplatte.

Wie viele Menschen leben in dieser Stadt? Wie viele Menschen leben in diesem Land? Mitsamt denjenigen, die keine Aufenthaltsbewilligung besitzen. Wie viele Nummern muß es demzufolge geben? Ich blicke auf das kleine Telefon auf dem Tisch. Wie viele Menschen warten wie ich gerade auf den Anruf ihres Lebens?

Ein paar Tage später habe ich mich an die Kälte gewöhnt, ich zittere nicht mehr. Man dreht mir den Strom ab. Ich mache einen Ausflug in die Vergangenheit und zünde ein paar Kerzen an. Der Hunger aber setzt mir zu. Ich bin müde, der Schwindel läßt im Kerzenlicht seltsame Gestalten über meinen Rücken und die Wände kriechen. Als das Loch im Magen unerträglich wird und die Kälte meine Muskeln lähmt, raffe ich mich auf. Ich male mir ein farbenfrohes Gesicht und ziehe los in das glühende Herz der abenteuerhungrigen Nacht.

Der Club ist überfüllt, nach längerer Unterbrechung hat er gerade wieder aufgemacht. Die Luft, die nach Rauch, süßlichem Parfüm und modrigem Keller riecht, sättigt mich für einen Augenblick, wenn auch auf eine unangenehme Weise. Mir ist schlecht. Die Musik hämmert die Müdigkeit aus meinem Kopf. Ich taue auf, setze mich neben eine kleine Gruppe von Leuten, die auf einem durchgesessenen Sofa herumlungern. Der vorbeifliegende Kellner nimmt an, ich gehöre dazu, und fragt nicht nach meiner Bestellung. Ich sehe mich um, erblicke ein paar bekannte Gesichter, doch keines, zu dem ich einen Namen wüßte. Die Jungs und Mädchen neben mir trinken viel und vertragen wenig. Sie sind auffallend modisch in die Uniform des Szeneviertels gekleidet. Obwohl sie kaum älter sind als ich, fühle ich mich wie die ältere Cousine auf einem Kindergeburtstag. Sie haben allesamt Kindergesichter. Der Kellner wirft schwungvoll kleine Tapas-Teller auf die Tische. Gierig schnappe ich nach den kleinen Brotstücken.

Plötzlich greift mir der pausbackige Junge links neben mir zwischen die Beine. Er muß mich mit dem Mädchen, das rechts von mir sitzt, verwechseln. Ich blicke in seine violett getönte Sonnenbrille. Er beugt sich vor, betrachtet mich eingehend, stellt lallend fest: »Nanu? Wo kommst du denn plötzlich her?«

»Vom Himmel gefallen«, entgegne ich kauend. Dabei versuche ich, seine Hand wegzuschieben.

»Du machst mich an. He, mach mich an!« fordert er mich auf.

Ich versuche aufzustehen, doch er packt zu und hält mich fest.

»Laß das«, zische ich, doch es geht unter im Dröhnen der Musik.

Die Mädchen neben uns auf dem Sofa kichern und sagen nichts. Bestimmt ziehen sie die Schuhe aus, wenn sie sich gegenseitig besuchen.

»He!« ruft mein Charmeur plötzlich, »willste ficken?«

»Nein, jetzt gerade nicht, mir wäre eher nach Essen.«

»Laß sie, mit der stimmt was nicht. Wer weiß, wo die herkommt, hinterher hast du noch Ärger«, sagt der andere und versucht, ihn loszureißen. Der Typ, der seine Hände nicht von mir lassen kann, stößt seinen Freund zurück. Niemand sonst schaut zu uns herüber, niemand interessiert sich für uns. Ich versuche mehrmals mich loszureißen, doch das Kindergesicht hält mich fest. Ich sehe seine Zunge aus dem Mund rollen, spüre sie über meinen Hals fahren.

»Komm her, mein Engel. Du bist mein Engel, vom Himmel gefallen, mein gefallener Engel«, dichtet er vor sich hin – vermutlich ist er in der Werbebranche –, während seine Lippen sich meinem Gesicht nähern. Ich weiche ihm aus, denke an all die Cherubim, Seraphim, die Erzengel, das ganze obere Verteidigungsministerium. Ich überlege, wer von ihnen einst berühmt war für seine kurze Gerade und trockene Linke. Währenddessen sitzt mein Verehrer schon beinahe auf meinem Schoß. Im Halbdunkel und mit der träge dahinfließenden Soulmusik im Hintergrund müssen wir wie ein liebestolles Pärchen wirken.

»Komm schon, heute ist meine Nacht, Baby, ich habe Geburtstag.«

Seine Indoor-Brille ist verrutscht.

»Warte, warte«, sage ich. »Gib mir eine Zigarette!«

Erwartungsfroh läßt er mich los. Während er mir Feuer gibt, greife ich nach seinem Glas und trinke es aus. Ich frage ihn nach seinem Namen.

»Michael«, sagt er.

»Danke«, murmle ich, »der ist es gewesen!«

Er blickt mich verständnislos an.

»Woher kommst du?« fragt er, während er zusieht, wie seine Zigaretten aus der Schachtel in meine Jackentasche verschwinden.

»Von dort, wo einer wie du nicht einen einzigen Tag überleben würde«, sage ich.

Als sämtliche Zigaretten in meiner Jackentasche stecken, stehe ich auf und gehe. Michael fährt hoch und will mich festhalten. Sein Freund schiebt sich dazwischen.

»Laß sie. He! Ich besorg' dir eine andere«, höre ich ihn, noch bevor ich in der Menge tanzender Körper untertauche.

Ich trete hinaus auf die Straße. Mein Magen versucht, die hastig verschlungenen Brotstücke loszuwerden. Mir ist schlecht. Wenigstens habe ich keinen Hunger mehr.

Das Planetarium

Der Herbstwind spielt seine kichernden Streiche, besonderes Vergnügen bereitet es ihm, ein paar feuchte, gelbe Blätter aufzuscheuchen. Sie fliegen durch die Straße, tanzen im Kreis, bevor sie, verbraucht und welk, liegenbleiben. Eines verfängt sich in meinem Haar. Ich gehe zu Fuß zum »Planetarium«, einem Lokal ein paar Straßen weiter, in dem ich einmal gearbeitet habe. Der Besitzer hat mehrmals gewechselt. Erst war es ein Club mit Mädchen, die auf kleinen Podesten zwischen den Gästen tanzten, dann ein Schwulenlokal mit sanfter Tanzmusik, danach ein Treffpunkt für Lesben, die mit öffentlichen Verkehrsmitteln aus den Vororten kamen. Jetzt verkehrt hier kein besonderes Publikum mehr. Ein paar krisenfeste Stammgäste, verirrte Touristen, einige Männer, die wie Frauen fühlen, und ein paar Frauen, als Männer verkleidet.

Das »Planetarium« mußte immer wieder wegen Drogengeschichten schließen. Eine dieser Geschichten war ich. Ich habe ein paar bunte Träume verkauft. An sorglose, abenteuerlustige Kids aus dem Westen der Stadt. Ihre Brüder und Schwestern aus dem Osten kauften sich lieber andere Dinge, wie beispielsweise elektronische Geräte, und hatten auch sonst andere Probleme mit sich. Die Pillen waren nicht der Rede wert. Ich habe nie mehr als eine an ein Gesicht verkauft. Sie waren dankbar, es war ein kurz aufglimmender Höhenflug in ihrem trostlos verwöhnten Leben.

Der Schöpfer dieser Höhenflüge war Pegasus, ein Freund von mir. Er bewohnte einen verlassenen Keller einer Siedlung in der Nähe des großen Flughafens, der in zehn Jahren von sich hören lassen wird. Pegasus wurde in Georgien geboren und war dort Professor für Pharmakologie. Hier fristet er sein Dasein als arbeitsloser Chemiker. Pegasus stellte die Pillen her, und ich streute sie in die Nacht. Eine Weile konnten wir auf diese Weise überleben. Eines Tages wurde er erwischt, konnte jedoch entkommen. Ich mußte eine Weile untertauchen.

Der jetzige Besitzer des »Planetariums« heißt Sebastian. Er ist sehr nett. Sein eigentlicher Beruf ist Schauspieler, seine große Liebe gehört dem Theater. Es leben unendlich viele Schauspieler in Berlin, sie fliegen hierher wie Zugvögel, die Nahrung vermuten, nicht ahnend, daß es ein wahrer Schauspielerfriedhof ist. Die Arbeitslosigkeit frißt sich langsam durch die Stadt und das gesamte Land. Systematisch zerstört sie ganze Berufsgruppen, löscht sie mit Hingabe aus. Am Theater hat sie besonderen Gefallen gefunden. Jahr für Jahr wird ein weiteres Schauspielhaus geschlossen. Sebastian hat nun sein eigenes eröffnet.

Es ist einer der Abende, an denen nichts los ist. Einsam drehen die Diskolichter ihre Kreise, die Musik ist laut, und niemand tanzt. An der Theke sitzen ein paar verlorene Seelen und halten sich an ihren Gläsern fest. Zwei Fahrradfreaks unterhalten sich über die Notwendigkeit der Erweiterung der Radwege im Westen der Stadt.

»Im Osten hat man damals noch was getan für die Leute«, sagt der eine vor sich hin.

»Halt die Fresse, Mann. Maul halten«, zischt der andere, ohne ihn anzusehen.

Dann erblicke ich Ariane. Sie sitzt in einer Ecke und unterhält sich mit einem Mann, der das Reden ihr überläßt. Sie ist schön. Ihre Bewegungen sind Musik. Ich überlege, wie lange wir uns kennen. Wir treffen uns, verlieren uns aus den Augen, um uns am anderen Ende der Stadt wiederzusehen. Ein paarmal haben wir zusammen gewohnt. In Wohnungen, Zimmern, Kammern, verteilt über die ganze Stadt. Wie ich hält sie sich von einem Job zum nächsten über Wasser. Von ihren Bildern, Skulpturen, Installationen könnte sie nicht überleben. Arianes Kunstwerke sind riesige Monumente. Am liebsten arbeitet sie mit Stein, Holz und schwerem Eisen, oder sie malt riesige Bilderfolgen in Öl, in denen sich die gleichen chaotischen Ausuferungen von Linien, Flächen und abstrakten Formen widerspiegeln wie in den Bewegungen ihres Körpers. Stundenlang ist sie imstande, mir deren Sinn und Aufgabe zu erläutern, doch ich mag ihre Werke aus einem einzigen Grund: Sie erinnern mich an intergalaktische Landschaften, atmosphärische Phänomene, Explosionen, Kollisionen im Sonnensystem. An die Bilder in dem großen, geliebten Astronomieatlas, der in der Bibliothek meines Großvaters lag.

Arianes Eltern sind anständige Schweizer Bürger. Der Vater ist gebürtiger Zürcher, ihre Mutter stammt aus der französischen Schweiz. Sie besitzen ein gutgehendes Antiquitätengeschäft. Ariane hat ein Sozialjahr Entwicklungshilfe in Indien absolviert. Das war ihr einziger Ausflug in die Welt der Anständigkeit. Wenn sie sich gut benimmt, bekommt sie von zu Hause Geld.

»Es ist furchtbar, bald Ende Zwanzig zu sein und Geld von den Eltern zu bekommen«, sagt sie oft.

»Es gibt Schlimmeres. Zum Beispiel gar keines zu bekommen«, tröste ich sie dann. »Außerdem sind deine Eltern ohnehin bis zur Besinnungslosigkeit geizig.«

Jeder Geldüberweisung eilen elend lange Briefe voller Schuldzuweisungen, Vorwürfe, Warnungen und Ermahnungen voraus, die Arianes Mutter mit gestochen scharfer Schrift sorgfältig auf handgeschöpftes Papier schreibt. Darin wird Ariane unermüdlich mitgeteilt, sie habe sich für den falschen Weg entschieden. Alles Künstlerische ist den Eltern nicht geheuer, wenn nicht eine Bedrohung. Sie besuchen gerne Ausstellungen, Konzerte, gehen ins Theater, aber für ihre Tochter wünschen sie sich eine gesicherte Zukunft.

»Warum wirst du nicht Kunsterzieherin, das ist wenigstens ein Beruf!« wiederholte Madame Zetti des öfteren in meiner Anwesenheit, während Ariane wutentbrannt, auf schweizerdeutsch fluchend, die Tür hinter sich zuknallte.

»Du hast keinen Vater und keine Mutter mehr, du kannst wenigstens keinem Kummer bereiten«, tröstete sich Madame

Zetti dann und sah mich milde lächelnd an. Eine schöne Frau, nicht ohne Sinnlichkeit. Vielleicht hat sie einfach zu lange in Zürich gelebt, der hysterischsten aller Städte, wo sie Arianes Vater kennenlernte und Ariane zur Welt brachte, um sie später auf die Steiner-Schule zu schicken.

Immer wenn Ariane und ich uns eine Wohnung oder ein Zimmer teilten, war bald darauf ihre Mutter zu Besuch erschienen. Ich wurde Zeuge eines sich ewig wiederholenden Familiendramas, das jedesmal in wüsten Beschimpfungen, beiderseitigen Nervenzusammenbrüchen und der sofortigen Abreise ihrer Mutter endete. Sie stritten sich gerne in meiner Anwesenheit. Meine Zurückhaltung spornte sie an. Ich kam nie in die Verlegenheit, aber wie luxuriös muß es sein, sich mit seinen Eltern zu streiten. Nach kürzester Zeit allerdings hielt es die eine oder die andere nicht aus, und man versöhnte sich am Telefon.

Ich gehe auf Ariane zu, wir umarmen uns. Ich küsse ihr Gesicht und sie das meine. Ihre dunkel umrandeten, grünen Augen leuchten auch in der finstersten Novembernacht. Ihre weiße Haut ist fast durchsichtig, man kann mühelos dem bläulichen Fluß ihrer Adern folgen. Ihre hellen Locken ragen in alle Himmelsrichtungen und lassen jede Bewegung ihres langen, geschmeidigen Körpers nachklingen.

»Wo warst du die ganze Zeit?« schreit sie mir lachend ins Ohr und schüttelt mich.

»Ich war hier, in dieser entsetzlichen Stadt. Wo sollte ich denn sonst hin?«

»Und? Warum sieht man dich nie?« schreit sie weiter.

»Viel zu tun«, sage ich, es klingt nicht sehr überzeugend. Sie hält mich mit ihren Affenarmen fest und schüttelt mich weiter. »Das ist George.« Sie zeigt auf einen zurückhaltenden Mann, der schüchtern lächelt. »Ich porträtiere gerade seine Mutter in ihrem Orchideengarten«, brüllt sie mit einem Nicken in seine Richtung. George ist das sichtlich unangenehm.

»Wie schön, mit Müttern kennt sie sich aus«, zwinkere ich ihm zu.

Er lächelt gequält und versteckt sich hinter einer Wolke aus Zigarettenqualm.

»Wie läuft es sonst?« will ich von Ariane wissen.

»Könnte besser sein.« Sie schreit jetzt nicht mehr.

»Und bei dir?«

»Gar nicht. Nichts geht. Es steht still.«

»Du siehst auch schrecklich aus«, sagt sie und verzieht das Gesicht.

»Ich bin am Ende.«

»Also wie immer.«

Wir lachen.

»Hast du außer dem da einen Job?« frage ich weiter und blicke wieder zu George, der sich nervös eine weitere Zigarette ansteckt. Arianes Skulpturen verkaufen sich nur schwer. Einmal bekam sie von einer Bank den Auftrag, einen Brunnen zu bauen. Es war ein Glücksfall. Keine Bank in Berlin vergibt mehr solche Aufträge. Die Zeiten sind schlecht, selbst für Bankgeschäfte.

»Ich restauriere einen Hauseingang. Stinkt nach Pisse, bringt aber etwas Geld. Und ich kratze Taubendreck von dicken Denkmälern. Sonst bereite ich mich auf meine Ausstellung vor. Und du?«

»Ich erfriere in einer fremden Wohnung eines fremden Herrn, der auf Nimmerwiedersehen verschwunden ist«, antworte ich achselzuckend. »Wo wohnst du?«

»Bei einem Freund.«

»Schön.«

»Er kann den Terpentingeruch nicht ertragen.«

»Wie heißt er?«

»Karl-Justus.«

Wir lachen.

»Ich habe einen elektrischen Ofen«, fährt sie fort, neigt ihren Kopf zur Seite und sieht mich an mit dem einen, bestimmten Blick.

»Ariane, es ist nicht meine Wohnung.« Ich versuche sie abzuwimmeln.

Ariane lacht siegessicher.

»Gib mir die Adresse!«

Ich zögere.

»Komm schon«, wiederholt sie mit Nachdruck. »Morgen früh, so gegen zehn, bin ich da.«

»Das wird wieder in einer Katastrophe enden«, murmle ich, während ich brav die Adresse auf eine Papierserviette kritzle.

Es ist ein kalter Sonntagnachmittag, an dem ich Ariane erwarte und hoffe, daß sie sich verspäten wird. Ich möchte kein Aufsehen erregen. Zu viele Menschen lungern zu Hause herum und langweilen sich. Gegen abend erscheint sie endlich. Statt des Elektroofens steht ein Mann neben ihr.

»Das ist Joseph«, sagt sie und stellt ihre Sachen in den Flur.

Es dauert lange, bis wir ihr Hab und Gut aus dem uralten Citroën, den nur noch ein breites Klebeband zusammenhält, in der Wohnung verstaut haben. Von da an scheint für uns die Sonne von Madagaskar: Ich starre ihn an, kann meine Augen nicht von ihm wenden. Seine Haut ist schwarz, manchmal von violettem, manchmal von indigoblauem Schimmer. Ich stehe da und glotze. Joseph betrachtet mich mit der Gelassenheit derer, die das Glotzen gewöhnt sind. Er amüsiert sich über mich. Eine besondere Freude bereitet es ihm, mich zu erschrecken. Vor allem nachts, wenn wir zufällig zur gleichen Zeit durch die dunkle Wohnung ins Bad oder in die Küche geistern.

»Ich bin besser dran als du«, sagt er.

»Wie meinst du das?« frage ich, als ich mich vom Schrekken erholt habe.

»Mir sieht man es nicht an, wenn ich rot werde«, antwortet er und bleckt genüßlich die Zähne.

Wir unterhalten uns auf französisch. Meins ist akzentfrei, seines perfekt. Zu Hause war er ein Popstar. Er drückt mir eine Videokassette in die Hand. Wir besitzen zwar keinen Recorder, doch gleich nachdem Joseph diese Tatsache mit

Bedauern festgestellt hat, beschließt er, Abhilfe zu schaffen. Einen Nachmittag später sitzen wir in der Wohnung zu acht: Mit uns lebt jetzt auch der restliche Teil der Band.

Joseph und seine Freunde lassen keine Gelegenheit aus, uns von ihrem Talent zu überzeugen. Tagsüber singt er seine Songs entweder in einer miesen Restaurantküche, wo er die Teller wäscht, oder während er Autos einseift, bevor sie in die Waschanlage fahren.

»Nie erscheint Weiß weißer, als von einem Neger geschrubbt«, singt er vor sich hin und freut sich über seinen Witz. »Ich bin Joseph Rabeson, Nachkomme schiffbrüchiger Seeleute und Piraten!« brüllt er, um harmlose Berliner zu erschrecken, und krümmt sich vor Lachen.

Zwei weitere Nachmittage später werden wir vom Hausmeister aus der Wohnung geworfen. Wegen der Lärmbelästigung und des fehlenden Mietvertrags. Wir lassen ihm keine Zeit mehr, die Polizei zu rufen. In wenigen Augenblicken sind unsere Sachen wieder in Arianes alter Karre verstaut. Wir stehen auf der Straße.

»Wohin jetzt«? frage ich.

»In mein Atelier«, beschließt Ariane.

Ihr Atelier liegt in einer heruntergekommenen Fabrik am östlichen Ende der Stadt. Das Gebäude zerfällt. Wir blikken bestürzt auf die Öffnung in der Mauer, die einmal ein Eingang gewesen sein muß.

»Kommt rein!« ruft sie. »Kommt schon!« Entschlossen marschiert sie voran.

Zögernd betreten wir die Ruine, während Ariane uns lebhaft von dem mürrischen Eigentümer des Grundstücks erzählt, der sich, nach vielen Auseinandersetzungen mitsamt Polizei, schließlich einverstanden erklärt hatte, daß sie und ein paar andere Künstler gegen ein bißchen Geld, bar auf die Hand, in der verlassenen Fabrik bleiben dürfen, bis sich ein Käufer finden würde. Bisher hätte sich aber niemand dafür interessiert. Die Ruine wartet eher auf ihren Abriß als auf einen Käufer.

Wir staksen Ariane hinterher. Die Fabrik besteht aus zwei Etagen und ist in mehrere Räume unterteilt. Wir blicken uns um. Die Reste der schmutzigen Fensterscheiben bleiben dunkel. Durch Ritzen in den Wänden und in den zugenagelten Fenstern dringen schmale, schwertförmige Sonnenstrahlen und zeigen uns Hunderte staubüberzogener Spinnweben ohne Spinnen. In den Ecken stehen an die Wand gedrängt ein paar Kisten aus hellem Holz in der Größe ausgewachsener Menschenkörper.

»Seht ihr, was ich sehe?« frage ich mit zitternder Stimme.

Alle nicken.

»Särge«, sagt Ariane und klopft an eine der verstaubten Holzkisten.

Mir ist nicht sehr wohl. Nur Joseph und die übrigen der Band freuen sich mit Ariane.

»Schau doch, sie sind nichts weiter als ein Reisegefährt in die Schattenwelt«, sagt Rakoto der Gitarrist, zerrt am Dekkel und versucht, eine der Kisten zu öffnen.

»Ein U-Boot, ein Flugobjekt, eine Geschenkverpackung, was auch immer!« ruft Ariane, und die Leere wiederholt es für mich.

»Warum gründet ihr nicht ein Bestattungsunternehmen?« erwidere ich, während ich in sicherer Entfernung weite Kreise um die Särge ziehe.

»Ich denke darüber nach, aber es gibt schon so viele in Berlin. Kommt, ich will euch oben mein Atelier und die anderen Räume zeigen!«

Wir schleichen durch die Hallen, fallen ein paarmal um ein Haar durch eines der zahlreichen Löcher im Boden in das untere Stockwerk. Oben sind die Räume hell und in ein Meer aus staubiger Luft getaucht. Ariane zeigt uns stolz ihre Werkstatt.

Wenige Tage später haben wir uns zwischen Staffeleien, Felsbrocken, Pinseln, Spachteln und Werkbänken eingerichtet. An die Särge habe ich mich schnell gewöhnt, sie wurden zu Sitzgelegenheiten, zu Arbeitsflächen oder zu

Lückenfüllern im morschen Holzboden. Ariane stellt uns einen ihrer Liebhaber vor.

»Das ist Hans«, sagt sie und deutet auf den Mann, der etwas unbehaglich neben ihr von einem Bein auf das andere tritt. Wir blicken abwechselnd zu ihm, dann zu Ariane, dann wieder zu dem Mann, bis sich die beiden endlich setzen. So hell und strahlend Ariane ist, so laut und kristallklar ihr Lachen und ihre Stimme, so düster und konturlos ist ihr Freund. Hans ist mindestens doppelt so alt wie sie, wirkt aber dreißigmal müder.

Bald lernen wir auch Oskar, Ella, Franka und Karsten kennen, die ebenfalls ihre Ateliers in der Sargfabrik eingerichtet haben. Irgendwann taucht auch der Eigentümer des Grundstücks auf und teilt Ariane mit, er sei mit der Ausstellungsidee nicht einverstanden. Wir bearbeiten ihn die ganze Nacht. Ein paar Tage später sehe ich ihn beim Herein- und Heraustragen von Arianes Skulpturen, sehe, wie er Ellas Gipskübel schleppt und hingebungsvoll dicke Stullen für uns schmiert. Wir haben jetzt sogar für ein paar Stunden am Tag warmes Wasser. Trotzdem wird es immer schwieriger, die Kälte länger auszuhalten. Nur Oskar kann das, aber der hatte jahrelang als Schiffsjunge auf einem Forschungsschiff gearbeitet, das um den nördlichen Polarkreis gefahren ist.

Joseph, Radanza, Datita, Patsy, Rakoto und Randafison besänftigen die kalten Nächte mit ihren Liedern. Da der Himmel seit Wochen in Grau zerfließt, sind Tag und Nacht kaum zu unterscheiden. Ich habe jedes Zeitgefühl verloren. Der Wind, der zwischendurch immer rauher wird, pfeift durch die klappernden, kaputten Fenster.

Immer wenn ich versuche, eines zu verschließen, ruft Joseph: »Laß es noch einen Augenblick auf! Mit dem Wind kommen die Vorfahren zurück. Sie wollen uns etwas erzählen.«

Doch ich kann ihre Stimmen nicht verstehen. Und mein Wunsch, nur noch ein einziges Mal die Stimmen meiner Eltern zu hören, wird immer unerfüllt bleiben. Ich verstehe nur etwas vom Frieren.

Jeden Tag werden Unmengen von Nahrungsmitteln herangeschafft. Ich stehe neben dem kleinen Elektroherd mit den riesigen Töpfen und betrachte Joseph, Radanza, Datita oder Patsy bei der Zubereitung. In ungeheurer Geschwindigkeit bearbeiten ihre geschickten Finger Fleisch, Reis und Gemüse. Wir reden über die Kälte. Ich will wissen, wie es sich für sie anfühlt, das Frieren. Sie lachen und erzählen mir, sie würden lieber vor Kälte zittern als vor Angst. Langsam geht uns wieder das Geld aus. Wir füllen unsere leeren Mägen mit Josephs Musik.

Gestern haben Ariane und ich einen kleinen Fang gemacht. Wir haben im Supermarkt um die Ecke einiges mitgehen lassen. Ein Brot, etwas Fleisch und Käse, Obst und ein Glas Oliven. Als wir den Laden verließen, waren unsere Manteltaschen leer, aber unsere Ärmel und Hosenbeine voller Delikatessen. Das mache ich nur mit Ariane. Sie schleppt mich an der Hand in irgendeinen Supermarkt und zerrt mich an den hohen Regalen vorbei. Sie gibt mir Anweisungen, wonach ich greifen soll, und jedesmal wundere ich mich mehr über ihren schlechten Geschmack. Während die Lebensmittel in unseren Ärmeln oder Hosenbeinen verschwinden, zischt sie immer wieder: »Das hier ist genauso existentiell wie die Scheißkunst!«

Wir haben eine hervorragende Technik ausgefeilt, uns satt zu essen und darüber hinaus Sachen einzustecken, ohne aufzufallen. Wir verkleiden uns als urbane Asphaltschimären und lächeln uns seriös, etwas streng und von oben herab an den Angestellten im Supermarkt vorbei. Vor den Überwachungskameras verstecken wir uns hinter weiten Kleidern. Bisher hat uns noch keiner erwischt.

Später bestellen wir in einem kleinen Imbiß türkischen Kaffee und Currywurst und ziehen unter den halb verwunderten, halb verlegenen Blicken des libanesischen Besitzers Salamis, Nudelpackungen und Dosen aus unseren Hosen und Pullovern und verstauen die Beute in unseren Rucksäcken und Taschen. Als wir den Kaffee getrunken haben und die Wurst gegessen ist, löffeln wir schweigend den Kaffeesatz und lecken gierig den Senf von unseren Papptellern. Plötzlich bricht Ariane in schallendes Gelächter aus.

»Was ist?« frage ich verwirrt.

»Stell dir vor, einer von diesen Lackaffen, mit denen du manchmal ausgehst, sieht dich so! Sieht dich den Kaffeesatz auskratzen! Und sogar den Papierteller verschlingen!« schnaubt sie und spuckt mich an.

Die Sargfabrik

Mit geborgtem Geld läßt Ariane Kataloge und Flyer mit ihren Objekten und Bildern drucken. Alle haben ihre Ateliers brav aufgeräumt und als Ausstellungsräume hergerichtet. Oskar, der hier als einziger den ganzen Winter über wohnen und sogar eisern weitermalen will, selbst wenn seine Farben einfrieren, ist bereit, seine Wohnung in einen anderen Teil der Sargfabrik zu verlegen, solange die Ausstellung läuft. Wir nageln die Löcher in den mehligen Wänden zu, behängen sie mit wirren Landschaften, keuschen Akten, monströsen Stilleben, abschreckenden Porträts. Wir verteilen in den Räumen Steine, aus denen Schönheit herausgemeißelt ist, Eisengitter, Holzblöcke. Wir schließen die Leuchtstrahler, Neonröhren, Lampen an, die wir uns von den Baustellen besorgt haben, wo Karsten und Oskar von Zeit zu Zeit arbeiten.

Anderthalb Wochen vor der Vernissage sitzen wir zusammen und lecken Briefumschläge an, in die wir die Flyer stecken. Acht Personen, tausend Umschläge, eine ganze Nacht. Wir albern herum und hören nicht auf zu kichern. Joseph sagt: »Ich bin schon ganz high von dem vielen Klebstoff.«

»Warum hat niemand selbstklebende Briefumschläge gekauft?« frage ich mit trockenem Mund.

»Ich wußte gar nicht, daß es so etwas gibt!« platzt Radanza los.

Wir brechen in wildes Gelächter aus. Oskar kommt vorbei, es ist schon sehr spät.

»Ich kann nicht schlafen«, sagt er und zieht meinen Körper an sich, ohne zu bemerken, daß vierzehn Augenpaare an seinen Lippen hängen. Erneut bricht ein hysterisches Gelächter aus. Ich löse mich aus seiner Umarmung und ziehe ihn zu den anderen. Ariane wirft ihm einen Stapel Flyer und Briefumschläge zu.

Ich weiß nicht mehr, welche Namen auf den kleinen, weißen Klebern standen, die wir auf die Umschläge drückten. Die Adressatenliste war endlos lang. Wir staunen nicht schlecht, als die meisten tatsächlich zur Vernissage erscheinen. Wir haben kein Geld für Catering, aber Joseph und die Band wollen sich um das Essen kümmern, wenn wir ihnen aufzutreten erlauben. Doch am Morgen der Eröffnung warten wir vergebens. Sie sind verschwunden. Später erfahren wir, daß eine der großen Tageszeitungen des Landes jedem Leser, der einen Schwarzarbeiter erwischt und ihn der Polizei ausliefert, eine Belohnung in Aussicht stellt. Statt Lotto oder Rubbeln hat nun die arbeitslose Bevölkerung eine neue Beschäftigung, um die viele freie Zeit totzuschlagen und sich nebenbei ein kleines Taschengeld zu verdienen.

Ariane nennt ihre Objekte »Amor und Psyche«, »Perseus' Nymphen«, »Prometheus«, »Pasiphae und der Stier« etc. Ich finde es etwas überspannt, die Titel albern, doch sie läßt sich nicht davon abbringen. Wahrscheinlich will sie damit die Kunstpolizei beeindrucken. Darüber hinaus muß sie ja auch ihre anthroposophische Vergangenheit bewältigen.

Die Skulpturen ragen wie gewaltige Riesen bis unter die hohe Decke der Sargfabrik, und die Lichtinstallationen leuchten in schillernden Farben. Eine Installation ist eine Wiese aus Licht. Tausende von kleinen, zarten Strahlern, die sich beim leichtesten Windstoß bewegen, sind an einem Kunststoffteppich angebracht. Von weitem sieht es aus wie leuchtendes Gras. Ariane hat darüber in zwei Metern Höhe eine Eisenschaukel installiert, auf der ich mit bauschenden Kleidern, wehendem Haar und blutigen Füßen schweben soll. Der Titel dieser Arbeit ist »Persephone«. Ich fand, sie sollte es einfach »Frau auf Schaukel über der Lichtwiese« nennen. Aber Ariane meinte: »Du bist das Tor zur Unterwelt.«

Sie taucht meine Füße in rote Farbe, und ich versuche die Leiter hochzuklettern, ohne auszurutschen. Während ich oben auf der Schaukel sitze und mein imaginäres Blut auf die Köpfe der Besucher tropft, habe ich die beste Sicht auf all die ernst blickenden, rauchenden, diskutierenden Kunstkenner, angespannte, schwarzgekleidete Gestalten, darunter auch Hans, ihr Geliebter. Ich bin froh, hoch oben, beinahe unsichtbar über Arianes Lichtwelten zu schweben.

Sie verkauft sechs ihrer Objekte. Eines an die spanische Botschaft, eine Skulptur kauft ein Mann aus Dahlem für seine Gattin, die in ihrer Freizeit auch einmal Bildhauerin gewesen ist. Ein Bild erwirbt ein Arzt, bei dem sie seit einiger Zeit in Behandlung ist.

Später, als die meisten Besucher verschwunden sind, bleiben wir bis zum Morgengrauen zusammen. Wir betrinken uns fürchterlich. Ariane will nicht aufhören zu heulen. Sie trennt sich von ihren Werken, wie andere sich von ihren Geliebten trennen. Sie verabscheut, verachtet die Menschen, die ihr Geld bieten für die Seele des Prometheus, Leto, Thetis und die ganze Besetzungscouch von Zeus. Am nächsten Tag jedoch zieht sie unbekümmert los, um sich für Unsummen von Kopf bis Fuß neu einzukleiden. Sie kauft elektrische Heizstrahler, eine Kamera, kauft eine große Kuckucksuhr und einen neuen Kühlschrank; Dinge, die Menschen eben besitzen. Ich bekomme ein Paar Ohrringe und alle anderen eine Menge Geschenke.

Eine Woche lang verwandelt sich die Ruine, die wir bewohnen, in einen berauschenden Garten, voll brennender Pfingstrosen und purpurvioletter Vanda-Orchideen. Um mich herum stehen strahlend weiße Milchsterne, feuerrote Granatapfelblüten und schokoladenfarbene Kosmeen. Um das Atelier zu durchqueren, muß man Büsche von Orangenblüten streifen, selbst in unserem improvisierten Badezimmer blühen still marmorfarbene Amazonaslilien.

Tagelang tun wir nichts anderes, als Musik zu hören, so laut, daß die morschen Balken zittern. Wir hören uns durch die gesamte Musikgeschichte. Ich tanze. Ariane kreischt und lacht. Ich springe auf die Holzkisten, werfe meinen Körper in wilde Verrenkungen und bade in ihrem hellen, wärmenden Gelächter. Wir können nicht schlafen, beobachten die Blumen in der Nacht, warten, bis einige ihre Köpfe auf den Stengeln senken und ihre Blüten schließen, während andere sie um Mitternacht öffnen. Es duftet nach fremden, fernen Welten. Die gewaltigen Farben bringen uns um den Schlaf. Wir stellen das Atelier um, packen Koffer und träumen uns den Panamakanal entlang, reisen in Gedanken von Sibirien bis nach Amerika.

Vom Rest des Geldes mietet Ariane sich eine schöne Wohnung. Sie will mich mitnehmen. Lachend sagt sie, die Räume seien riesig und zu unschuldig ohne mich. Ich lehne dankend ab. Sie weint, sagt, sie werde mich vermissen.

»Bald wirst du mich vergessen haben«, sage ich.

Ariane wird schnell erfolgreich. Sie hat mehrere Ausstellungen, kann viele ihrer Werke verkaufen. Langersehnte Stipendien fallen ihr auf einmal zu in einer Anzahl, die sie früher nicht zu erträumen wagte. Ich habe ein kleines Zimmer »auf Zeit« und einen neuen Job als »Barpianist«. Ich nahm ihn an, da die Hotelbar bereits zu früher Stunde stockfinster ist und das Klavier versteckt in einer Ecke steht. Dimitri, ein Freund, kennt den Hotelbesitzer und versicherte mir, er würde mit Sicherheit keine Fragen stellen. Allerdings müßte ich damit rechnen, daß er mich aus heiterem Himmel feuern könnte. Ich zuckte nur die Achseln. Obwohl es sich um ein kleines, gutgehendes Hotel in Mitte handelt, ist die Bezahlung miserabel.

Ich kann ein paar Jazzstandards auf dem Klavier klimpern, ein bißchen Klassik, damit erschöpfen sich aber auch schon mein Repertoire und meine Virtuosität als Pianistin. Für die hölzernen Ohren des Hotelbesitzers jedoch reicht es aus. Die ungarischen und tschechischen Barmusiker waren sich für die dunkle Ecke und den verdroschenen, uralten Bechstein zu schade. Nur der blinde Klavierstimmer beschwört seinen verblichenen Zauber immer wieder neu.

Der Hotelbesitzer hat sich bald damit abgefunden, daß eine Frau in die Tasten greift. Anfangs brachte ihn das etwas aus dem Konzept. Schließlich aber erwies er sich als Herr der Lage und forderte mich auf, in einem hochgeschlitzten Kleid zu erscheinen, möglichst in Rot. Ich sagte ihm, ich käme im Smoking oder gar nicht. Letzten Endes gab er sich auch damit zufrieden und zog ab in einer Art, wie sich die Menschen hierzulande aus dem Staub machen, in der Überzeugung, gerade ein Schnäppchen gemacht zu haben.

Ich lieh mir von Dimitri einen rumänischen Smoking aus dem Kostümbestand eines Freundes. Er ist weinrot und muß einem Kapellmeister gehört haben; das Rückenfutter ist zerschlissen, die Ärmel sind zerknittert und die Ellbogen ausgebeult.

Ich bekomme viel Trinkgeld. Für das Spielen oder aber auch, damit ich zu spielen aufhöre. Spätnachts öffnet so mancher Gast seine Seele und das Portemonnaie. Ich spiele drei Abende in der Woche vier Sets mit jeweils zwölf Standards. Geht mir der Stoff aus, improvisiere ich, spiele vom Blatt etwas Neues oder wiederhole eine alte Nummer einen Halbton höher. Am Anfang des Abends störe ich noch so manche angestrengte Geschäftsbesprechung, im Laufe der Nacht aber spreche ich aus der betrunkenen Tiefe gebrochener Herzen. Manche Gäste suchen mich auf an meinem klapprigen Flügel, wie verlorene Seelen den Beistand eines Geistlichen aufsuchen, um sich ein wenig zu befreien von der Last des Alltags und um etwas Trost zu finden. Ich aber versuche jedem noch so harmlosen Gespräch aus dem Weg zu gehen und jeden Kontakt zu vermeiden. Es wäre ein Kinderspiel für die Polizei, mich hier zu erwischen. Es war leichtsinnig genug, diesen Job überhaupt anzunehmen. Ich kämme meine Haare zurück, bis sie nicht mehr wie Haare aussehen, verzichte auf Schminke. Die meisten Gäste sprechen mich an mit: »Junger Mann.« Sie sind aber auch zu betrunken. Drei alte Damen aus Skandinavien kommen jeden Abend, wenn ich spiele. Sie hören als einzige wirklich zu. Sie tragen pastellfarbene Kostüme, Uhren an silbernen Ketten um den Hals. Ihre weißen Haare sind sorgfältig frisiert, an den Füßen haben sie Gesundheitsschuhe. Sie trinken eine Margarita nach der anderen, aber wirklich verrückt sind sie nur nach Cole Porter, Gershwin und Duke Ellington.

An einem dieser skandinavischen Abende taucht plötzlich wieder Ariane auf. Ich hämmere gerade, auf Wunsch der drei Damen, zum neunten Mal »I love you, Porgy« in die Tasten, obwohl ich sie mit meiner Interpretation von schwedischen Kinderliedern davon wegzulocken versuchte, als ich Ariane erblicke. Sie ist größer als die übrigen Gäste, die an der Theke herumlungern. Sie trägt ein dunkles Kleid, das ihre hellen Locken, die elfenbeinfarbene Haut und ihre Augen betont. Sie lacht wie immer, aber die Bewegungen ihres langen Körpers sind unkontrollierter als sonst, wie die eines jungen Tieres, das über seine eigenen Beine stolpert. Sie schlägt sich den Kopf am Torbogen der Lobby an, reibt sich die Stirn, winkt mir zu und schreit durch den ganzen Raum: »Hey Süße! Ich setze mich hierhin mit Hans und warte auf dich!«

Ich habe noch ein paar Nummern zu spielen, bevor das dritte Set zu Ende ist. Ich kenne die Lieder im Schlaf, mühelos kann ich dabei Ariane und Hans betrachten, wie sie sich angeregt unterhalten und dabei tief in die Augen schauen. Ariane sieht zu ihm auf mit dem stolzen und selbstzufriedenen Blick eines Kindes, das dem bösen Wolf beigebracht hat, an der Leine zu laufen. Sie führt ihn mir vor wie einen Fang, den wir damals im Supermarkt gemacht hatten, wie eine portugiesische Salami oder einen kalifornischen Wein.

Später, als ich mich in einer Pause zu ihnen setze, redet Hans mit heiserer Stimme unverständliches Zeug. Ich erfahre immerhin, daß er vor kurzem zu Ariane gezogen ist, einen Lehrstuhl an der Akademie der Künste hat und ein Atelier in der Größe einer Tennishalle über den Dächern der Stadt. Außerdem besitzt er ein Haus irgendwo da, wo sie alle Häuser haben, um voreinander zu fliehen und sich doch ständig, Tag für Tag, über den Weg zu laufen. Hans ist verheiratet, hat zwei heranwachsende Kinder und das Gesicht eines Mannes, der im Begriff ist, sich von seiner Frau zu trennen, verzerrt zu zwei Grimassen, eine voller Wankelmut und die andere voller Euphorie über die Neuentdeckung des anderen Geschlechts. Nur sein Daumen und sein Zeigefinger verraten seine Hingabe an die Kunst. Am liebsten aber schwafelt er über Politik. Sie werde doch immer schlimmer, die Politik dieses Landes. Ich bin müde und antworte ihm, ich würde mich nicht sonderlich für Politik interessieren. Ich sage: »Ich bin eine von denen, die man zu oft vor den Fernseher setzte, während die Eltern mit fliegenden Fahnen durch die Straßen gezogen sind, um für eine bessere Welt zu kämpfen.«

Er erwidert, die Menschen unseres Alters seien für ihn ein Rätsel, wobei er das Gesicht verzieht. Ariane sagt kein Wort, lächelt ihn immerzu an. Ich finde die beiden unerträglich. Für den Rest des Abends beschließe ich, ebenfalls nur somnambul zu grinsen und kein Wort mehr zu sagen. Daraufhin ist Hans von meinem »exotischen Schweigen« hingerissen und beschließt, mich noch diese Nacht in Stein zu meißeln. Ich betrachte ihn. Trotz der ausgelassenen Stimmung scheint er sehr angespannt zu sein, unentwegt schielt er nach allen Seiten, als werde er verfolgt. Einmal lächelt er, und ich bemerke seine grauen, kaputten Zähne. Ariane ist mit Hans zusammen, obwohl er unfähig ist, sich von seiner Frau zu trennen. Er erwähnt sie ununterbrochen und ohne den geringsten Anlaß. So leben sie genaugenommen zu dritt in ihrer schönen Wohnung in der Nähe des alten Wasserturms.

Nach diesem Abend sehen wir uns wieder häufiger. Ariane wird immer magerer, ihr Gesicht fällt ein, ihr herrliches Haar verliert seinen Glanz, ihre prachtvolle Gestalt sackt allmählich in sich zusammen. Manchmal fängt sie aus heiterem Himmel an, mit den Händen zu zittern, bringt es nicht fertig, einen einzigen Satz zu Ende zu sprechen, aber gleichzeitig mit dem Reden aufzuhören. Ihr Gang wird auf einmal ganz unregelmäßig, plötzlich geht sie ein paar Schritte neben mir sehr schnell, dann wieder einige besonders langsam. Immer wieder höre ich: »Hans«, doch mir kommt es vor, als würde dieser Hans einfach nur alle Jugend aussaugen, Arianes ganzen Lebensmut verschlingen, sonst nichts. Er muß einen enormen Hunger haben und eine große Macht über sie. Eines Tages sagt sie zu mir: »Ich will ein Kind von ihm.«

»Wozu? Er hat schon zwei«, sage ich erschrocken. »Nicht einmal denen ist er ein guter Vater.«

»Die Vereinigung unserer Kräfte wird die Kunstgeschichte revolutionieren«, meint sie hartnäckig. »Ich möchte ihn heiraten und einfach ein Kind haben, wie Tausende anderer Frauen auch«, fährt sie fort in einem sanfteren Ton, »und endlich aufhören mit der ganzen Kunstscheiße.«

Aus irgendeinem geheimnisvollen Grund sehnt sich Ariane zurück in eine Welt, die geometrisch sauber geordnet ist, eine Welt, in der man heiratet und Kinder kriegt und zusammen Großes zu vollbringen versucht, mit dem Segen der Familie. Tief in ihrem Herzen spricht die Angst ihrer Mutter und des besorgten Vaters zu ihr, und sie schafft es nicht, sich davon zu befreien.

Hans zieht zu seiner Frau zurück, ohne Ariane zu verlassen. Sie kleben aneinander, und nichts verändert sich. Allein ihre Lichtinstallationen reisen um die Welt und werden überall, wo sie ausgestellt werden, begeistert empfangen.

An einem eisigen Wintermorgen findet man sie auf dem Fenstersims ihrer Wohnung im vierten Stock. Das Fenster weit aufgerissen, sitzt sie in blütenweißes Papier gehüllt in der bitterkalten Luft, ihre Haare verfilzt, der Blick wirr, der Mund verzerrt. Von unten betrachtet sieht sie aus wie ein großer Vogel, der kurz zuvor unter die Autoräder gekommen ist. Die offenen Fensterscheiben leuchten in der Sonne wie Flügel. Das behauptet jedenfalls die Nachbarin, die zu dem Zeitpunkt ihren kleinen Hund spazierenführt. Frau Sütfels hat Ariane auf dem Fenstersims entdeckt und, obwohl selbst im Rausch, dann die Feuerwehr gerufen, die sie herunterholte und in die geschlossene Anstalt brachte.

Elf Stunden später kommt ihre Mutter aus Zürich. Arianes Vater muß sich um das Geschäft kümmern und um seine Ausbildung zum biologisch-dynamischen Winzer. Madame Zetti weint, flucht und befreit ihre Tochter aus der Klinik. Sie bringt Ariane in ihre Wohnung zurück und sucht einen Therapeuten, gemäß ihren Ansprüchen, die kaum zu befriedigen sind, denn nur die Schweiz ist für sie der Hort von Gesundheit und Vernunft. Sie findet einen Berliner Analytiker, der eine Tante mit einem Nummernkonto in der Schweiz vorweisen kann. Madame Zetti ist zufrieden, etwas Besseres ist auf die Schnelle in dieser schmutzigen Stadt nicht zu finden. Viermal die Woche sitzt Ariane in seiner Praxis, und immer dann, wenn sie sich von seinen Sprüchen erholt hat, die sie Tag und Nacht vor sich hin murmeln soll, muß sie wieder hin.

Kurze Zeit später steht sie nicht mehr auf, bleibt einfach in ihrem Bett liegen, verläßt die Wohnung nur noch in Begleitung der Mutter, die zwei Köpfe kleiner ist und sie an der Hand führt, als sei das Mädchen im Kindergartenalter. In diesen Tagen besuche ich Ariane, so oft ich kann und Frau Zetti es mir erlaubt. Meistens werde ich abgewiesen.

Heute hat man mir noch einmal Einlaß gewährt. Madame Zetti öffnet mir die Tür. Blaß, mit hohlem Gesichtsausdruck. Ihr Körper seltsam gekrümmt. Wir setzen uns in die Küche, warten, bis der Arzt aus dem Zimmer kommt. Nervös fährt sie sich mit den Fingern durch ihr Haar, zuvor die perfekteste Frisur der Welt.

»Ariane ist sehr krank ...«, sagt Frau Zetti mit gesenktem Kopf, fast als würde sie sich schämen.

»Ich weiß«, erwidere ich und blicke zu Arianes Zimmertür.

»Wissen Sie, sie hatte das schon als Kind ...«, erklärt sie mir leise, ich will es nicht hören, sie bemerkt es. Ihr Körper sackt in sich zusammen, eine Sekunde später jedoch gewinnt sie ihre Fassung zurück. »Warum erzählen Sie mir nicht etwas über sich?« beschließt sie, um sich ein wenig abzulenken.

»Wollen Sie eine alte, rührselige Geschichte hören?«

»Waren Ihre Eltern auch Künstler?« fragt sie mit gequältem Gesichtsausdruck.

»Nein. Sie waren beide Ärzte.«

»Ariane erzählte mir einmal, sie seien bei einem Autounfall ums Leben gekommen«, bohrt sie weiter.

»So ist es gewesen«, antworte ich in der Hoffnung, sie würde anschließend mit dem Fragen aufhören. »Ich war fünf Jahre alt. Ich saß in dem Auto und schlief, als es geschah. Ich habe nichts gemerkt. Es war Nacht. Als ich wieder im Krankenhaus erwachte, sagte man mir, ich hätte Glück gehabt, meine Eltern hätten es nicht geschafft. Sie waren sofort tot.«

»Das ist schrecklich«, Madame Zetti verzieht wieder das Gesicht. Sie kann nichts dafür, sie erinnert mich an Ulrich Zwingli.

»Kann ich heute mit Ariane sprechen?«

»Wo sind Sie dann aufgewachsen?« Sie überhört meine Bitte. »Bei meinen Großeltern, bis diese sich einbildeten, ich müsse hinaus in die große weite Welt.«

Frau Zetti sieht mich fragend an.

»Ich habe eine lange Rundreise durch das gute alte Europa gemacht. Sie brachten mich nach Schweden, schickten mich nach England, Frankreich, Italien, Spanien, ich verbrachte eine Weile in Portugal, um schließlich in der Schweiz zu landen.« Ich zünde mir eine Zigarette an. Sie steht schlagartig auf und öffnet das Fenster.

»Bei wem lebten Sie denn da?« fährt sie sogleich mit ihrem Verhör fort.

»Bei Onkeln und Tanten.«

»Es muß schön sein, eine so große Familie zu haben, überall auf der ganzen Welt«, sagt sie und versucht zu lächeln.

»Nein, eigentlich nicht. Die ›Onkel‹ und ›Tanten‹ waren in den seltensten Fällen meine richtigen Verwandten.«

»Sondern?«

»Irgendwelche Leute, die meine Eltern oder Großeltern kannten. Die es sehr gut mit mir meinten.« Ich lächle Frau Zetti an, sie lächelt nicht zurück.

»Was ist denn so schlecht daran, daß sie es gut mit Ihnen meinten?« erwidert sie vorwurfsvoll, während sie die Nase rümpft.

»Gar nichts. Im Gegenteil, ich hatte das Glück, viele unterschiedliche, nette Menschen und ihre Kulturen kennenzulernen, manchmal in horrender Geschwindigkeit hintereinander, da manche mich leider wieder zurückschikken mußten, weil ihnen unglücklicherweise plötzlich etwas dazwischengekommen war.«

Ich glaube nicht, daß sie verstehen wird, was ich meine. Das macht nichts. Sie soll mich nur zu Ariane lassen.

»Mein Mann und ich, wir haben alles denkbar Mögliche für unsere Tochter getan.« Ihr Körper fällt wieder in sich zusammen. »Sie hatte eine schöne Kindheit. Sie ist uns immer nur davongelaufen.« Madame Zetti fängt an zu weinen. Ich hole die Flasche mit Kirschwasser von Arianes Regal herunter. Nehme aus ihrem Schrank zwei Gläser und fülle sie. Der Arzt tritt endlich aus dem Zimmer. Madame Zetti schluckt das Kirschwasser in einem Zug. Der Arzt redet leise und macht ihr Mut, Ariane würde es bereits viel besser gehen.

»Das kriegen wir schon wieder hin«, sagt er zum Abschied und geht. Frau Zetti bleibt starr in der Eingangstür stehen. Schnell, bevor sie mich davon abhalten kann, stürme ich in Arianes Zimmer. Sie liegt einfach nur da. Ich setze mich zu ihr: »Ariane, hörst du mich? Schau mich an!«

Sie sieht durch mich hindurch und sagt: »Jede falsche Bewegung wird dich das Leben kosten.«

Ich sage: »Ariane, sie legen eine neue Wasserleitung vor deinem Haus. Sie haben die ganze Straße aufgebrochen. Das ist alles.«

Da flüstert sie: »Sie haben dich geschickt, um mich auszuhorchen, aber ich sage nichts.«

»Ariane, du mußt aufstehen, du darfst dich nicht gehenlassen, darfst nicht den Stimmen folgen, nicht nachgeben. Sie haben keine Macht über dich. Bleib hier. Laß mich hier nicht allein. Steh auf, laß uns tanzen, laß uns alle bösen Geister verscheuchen.«

Ich ziehe ihren Körper hoch, aber er fällt zurück auf das Bett wie ein Sack. Frau Zetti stürzt ins Zimmer und reißt mich weg von ihr.

»Was fällt Ihnen ein! Sind Sie übergeschnappt? Ariane ist krank! Sie bleibt im Bett! Jou-Jou, ich habe dir Fotzelschnitten gemacht, die magst du doch so gerne. Das Apfelmus ist von Nanni Grittli.«

Ariane dreht sich um, starrt durch die Wand ins Leere. Frau Zetti deckt sie mit einem Wolltuch zu und setzt sich an den Bettrand. Sie spricht mit ihr, wie Mütter mit Säuglingen sprechen. Erzählt von der Schweiz, von frisch gepflügten Skipisten und den Winterferien, die sie bald gemeinsam verbringen werden. Ich wünschte, sie würde endlich aufhören, in dieser Art auf sie einzureden. Es ist widerlich. Am liebsten würde ich sie wegstoßen, von ihrer Tochter losreißen und Ariane mitnehmen. Doch man ist mir bereits zuvorgekommen und hat ihre Seele mitgenommen. Zum Abschied löse ich das rote Band von meinem Handgelenk und binde es um das ihre.

»Das soll dich vor den bösen Geistern schützen, hat mir einmal jemand gesagt.« Ich bilde mir ein, daß sie lächelt. Ich halte mein Gesicht ganz nah an ihres.

Einmal noch ruft sie mich an, fragt, ob wir uns treffen können, es gehe ihr wieder gut, die Mutter sei zurück in der Schweiz. Hans ist betrunken, sie möchte mit jemand anderem schlafen, sich verlieben, sie arbeite viel, habe ein paar Sachen verkauft, alles außerhalb des Landes. Berlin sei ein toter Ort, nächstes Jahr stelle sie aus auf der Biennale, ein Traum würde wahr, ich hätte ihr Glück gebracht mit meinem Armband, sie vermisse mich. »Brauchst du eine Wohnung? Komm zu mir.«

Ich sage: »Später« und »ich rufe dich zurück« und »ich umarme dich.«

Kurze Zeit darauf ist Ariane tot. Ihre Eltern finden sie in der Badewanne ihrer schönen Wohnung in Berlin-Mitte. Sie sind gekommen, sie für einen Skiurlaub abzuholen. Sie hat sich die Pulsadern geöffnet. All ihre Schönheit hat man in einen klobigen Sarg aus dunklem Holz gesperrt. Wenn sie wenigstens einen aus leichtem, hellem Holz genommen hätten, einen von denen, die herumstanden in der Sargfabrik.

Das Begräbnis gleicht einem Spektakel. Die Zeitungen beweinen das Ableben eines vielversprechenden Talents, es kommen Unmengen von Trauergästen. Aus der kleinen Friedhofskapelle quellen Trauben von Menschen. Unter ihnen ist auch Hans, der in der Menge mein Gesicht sucht.

Ich sehe dem Ereignis aus der Ferne zu, stelle mich hinter einen Komposthaufen. Ich bedaure, daß Joseph und seine Band nicht hiersein können, um Ariane mit Klängen aus Madagaskar in die Himmelssphären zu geleiten. Ich verzeihe ihnen, daß sie uns, kurz bevor sie endgültig nach Frankreich flüchteten, die neue Heizung in der Sargfabrik ruinierten. Die Kamera und die Kuckucksuhr, die sie mitnahmen, waren für mich ohnehin nicht von Bedeutung. Fremde, Menschen auf ewiger Durchreise, borgen sich gerne Dinge aus. Einen Regenschirm, Zeit, ein bißchen Geld, oder etwas Liebe. Fremde sind es gewohnt, nichts zu besitzen. Manchmal nicht einmal den Anstand, ihre Leihgaben zurückzugeben.

Opera Buffa

Nach Arianes Tod irre ich tagelang durch die Stadt. Ohne das genaue Datum oder die Uhrzeit zu wissen. Manchmal bleibe ich an einer Ecke stehen, nur weil ich das Weitergehen vergesse. Vielleicht aber auch, weil mein Herz schwer ist wie ein Stein und mich am Weitergehen hindert. Plötzlich sehe ich Ariane. Ich laufe mit schnellen Schritten auf sie zu, hole sie ein und will sie umarmen, doch dann blicke ich in das Gesicht einer fremden Frau. Menschen eilen an mir vorbei, ein paar Mädchen lächeln mir zu, Männer wollen mich ansprechen, doch ich sehe immer nur Ariane in ihrer häßlichen Holzkiste unter der Erde liegen und sage: »Wenn ihr wüßtet, wie schön sie war.«

Erschrocken wendet man sich von mir ab. So irre ich weiter mit aufgerissenen Augen und hohlem Gesicht. Irgend etwas tief in mir sagt: Geh! Gib nicht auf! Das Leben geht weiter. Bewege dich! Bleibe nicht stehen! Aber ich will es nicht hören. Allein meine Füße folgen der seltsamen Stimme; sie tragen mich fort, vorbei an den vielen Geschäften, immer weiter, bis ich plötzlich jemanden aus einem Lokal herausstürmen sehe, der mir hinterherrennt und mich ruft. Es ist hell, trotzdem kann ich ihn nicht erkennen.

»So bleib doch stehen, um Gottes willen, was ist los mit dir, Mädchen? Erkennst du mich nicht?!« Ein Mann hinter meinem Rücken schnappt nach Luft und nach meinem Arm. Ich drehe mich um.

»Dimitri«, murmele ich.

»Was ist denn mit dir passiert? Hast du gerade ein Gespenst gesehen?« spricht er, wild gestikulierend, und nimmt mein Gesicht in seine beiden Hände.

»Leider nicht«, erwidere ich benommen und befreie mich aus seinem Griff. Dimitri atmet auf.

»Na, wenigstens hat es dir noch nicht die Sprache verschlagen«, schimpft er und zerrt mich am Ärmel mit sich fort.

Ich wohne im Hotel Savoy. Dimitri hat mich bei sich aufgenommen. Er legt seinen Arm um mich und sagt immerzu: »Hör auf, so traurig zu sein. Alles wird gut. Die Trauer geht vorbei. Bald wird es nicht mehr so sehr weh tun. Wir Menschen sind dem Leben zugewandt.«

Seine Geliebte aus London, mit der er hier ein wenig Zeit verbrachte, mußte überraschend schnell wieder abreisen, da ihr Mann, ein angesehener Waschmittelfabrikant, einen Herzinfarkt erlitten hat und seit Tagen in einem katholischen Krankenhaus um sein Leben ringt. Versehentlich hat er bereits dreimal die Letzte Ölung empfangen. Fiona hat die Suite im voraus bezahlt. Für das Hotelpersonal bin ich die kleine, traurige Nichte des Grafen Poroschin.

»Für eine Woche sind wir versorgt«, sagt Dimitri mit der Geste eines Impresarios und wirft den Kopf zurück. Ich lächle ihn an, setze mich vorsichtig auf meine Hälfte des großen Doppelbetts. Wir blicken schweigend zum Fenster hinaus.

»Danach gehen wir wieder auf die Straße zurück«, setzt er plötzlich hinzu und fängt schallend zu lachen an. Dann fragt er: »Hast du Hunger?«

Ich nicke.

»Laß uns in die Paris-Bar gehen. Nach Mitternacht gibt es dort die besten Aussichten auf eine Einladung zum Essen.«

Wir werden von einer einsamen Frau eingeladen, die aussieht wie ein kleiner, eingewickelter Blumenstrauß. Ihr verwöhnter Körper ist in unzählige Lagen schwarzen hauchdünnen, sündhaft teuren Plissee-Stoffes gehüllt. Zu jeder vollen Stunde zieht sie ihre zinnoberroten Lippen nach. Gegen zwei Uhr früh hört sie auf, dafür ihren kleinen Spiegel zu verwenden. Gegen vier Uhr sieht sie aus wie ein Clown.

Dimitri bestellt immer neue Speisen für mich, während er der schwarzen Frau unaufhörlich zuflüstert, sie hätte die Eleganz der Maria Callas. Zum Abschied küßt er ihr die Hand und blickt ihr ein letztes Mal tief in die Augen: »Vergessen Sie Ihren armen Dimitri Poroschin nicht!« Da ist es, trotz der hohen Rechnung, schon längst um sie geschehen.

Am Tag unserer Abreise hat Dimitri seinen besten Anzug angezogen. Das Personal und die Hotelgäste verabschieden uns feierlich, als würden wir uns auf eine Weltreise begeben. In Wahrheit sind die paar Koffer um uns herum alles, was wir besitzen.

»Leben Sie wohl, Verehrtester! Vergessen Sie nicht in Genf meine Cousine anzurufen!« ruft uns ein weiblicher Gast hinterher, als wir in Dimitris Auto steigen.

Er nimmt mich mit zu Mircea. Wir fahren nach Kreuzberg, dorthin, wo es nicht mehr schick ist, wohin sich keine Touristen verirren. Aus den Autos dröhnen orientalische Disko-Klänge. Frauen mit Kopftüchern und unzähligen Einkaufstaschen verschwinden still in den heruntergekommenen Hauseingängen. Alte Männer lehnen zum Fenster heraus. Auf der Straße spielen ein paar kurzgeschorene Halbstarke mit einer leeren Dose Fußball.

Nach nur zwanzig Minuten Fahrt sind wir in einer anderen Welt angekommen. Wir sind Gäste hier. Man folgt uns mit Blicken. Auf der ausgetretenen Treppe kommen uns zwei kleine Jungen entgegen, der eine trägt unter dem Arm einen Fußball.

»Was wollen die denn hier?« höre ich den kleineren mit starkem türkischem Akzent sagen.

»Die Tunte besuchen, Alter«, entgegnet der mit dem Fußball.

»Hey, das heißt Schwulette, Mann!« kreischt sein Freund, es hallt durch den Hausflur.

»Arschloch«, brummt der Fußballbesitzer und schubst seinen Freund die Treppe hinunter. Die Unterhaltung verstummt drei Stockwerke tiefer.

Mircea lebt in einer winzigen Wohnung im fünften Stock. Er ist sehr schüchtern. Als wir uns begrüßen, entschuldigt er sich für seine schlechte Verfassung und das unfrisierte Haar. Sein Körper wirkt trotz der imposanten Fülle zierlich und klein. Sein Haar ist schütter, aber von einem vollkommenen Zitronenblond.

Das einzige Zimmer ist zugleich Wohnzimmer, Schlafzimmer, Gästezimmer, Studio, Übungsraum und Geheimkammer, unterteilt durch japanische Paravents. An den Wänden hängen neben- und übereinander unzählige Fotos. Auf den meisten ist ein auffallend schöner, junger Mann in Frauenkleidern abgebildet. Wir nehmen Platz und trinken Jasmintee. Mircea setzt sich neben mich und schlägt die Beine übereinander mit einer Anmut, die ich bei einer Frau noch nie gesehen habe. Ich betrachte die Fotos.

»Das bin ich«, sagt er leise, und es klingt etwas traurig.

»Er zählte zu den größten Countertenören der Welt«, sagt Dimitri und richtet sich auf. »Er war der Beste.«

Mircea blickt aus dem Fenster.

»Ich erzähle euch einen schmutzigen Witz«, sagt er in einem gespielt munteren Ton.

»Hast du etwas zu trinken?« fragt Dimitri und rettet uns vor dem Witz.

Mircea bringt uns etwas zu trinken, es brennt in der Kehle und ist klebrig-süß. Meine Augen folgen seinen anmutigen Bewegungen.

»Wohnst du alleine hier?«

»Nein«, sagt er kaum hörbar und lächelt mich an in einer Art, von der man nicht weiß, ob sie kokett ist oder schüchtern. Dann steht er auf und schlägt den purpurfarbenen Samtvorhang hinter meinem Rücken zur Seite. Ich blicke in eine Kammer, die bis unter die Decke mit glänzenden Kopfbedeckungen, Federn, Pharaonen-Kronen, Umhängen, Pelerinen, aufwendig bestickten Kleidern und perlenbesetzten Schals behängt ist.

»Ich lebe hier mit meinen Kindern.« Zärtlich streicht er mit der Hand über die Stoffe. »Es sind Kostüme der Bukarester Oper. Ich habe sie gerettet, teils gekauft, teils gestohlen, und dann über die Grenze bis nach Österreich geschmuggelt. Einzeln. Stück für Stück. Bevor das Opernhaus vollkommen zugrunde geht. Alles vor die Hunde geht … Sie hätten mich ins Irrenhaus gesteckt, wenn sie mich erwischt hätten. In Rumänien war ich fertig. Eine singende Tunte hat das Regime nicht geduldet.«

»Was machst du mit all den Kleidern?« frage ich.

»Ich pflege sie, ich liebkose sie, ich spreche mit ihnen, sie erzählen mir ihre Geschichte. Manche sind 100 Jahre alt. Ich ziehe sie an. Leider bin ich so schrecklich dick geworden, daß mir kaum mehr etwas davon paßt.«

Er zerrt einen roten Umhang von der Stange, wirft ihn sich über die Schultern, richtet sich auf mit stolzem Blick, und plötzlich höre ich ihn die ersten Takte von Bizets »Carmen« singen. Um Mircea herum lösen sich die Wände der Wohnung auf, die Mauern des Häuserblocks. Der Straßenlärm verstummt, sogar die kreischenden, hungrigen Krähen vor dem Fenster halten inne. Und für einen kurzen Augenblick gehören wir mit Haut und Haar der verzweifelt schönen Carmen der Bukarester Oper. Dimitri und ich klatschen Beifall. Mircea verneigt sich vor uns in einer würdevoll altmodischen Art.

»Bravo! Großartig!« rufe ich.

Er räuspert sich. »Meine Stimme ist furchtbar, ich hatte eine schreckliche Grippe. Wochen-, monatelang! Sie hat mir die Stimmbänder zerfressen«, murmelt er und senkt den Kopf. Er will nicht sagen, daß er trinkt. Warum sollte er? Man weiß es ohnehin. Ich gehe wieder zu der Wand, an der die Fotos hängen, und betrachte Mirceas vergangene Schönheit, während er sich mit Dimitri unterhält. Auf einem Foto sehe ich drei nackte, junge Männer sich in einem Bett räkeln. Einer von ihnen ist Mircea. Die Gesichter der beiden anderen kommen mir bekannt vor, ich frage: »Ist das nicht …?«

»Ja, das sind sie«, fällt mir Dimitri ins Wort.

Auf dem Foto erkenne ich einen berühmten Sänger und einen bekannten Tänzer.

»Mircea kannte sie alle!« ruft Dimitri mir zu.

»Es waren andere Zeiten«, flüstert Mircea verlegen und hängt den Umhang sorgfältig an seinen Platz. Er wirkt müde und angestrengt.

»Ich glaube, er will sich zurückziehen«, sage ich leise.

»Wir gehen ins Adlon, kommst du mit?« schlägt Dimitri vor.

»Nein«, er schüttelt den Kopf.

»Warum nicht?«

»Ich habe nichts anzuziehen«, antwortet Mircea.

Wir lachen.

»Komm mit«, versuche ich ihn noch einmal zu überreden.

»Nein, ich muß hierbleiben«, flüstert Mircea.

»Wieso?« fragt Dimitri.

»Ich muß nachdenken.«

»Worüber denn?«

»Über die Unsterblichkeit der Seele«, haucht er uns zum Abschied zu, während er hinter der beschmierten, mehrmals eingetretenen Eingangstür seiner winzigen Wohnung verschwindet.

Als es endlich dunkel wird, fahren wir in Dimitris uraltem Alpha Romeo Sportcabrio zum Adlon. Nach kurzer Zeit sind meine Gesichtszüge festgefroren. Das Verdeck ist undicht. Der Wind pfeift durch Löcher und Risse. In der Dunkelheit aber verwandelt sich dieser Haufen Schrott in einen rasanten Schlitten. In der Dunkelheit fällt es niemandem auf, daß Dimitris Kleider zerschlissen und verwaschen sind. Selbst sein schlecht gefärbtes Haar schimmert wie Ebenholz im Licht der Laternen, der aufleuchtenden Scheinwerfer, der künstlichen Beleuchtung in den Bars.

Wir kommen vor dem Adlon an, fahren jedoch, ohne stehenzubleiben, weiter, biegen in eine dunkle Seitenstraße ein, wo wir die Karre parken, und gehen zu Fuß zurück. Es ist der dreißigste Hochzeitstag von Dimitris Geliebter, der heute gefeiert werden soll. Er ist als Freund der Familie eingeladen, und ich begleite ihn.

»Bist du all die Jahre über mit ihr zusammengewesen?« frage ich, als wir über den roten Teppich schreiten, der durch das ständig schlechte Wetter langsam ins Braungrau changiert.

»Was glaubst du?« blinzelt er mir zu. »Für meine jakutische Behandlung gibt sie ihr Leben hin.«

Wir lachen.

»Dann sollte man heute auch dir gratulieren«, sage ich. »Weiß ihr Mann davon?«

»Er hat mich eingeladen«, lächelt Dimitri. In der Lobby nimmt man uns die Mäntel ab. »Siehst du die Frau hinter der häßlichen Vase?«

Ich blicke zu der jungen, brünetten Frau im pistaziengrünen Abendkleid.

»Das ist die Mutter seines Kindes, des jüngsten.« Dimitri lacht und tätschelt meine Wange, er weiß, ich verabscheue das zutiefst.

Wir betreten den Festsaal, tauchen ein in ein Meer aus gleißendem Licht, in ein amethystblaues, citringelbes, rubinrotes Strahlenmeer der echten und falschen Juwelen und irisierenden Schminke. Vom Glitzern der Abendkleider und Schmuckstücke geblendet, setze ich mich an unseren Tisch. Vor mir steht ein Kärtchen, auf dem »Begleitung von Herrn Poroschin« geschrieben ist. Ich lehne mich in meinem Stuhl zurück, lecke Basilikummousse von meinem Löffel und genieße die Namenlosigkeit. Ich könnte eine vergessene Cousine sein, eine Journalistin, die sich heimlich eingeschlichen hat, eine Geliebte der Tochter des Gastgebers, die Leibärztin eines drogenkranken Gastes oder einfach eine Obdachlose in Verkleidung. Vor meinen Augen ein Rausch aus Farben, ein Glitzern und Funkeln. Es riecht nach teurem Parfüm und in Rosmarin marinierter Lammkeule, nach Schweiß und nach Crème Brûlée.

Ich betrachtete die Musiker. Sie sind von Kopf bis Fuß in Weiß gekleidet. Die Männer tragen Anzüge und die Chormädchen lange Kleider. Sie spielen eine Nummer von James Brown, doch irgendwie klingt alles wie ein Walzer.

Der Gitarrist, der Bassist und der Saxophonist liefern sich einen Wettkampf, abwechselnd drehen sie ihre Verstärker auf, bis schließlich die Gitarre siegt und triumphierend in ohrenbetäubender Lautstärke ein Sechzehn-Takte-Solo rupft. Die Chormädchen lachen und verpassen beinahe den Einsatz.

Die heiteren Menschen auf der Tanzfläche hüpfen und schütteln ihre Körper, stampfen mit ihren überforderten Absätzen über den frisch gebohnerten Boden. Dazwischen versuchen madenweiße Kellner sich mit ihren Tabletts den Weg zu bahnen. Gespannt beobachte ich die klingenden Gläser, die sie hoch über den Köpfen der Tänzer balancieren, doch keines von ihnen fällt zu Boden.

Ich sitze allein an meinem Tisch und betrachte die tanzende Gesellschaft. Tanzende Torten. Kleine. Große. Torten. All die Damen in ihren wallenden Abendroben, zielsicher geschmacksverirrt in appetitanregendem Orange, Pink oder Türkis. Faustschläge auf die Augen, aber kunstvoll wie die Garnierung eines Konditormeisters. All das hochgesteckte Haar, das sich elektrisierend aufbauscht wie das Gefieder bei Hahnenkämpfen. All der bunte Schmuck, massiv, golden, nicht selten in der Größe von Wachteleiern. Beim Anblick der massierten, gecremten, glänzenden Haut, die wie Zuckerglasur feuchtklebrig über die Säume lappt, läuft mir das Wasser im Mund zusammen.

Einige Männer werfen mir kecke Blicke zu, während sie ihre tanzenden Frauen in den Armen halten. Sie suchen ihr Spiegelbild in meinem Gesicht, ein aufregendes, imposantes, großartiges, nicht das, welches sich in den Augen ihrer Ehefrauen spiegelt. Ich strecke ihnen die Zunge heraus oder zwinkere ihnen zu, wenn mir ihre Fliege gefällt. Einige Einsame fordern mich zum Tanzen auf. Ich lüge und sage, ich hätte mir den Knöchel verstaucht.

Ich möchte heute abend alleine sein und bin, trotz all der fabelhaften Torten, auch nicht hungrig. Der Hunger hat meinen Magen auf ein Minimum zusammenschrumpfen lassen, das zum Überleben reicht. Ich betrachte das Buffet und überlege, wie lange ich mich wohl von der gesamten Tafel ernähren könnte. Vielleicht werde ich im Laufe des Abends irgendein Verpackungsmaterial auftreiben können, um mir Carepakete zu bereiten.

Die weiße Band spielt anschließend Schlager der letzten dreißig Jahre, sie spielen ohne eine einzige Pause. Jemand sagt mir, es seien Russen, »extra aus Paris eingeflogen!« und »ganz besonders musikalisch!«

Irgendwann laufe ich hinaus, um eine Zigarette zu rauchen, betrachte den fernen, goldenen Engel vor dem wolkenverhangenen Nachthimmel. Winzige Dunsttropfen setzen sich auf dem uralten Chiffon meines Kleides ab, das in den Farben des Nachthimmels schimmert.

Das Kleid ist mir zu klein. Ich habe es von einer italienischen Malerin bekommen, die heute eine alte Dame im Rollstuhl ist, ihr Körper eine Winzigkeit. Ich versuche auf meine Bewegungen zu achten, damit die zarten, uralten Nähte nicht platzen. Ich muß seltsam darin aussehen. Unten ragen meine hageren Beine heraus, oben meine Arme, und es gibt meine breiten Schultern preis, die mein langes Haar nicht zu bedecken vermag. Ich mag das Kleid, weil es die Farbe des nächtlichen Wüstenhimmels hat und weil ich kein anderes besitze.

Das Brandenburger Tor prahlt im Scheinwerferlicht mit seiner neuen, frisch gepuderten Fassade. Dimitri tanzt mit einer alten Liaison, sein Blick taucht in ihr mädchenhaftes Dekolleté. Er wirbelt sie herum, dreht sie im Kreis über das Parkett, und all die lähmende Einsamkeit fällt mit einemmal von ihr ab. Die Kellner tragen mit konzentrierten Gesichtern einen turmhohen Kuchen herein. Die Spitze ist mit zwei schiefen, lachenden Marzipanfiguren verziert.

Ich sehe den Hausherrn mit der Brünetten im pistaziengrünen Kleid durch eine Seitentür verschwinden. Vielleicht erwartet sie dort in einem der Zimmer ein weiteres ungeborenes Kind. Ich trinke perlenden Champagner in leisen Zügen, bis ich kurze Zeit später Sodbrennen bekomme. Ein Kellner mit einem Tablett huscht vorbei, lächelt mich an, ich greife nach einem Glas Wasser, das meinen Magen ein wenig versöhnt, und betrachte die Gäste. Sehe die Selbstverständlichkeit, mit der sie sich bewegen, essen, trinken, tanzen. Wie sie Münder öffnen und sie wieder schließen, sich auf die Schenkel klopfen oder in die Brust werfen, wenn sie ein Glas mehr trinken, als ihnen bekommt. Sie sind sich in allem, was sie tun, so sicher, sind so überzeugt und ohne den leisesten Zweifel. Sie fühlen sich nicht einmal beobachtet von mir.

Irgendwann werden sie nach Hause wanken, in ihre warmen Betten fallen in ihren gut beheizten Wohnungen. Sie werden ihren Rausch ausschlafen, mit Kopfschmerzen erwachen, einen kleinen Ehestreit anzetteln, sich ein wenig aufregen. Über die Unordnung ihres Gegenübers, die Parkgewohnheiten des Nachbarn, die Verweigerung des Geschlechtsverkehrs.

Ich denke nie an die Zukunft. Für mich dreht sich alles um den nächsten Tag. Nicht die nächste Woche, nicht um das nächste Jahr. Wie luxuriös muß es sein, sich den Kopf über den nächsten Monat zu zerbrechen. Morgen, wenn ich aufwache, werde ich nicht mehr wissen, wovon ich übermorgen leben soll.

Ich kann Dimitri nicht bitten, mich erneut mitzunehmen. Es war liebenswert genug von ihm, seine Suite im Savoy mit mir zu teilen. Darüber hinaus besitzt er selbst keine eigene Wohnung. Nacht für Nacht schläft er seit Jahrzehnten bei seinen Geliebten. Einmal hier, einmal dort. Die nächste bei einer anderen. Alles, was er besitzt, liegt im Kofferraum seines Autos, und selbst dieses ist das Geschenk einer Gönnerin. Er meidet das Tageslicht, weil es die Wahrheit verrät über seine Armut, sein Alter und seine Gebrechen.

»Komm, ich stelle dich einigen Leuten vor. Sie wollen wissen, wer meine reizende, kleine Nichte ist«, schmunzelt Dimitri und bietet mir galant seinen Arm an.

»Ich möchte nicht.« Sanft versuche ich, mich ihm zu entziehen. Er ist enttäuscht. »Dimitri, das ist lieb von dir, aber ich will wirklich nicht.«

»Warum bist du nicht klug? Wenigstens ein bißchen.«

»Ich kann nicht. Ich bin keine Ballettänzerin«, erwidere ich.

Er lacht.

»Du hättest es sehr viel leichter im Leben.«

Ich lege einen Finger auf seinen Mund. Schweigend folgt er mir zur Garderobe.

»Wo wirst du jetzt hingehen?« fragt er.

»Ich habe eine Verabredung morgen, vielleicht ein neuer Job«, lüge ich heiter.

»Ich nehme dich einfach mit«, erwidert er entschlossen.

»Auf gar keinen Fall. Du hast genug für mich getan.« Ich greife nach seinen Händen und halte sie fest.

»Dimitri, mein Lieber! Kommen Sie doch zu uns! Wir unterhalten uns gerade über den Untergang der russischen Kultur«, ruft ein runder Herr im Smoking herüber. »Wir streiten uns. Über einen Straßenbahnfahrer in Sankt Petersburg! War es nun der Urenkel von Lenin, Trotzki oder Rachmaninow, aus dem ein Straßenbahnfahrer geworden ist?«

»Diese Schwachköpfe«, flüstert mir Dimitri zu und lächelt mich an.

»Geh! Geh! Erzähle ihnen ein Märchen!« Ich stoße ihn sanft von mir weg.

»Ich bin gleich wieder bei dir, lauf nicht fort«, sagt er zu mir, bevor er sich in seiner galanten Art den Herren an Tisch 11 widmet.

»Weder noch, mein Bester. Es handelt sich um den Urenkel Dostojewskis!«

Raubvögel und Seefahrer

Seit einigen Nächten schlafe ich in einer Jugendherberge am Stadtrand. Laut Werbung ist sie die billigste und gemütlichste der Hauptstadt. Tatsächlich ist sie vor allem die am weitesten entfernte. Allein zum Ostbahnhof braucht man eine ganze Stunde. Die Luft ist stickig, und es ist laut. Aber ich konnte dem Leiter der Jugendherberge glaubhaft versichern, daß ich keine Papiere besitze, weil sie mir zusammen mit Paß und allem Geld am Bahnhof Lichtenberg gestohlen wurden und ich jetzt in der spanischen Botschaft auf neue warten müsse. Noch kann ich auf sein Mitleid zählen.

Ich teile einen Raum mit sieben Mädchen. Zwei Koreanerinnen, zwei Italienerinnen, einer Irin und zwei Mädchen aus Österreich. Wir kommen sehr gut miteinander aus. Wenn nur das Fenster nicht wäre. Den Italienerinnen zieht es, den österreichischen Mädchen ist immer zu heiß, den Koreanerinnen alles recht und das Mädchen aus Irland betet. Rosenkränze. Mehrmals am Tag. Ich schließe mich den Koreanerinnen an und bekomme darauf prompt eine Einladung nach Seoul. Sie wollen mich auch unbedingt in Spanien besuchen.

Ich finde einen Job bei einem Getränkehändler, der »kräftige, junge Menschen als Aushilfe« sucht. Als er nach einem halben Tag begreift, daß ich keine Aufenthaltsgenehmigung habe, wandere ich von der Kasse ins Lager, das ich aufräumen soll. Hunderte von Flaschen leisten mir Gesellschaft. Große, kleine, braune, grüne, weiße, solche mit kurzem Hals und solche mit einem langen. Nach einem weiteren halben Tag, kurz vor Feierabend sagt er zu mir: »Hör mir mal zu, meine Perle. Ick wees ja, das de hier ohne Papiere bist. Ick würd dir ooch jerne helfn. Ick wees nur nich, wo du deene Talente hast. Sagen wir's ma so: Beim Mitanpacken biste nich jerade 'ne Wucht: Mädchen, du hast zwee linke Hände! Tut mir echt leid, du mußt dir en andern Schob suchen.«

Mit dem Geld, das er mir in die Hand drückt, kann ich gerade die Jugendherberge bezahlen.

Von den paar letzten klimpernden Münzen in meiner Hosentasche kaufe ich mir eine Fahrkarte zum Bahnhof Friedrichstraße. Die S-Bahn bringt mich in die Stadt. Ich will in der Uni vorbeischauen, um einen Blick auf das schwarze Brett zu werfen. Vielleicht hat jemand einen Job für mich. Unzählige Menschen laufen mit ihren Montagsgesichtern neben mir her. Müde. Unausgeschlafen. In Gedanken noch in ihren warmen Sonntagsbetten. Ich schlendre die Geschäftsmeile hinunter. Meine Gestalt spiegelt sich schwach in den Schaufenstern. Vor der Auslage einer Buchhandlung bleibe ich stehen. Dort liegt, gebettet auf seidenen, schwarzen Stoff, ein riesengroßer Astronomieatlas, wie ihn mein Großvater besessen hatte. Meine tauben Finger berühren das Glas. Als ich auf den Preis sehe, wird mir schlecht. Im Schaufenster sehe ich das Spiegelbild eines Mannes, der hinter mir steht. Ich drehe mich um und gehe weiter. Ich werfe einen kurzen Blick über die Schulter, bemerke, daß der Mann in meine Richtung geht. Ich laufe weiter. Bleibe stehen. Beobachte ihn im Spiegel einer gläsernen Geschäftsfront. Er bleibt ebenfalls stehen, immer ein paar Schritte hinter mir. Ich laufe weiter Richtung Humboldt-Universität. Jetzt weiß ich es mit Sicherheit: Er folgt mir. An der Kreuzung stoße ich zu einer Menschengruppe, die auf den Farbwechsel der Ampel wartet. Ich drehe mich um. Suche ihn. Finde ihn. Blicke ihm in die Augen. Er grinst unverschämt, als freue er sich, daß ich ihn endlich bemerke. Er ist klein und drahtig wie ein Zirkusakrobat und hat das Gesicht einer Ratte. Spitz und schmal. Mit leicht vorgeschobenem Gebiß und einem fliehendem Kinn. Blauschwarzes, dünnes und fettiges Kurzhaar. Seine kleinen Rattenaugen blitzen.

Ich folge der Menge über die Straße. Er folgt mir. Vor mir liegt der beschützende Eingang der Uni. Ich laufe schneller. Das Rattengesicht hält Schritt. Ich laufe mit Absicht am Haupteingang vorbei. Er ebenso. Dann drehe ich mich plötzlich um und renne, so schnell ich kann, zurück zum Portal, die Treppen hinauf. Erleichtert betrete ich die Eingangshalle, verschwinde in der trägen Masse schwatzender Studenten. Als ich aus einem Fenster blicke, sehe ich den Mann beharrlich vor dem Eingang stehen. Was will er von mir? Die Stadt ist voller Irrer.

Die Anschlagtafel ist gespickt mit unzähligen, weißen Zettelchen. »Suche«, »Biete«, »Verkaufe«. Stellenangebote gibt es keine. Enttäuscht gehe ich langsam die Treppen hinunter. Bleibe im Eingangstor stehen. Das Rattengesicht ist verschwunden.

Violettschwarze Nacht leuchtet sanft über dem Himmel der Stadt, in ewigem, stillem Wettstreit mit den vielen, grellen Neonlichtern. Manchmal flackern aufmüpfig kleine, stechend grüne Flecken der unzähligen, vorbeirasenden Scheinwerfer auf, manchmal winzige, eisblaue, die sich jedoch alle sogleich den kirschrot flammenden Reklameschildern über den Bars und Lokalen ergeben, deren betörend warmes Licht die fröstelnden Passanten verschluckt. Willig treten sie ein. Über den Köpfen der Menschen überstürzen sich wie Paukenschläge uralte, klappernde Schnellbahnen, zittern pfeilschnell herein, spucken ein paar blasse Menschen aus und sind sogleich wieder weg. Touristen schwirren lachend vorbei, vor den Clubs winden sich die üblichen Schlangen.

Tagsüber herrscht hier gähnende Leere, kein Mensch ist zu sehen, nur ein paar Kampfhundbesitzer mit ihren Tieren. Je aussichtsloser die Lebenslage, desto gefährlicher die Hunderasse. Verschlafener Müßiggang in den Cafés, die man untereinander scherzhaft »Büros« nennt, um dort die Vormittage hinter Zeitungen zu verbringen und ab und an ein neues, gescheitertes Gesicht in den Kreis aufzunehmen.

Ich sitze in der hinteren Ecke einer betriebsamen Bar. Den Zitronentee hat mir ein Herr spendiert, für den ich einen Brief ins Englische übersetze. Er ist Bauingenieur und will nach Schweden auswandern, weshalb er Kontakt mit einem alten Studienkollegen sucht, der vor Ort eine Baufirma besitzt. Er konnte mich nicht im voraus bezahlen. Nun ist er gegangen und ließ mich mit dem Zitronentee und lauter baufälligen, unübersetzbaren technischen Begriffen allein.

Am Tisch nebenan sitzen fröhliche japanische Touristen. Sie wollen heute abend lange blonde Beine sehen und versuchen vergnügt, das Wort »Friedrichstadtpalast« auszusprechen. Einer von ihnen hat Appetit auf ein Jägerschnitzel und zeigt begeistert auf das glänzende Foto in seinem Reiseführer.

Am anderen Ende des Cafés sitzt ein Mann. Heute nacht werde ich in seinen Armen liegen. Sein Gesicht ist still und ernst, sein schmaler Rücken gerade, obwohl es schon sehr spät sein muß. Ich kann seine Augen nicht erkennen, sehe ihn nur seinen Arm heben, der der ausgestreckte Flügel eines Raubvogels ist, schaue zu, wie er mit starken Fingern nach dem Glas greift, um es in rundem Bogen zum Mund zu führen, in dem die Dunkelheit verschwindet. Er sitzt allein. Sein Blick sucht mich nicht. Sein Körper ist nicht hungrig. Seine anmutige Gestalt erinnert mich an ein Bild von Vasco da Gama, das über der Rezeption des kleinen Hotels an der Algarve hing, wohin man mich als Kind für einige Zeit verpflanzte.

Das Hotel gehörte Alda, einer Freundin meiner Großmutter, die sich in einen portugiesischen Hotelier verliebt hatte und mit ihm in seine Heimat gezogen war. Alda und Luís nahmen mich liebevoll bei sich auf, obwohl sie von früh bis spät beschäftigt waren und eigentlich gar keine Zeit hatten für Kinder. Ihre eigenen drei waren längst erwachsen.

Die feine »Albergaria Atlântico« war das ganze Jahr über restlos ausgebucht, da sie unter dem Deckmantel einer Ferienresidenz als Seniorenheim diente. Eine edle Abschiebehaft für lästig gewordene Angehörige. Die meisten Gäste waren anspruchsvoll verschrobene, vor allem aber etwas unartige Rentner. Nicht selten kam es vor, daß man einen der Alten dort vergaß oder ihn einfach zum verabredeten Zeitpunkt nicht wieder abholte. Alda und Luís blieb dann nichts anderes übrig, als zu improvisieren. Unter großem Protest, nicht selten jedoch mit kindlicher Freude mußten sich die Alten dann die Zimmer teilen.

Ich verbrachte viel Zeit mit ihnen, fühlte mich mit den abgeschobenen Alten auf eine seltsame Art verbunden. Und sie machten meine Hausaufgaben: Rechneten, zeichneten, modellierten und schrieben Aufsätze für mich. Wenn es regnete, setzte mich Luís an die Rezeption, und ich durfte das Telefon bewachen, damit ich Portugiesisch lernte. Eine Sprache, die klingt, als wäre sie ein immerwährender trauriger Kuß. Manchmal jedoch saß ich einfach nur da und betrachtete die Ahnengalerie an der Wand über meinem Kopf, die Porträts der kühnen und stolzen Seefahrer.

Der Mann am anderen Ende des Cafés blickt in die Ferne. Er sitzt da wie ein Seefahrer, von dem man vergessen hat, ein Porträt zu malen. Heute nacht wird er in meinen Armen liegen. Vielleicht werden wir glücklich, vielleicht rauben wir uns nur den Schlaf, bis die Dämmerung durchs Fenster fällt.

Ich öffne die Augen. Ich liege in einem Bett, das mühelos eine ganze Familie beherbergen könnte. Die Laken, die Decken, die Kissen weiß und vor dieser Nacht gebügelt glatt. Auch das Zimmer ist groß, die offenen Flügeltüren verraten weitere, größere Räume. Die Möbel sind aus Chrom und Glas und schwerem Stahl. Es gibt kaum Holz. Die Wohnung sieht aus wie ein Büro, der Empfangsraum einer Immobilienfirma oder das Wartezimmer eines Prominentenarztes. Es ist die Wohnung von jemandem, der selten zu Hause ist. Dessen Arbeitsplatz der vertrauteste Ort ist, weswegen er seine Wohnung diesem Ort angleichen muß.

Ich blicke ihn an, weiß nichts über diesen Mann, kenne nichts aus seinem Leben, außer seiner Leidenschaft, seiner Lust. Ich kann mich kaum an den gestrigen Abend erinnern.

Irgendwann bin ich mit ihm gegangen, in sein Auto gestiegen, ohne Angst. Ich kann mich nicht an den Hauseingang erinnern, ebensowenig wie an die Treppen im Flur, ich flog mit geschlossenen Augen, mein Mund auf seinem, die Stufen hinauf, vielleicht drei, vielleicht vier Stockwerke lang.

Die Wohnung war im Dunkeln gesichtslos und ist im Morgenlicht gesichtslos geblieben. Das Zimmer ist sauber und starr wie auf einem Foto, perfekt bis ins letzte Detail. Keine einzige persönliche Geschmacklosigkeit. Die Designermöbel sind unbenutzt. Keine Flecken, Schatten, Kratzer. Seine Kleidung, die am Boden liegt, ist dunkel und teuer, seine Schuhe wurden für ihn in England gefertigt.

Sobald ich das Zimmer verlasse, wird er das Laken blitzartig von der orthopädisch korrekten Matratze reißen. Nichts mehr wird an meine Anwesenheit erinnern. Ein willkommener Gedanke. Ich bemühe mich, keine Spuren zu hinterlassen, hebe leise den Kopf, will verschwinden, bevor ich den Anflug eines schalen Nachgeschmacks verspüre, den einem ein frischer Morgen bescheren kann. Der Mann, dessen Küsse noch immer auf meinen Lippen brennen, schläft. Die langen Wimpern ruhen sanft auf seinen Augenlidern. Seine glatte Stirn, die ausgehöhlten Wangen, die schmale Nase, sein markantes Kinn bilden zusammen ein Gesicht, das ich gerne betrachte. Er sieht aus wie jemand, der nachdenkt, nicht wie jemand, der in tiefen Schlaf gesunken ist. Ich setze mich auf. Bevor ich mich erhebe, fahre ich mit meinen kalten Fingern über seinen weichen Mund. Ich möchte ihn noch einmal küssen, doch ich zögere. Ich will keine Zeit verlieren und über diesen Mann nicht mehr nachdenken, als es nötig ist.

Ich ziehe mich an, das Kleid, die Strümpfe, die Schuhe, meinen Mantel. Ich greife nach meiner Tasche und trete aus dem Zimmer. Dann begehe ich einen verhängnisvollen Fehler. Ich drehe mich um, will ihn noch einmal ansehen. Seine Augen stehen offen, er hat mir die ganze Zeit zugesehen.

»Mach's gut!« stammle ich. Es klingt ungeschickt.

»Mach's gut?!« zischt er. »Mach's gut? Einfach so?«

Seine Augen werden zu dünnen Schlitzen. Ich zögere und werfe einen verstohlenen Blick zur Tür, den er mit seinen Augen auffängt.

»Hast du es eilig?« fragt er schnell und setzt sich im Bett auf.

»Hör zu, es war schön heute nacht, warum belassen wir es nicht dabei?«

»Vielleicht habe ich keine Lust, es dabei zu belassen?«

»Du würdest dir damit aber eine Menge Probleme ersparen.«

»Was glaubst du, wer ich bin?«

»Vasco da Gama? Marco Polo? Heinrich der Seefahrer?«

»Machst du dich lustig über mich?«

»Nein.«

»Keine Sorge, wir werden uns nicht wiedersehen«, sagt er ruhig und etwas stolz.

»Einverstanden«, seufze ich befreit.

»Robert«, sagt er im gleichen Ton. »Ich heiße Robert.«

Ich schweige.

»Willst du mir nicht sagen, wie du heißt?«

»Lavinia«, lüge ich.

»Ein blöder Name.«

»Das finde ich auch.«

»Und? Weiter?«

»Kathrin.«

»Das glaubst du doch selbst nicht.«

»Filomena.«

»Warum sagst du mir nicht die Wahrheit«, fährt er mich an.

»Das ist die Wahrheit. Du kannst mich nennen, wie du willst.« Ich will augenblicklich verschwinden. Die allmählich erwachende Arroganz meines Nachtgefährten behagt mir nicht. Wir sehen uns schweigend an. Ich blicke nervös zur Tür und drehe mich um.

»Ich bin gestern gefeuert worden«, sagt er plötzlich. Sein Blick sucht in meinem eine Regung. »Ich bin arbeitslos«, wiederholt er.

»Ich habe es gehört, das macht doch nichts«, sage ich achselzuckend. »Das sind viele.«

»Das macht nichts?! Hast du eine Ahnung, was es bedeutet, von einem Tag auf den anderen eine Null zu sein?«

«Nichts anderes, als eine Zwei, eine Sieben oder eine Vierundzwanzig zu sein«, sage ich, und es macht ihn wütend.

Er wirft seinen Körper in die Kissen. »Ich habe nie gedacht, daß es mich treffen könnte. Arbeitslos, das waren für mich immer andere. Arbeitslos. Dieses Wort war bislang nicht in meinem Vokabular vorhanden.«

Er blickt aus dem Fenster. Ich bleibe vor ihm stehen, regungslos.

»Eines Morgens erwachst du in einem erstklassigen Hotel in Kuala Lumpur, wirst von einem Chauffeur zu einem Meeting gefahren, anschließend zum Flughafen, du fliegst nach Hause, du gehst in dein Büro, du erhältst einen Anruf, du wirst zu einem Gespräch gebeten, und dann – reißt der Faden ab.« Er stockt. »Enemenemuh, und raus bist du!«

Ich schweige, blicke auf meine an den Spitzen aufgerissenen Schuhe, die vor zehn Jahren einmal in Mode waren.

»Wegrationalisiert!« flüstert er. »Sie sind jung und hochqualifiziert, werden schnell etwas anderes finden ...«, murmelt er verächtlich vor sich hin.

Ich weiß, er erwartet, daß ich etwas sage, doch mir fällt nichts ein, das nicht banal wäre, plump oder lächerlich. Die Stille ist beklemmend. Er wird ungeduldig.

»Du bist irgendwie seltsam. Irgend etwas stimmt mit dir nicht.« Er schüttelt den Kopf. Auf seiner linken Wange leuchten hellrote Streifen, ein Abdruck vom Kissen.

»Du wirst einen anderen Job finden, alles wird gut«, sage ich dann doch, versuche, ihn aufzuheitern, aber schon beim Aussprechen dieser Worte verachte ich mich dafür.

»Sicher«, nickt er und preßt die Lippen aufeinander. Ich überlege, wie ich am schnellsten die Wohnungstür erreiche, um sie für immer hinter mir zuzuschlagen. Ohne mein Gesicht von ihm abzuwenden, bewege ich mich auf den Ausgang zu. Plötzlich springt er auf, packt meinen Arm und zieht mich ins Bett zurück. Ich stecke mitten in einer Angelegenheit, die ich unbedingt vermeiden wollte.

»Du kannst mich nicht abfertigen wie einen lästigen Bittsteller.« Er preßt meinen Körper an sich. Die Arme, die ich noch gestern nacht bewunderte, weil sie mich an die Flügel eines Raubvogels erinnerten, brechen mir fast die Knochen. Sein Körper, dessen Geruch ich vor ein paar Stunden noch einsog wie eine Droge, ist mir auf einmal widerwärtig.

»Laß mich nicht allein«, schluchzt er und bricht plötzlich in Tränen aus. Seine Arme lockern sich. Er sinkt in sich zusammen. Ich starre ihn an, regungslos, weiß nicht, ob es besser ist, sich auf der Stelle aus dem Staub zu machen oder aber diesen Menschen in die Arme zu nehmen und ihn für die nächsten fünf Minuten nicht alleine zu lassen. Zärtlich umfaßt er meine Taille, sinkt weinend in meinen Schoß. Wahrscheinlich bin ich, abgesehen von seiner Mutter, die erste Frau, die ihn so sieht.

Von draußen fallen Lichtstrahlen in das kühle Schlafzimmer, sie erkunden meine linke Gesichtshälfte, dann meine linke Schulter, meine Brust, meinen Bauch und seinen Kopf. Das Licht formt sich zu einem Heiligenschein. Fünf Minuten werden zu einer halben Stunde, Robert flennt atemlos in meinem Schoß wie ein Kind. Ich hebe meine Hand, zögere, dann streiche ich ihm über das Haar. Er hebt sein Gesicht, es ist glühend heiß, holt tief Luft und verkriecht sich erneut.

»Es ist alles vorbei«, dröhnt es dumpf. »Ich komme da nie wieder raus. Ich bringe es nicht!«

Dann plötzlich setzt er sich auf, sieht mich kurz an. Schlägt sich auf die Wange. Links, rechts. Fängt an, wie wild auf sich selbst einzudreschen. Bei jedem Schlag zucke ich zusammen. Ich fasse seine Handgelenke und versuche sie festzuhalten. Eine Zeitlang ringen wir miteinander, bis wir nicht mehr wissen, wer wen wovon abhalten will. Ungelenk ineinander verstrickt, fallen wir vom Bett, unelegant und so anders als in der Nacht zuvor, als unsere Körper blind den Bewegungen des anderen folgten. Wir rollen auf dem Fußboden weiter. Robert zuckt, er krümmt sich, schlägt mit den

Fäusten gegen das Parkett. Wie ein unfähiger Rettungsschwimmer werfe ich mich auf ihn. Er stößt mich erst weg, hält mich dann fest, preßt meinen Rücken zu Boden. Ich fühle seinen Rotz und seine Tränen in meinem Gesicht, er küßt mich. Wir küssen uns, bis wir uns beruhigen.

»Es tut mir leid«, flüstert er. »Verzeih mir, ich will dir nicht weh tun.«

»Ich bin nicht zimperlich«, antworte ich leise, obwohl das eine Lüge ist. »Hast du ein Badezimmer?«

Er richtet sich auf, um mir den Weg zu zeigen. Ich schließe mich ein. Lasse das Wasser laufen, um mich ungestört zu fühlen. Vor dem Spiegel liegen ein paar dünne Haarnadeln. Irgendwann einmal hat hier eine Frau gewohnt. Vielleicht mehrere. Nacheinander. Nebeneinander.

Ich blicke in den Spiegel, finde unzählige Frauengesichter. Als sie allmählich verblassen, sehe ich im kalten Glas voller Verachtung das meine. Während ich unter einem brühendheißen Wasserstrahl stehe, kommt mir der einzig sinnvolle Gedanke: Ich habe den richtigen Zeitpunkt zu gehen verpaßt.

»Bleib hier, bleib bei mir«, ruft er durch die Badezimmertür. »Laß uns zusammensein. Hier, in dieser Wohnung. Bis sie uns den Strom abdrehen, den Fernsehanschluß kündigen, das Telefon, die Heizung abstellen, das Gas, das Wasser. Laß uns zusammensein, bis sie mir meine Kreditkarten sperren und mir die Banken den Überziehungsrahmen kündigen. Bleib bei mir, bis wir nichts mehr zu essen haben und nichts mehr zu trinken.« Er hebt die Stimme: »Bleib hier, es wird nicht lange dauern. Bleib hier, bis nicht einmal mehr meine Gläubiger klingeln. Bleib hier, bis sie uns aus der Wohnung schmeißen und ich alle Möbel versteigert habe und all die anderen nutzlosen Gegenstände. Fahr mit mir, bis die Karre stehenbleibt. Laß uns die öffentlichen Verkehrsmittel nehmen, bis sie uns beim Schwarzfahren erwischen. Bleib bei mir, bis wir uns im Wahn vor Hunger gegenseitig auffressen«, schreit er. »Nur, verlaß mich jetzt nicht!«

Ich bin geblieben. Einen Monat. Vielleicht waren es auch zwei. Ich habe uns beide mit etlichen, nicht nennenswerten Jobs über Wasser gehalten. Er wollte mich unbedingt seinen Eltern in Düsseldorf vorstellen. Doch allein die Vorstellung daran bereitete mir Übelkeit. Ich habe nichts übrig für Zukunftspläne. Schon gar nicht zu zweit, oder zu dritt.

Bald darauf fand er einen neuen Job. Er ist jetzt Investmentbanker bei einem großen, brasilianischen Geldinstitut, das sich nun auch in Berlin niedergelassen hat. Aus Dankbarkeit begann er, mich mit teuren Kleidern, Parfüms, Schuhen und mit allem, wovon Frauen laut Werbung sonst nicht genug kriegen können, zu überhäufen. Die Tasche, die er mir schenkte, ist kaum größer als ein Briefumschlag und kostet mehr, als ich in einem ganzen Monat zum Leben brauche.

Ich wollte seine Kleider nicht. Ich kaufe sie mir lieber selber. Ich mag keinen Schmuck. Er engt mich ein, löst Juckreiz aus auf meiner Haut. Uhren trage ich nicht. Überall, wo ich hinsehe, hängen Uhren. Die Bücher, die ich liebe, lese ich in gut beheizten Bibliotheken oder in den Leseecken großer Buchhandlungen, die mich beherbergen, wenn ich nicht weiß, wohin. Die Musik, die ich liebe, lebt in meinem Kopf, und wenn sie laut werden will, dann singe ich. Ich habe nichts übrig für Trophäen, will selbst auch keine sein. Ein Objekt der Begierde vielleicht. Solange ich Lust dazu habe.

Robert ist glücklich, er mußte das Sozialamt nicht aufsuchen, mußte niemanden um Hilfe bitten. Bald wird er auch ein Mädchen kennenlernen, das zu ihm paßt. Er hat das Glück wiedergefunden, und ich verpaßte diesmal den richtigen Zeitpunkt nicht. Eines Nachts packte ich leise meine Sachen und verschwand. Die Geschenke habe ich in seiner Wohnung gelassen. Alle, bis auf einen Mantel, ein Kleid und ein Paar Schuhe. Ich werde sie brauchen. Die Luft riecht nach Schnee.

Nebelschiffe

Durch die kalte Winterluft geht ein warmer Zug. Mal siegt der Frost, mal der warme Luftstrom, der von sehr weit her zu uns gezogen ist. Vielleicht hat er sich aber auch nur hierher verirrt, weil unten, vor dem Eingang des kleinen, schäbigen Etablissements, in dem ich wohne, in leuchtenden Buchstaben »Pension Buenos Aires« steht.

Ich schließe das Fenster, meine Gedanken fliehen vor mir, fliegen zu meiner Großmutter und bringen mir die Erinnerung an sie. Ich sehe ihr schönes Gesicht, das alles Leid hinter der Heiterkeit verstecken konnte, ihre klaren, wachen Augen, ihre schöne Nase, ihr Haar, das wie goldenes Sommergras in der Sonne glänzte und in das sie ein Haarteil einflocht, wie es damals Mode war. Ich schließe die Augen. Vor mir steht ihre schlanke Gestalt, für ihre Zeit ungewöhnlich hochgewachsen, auch die Schultern ungewöhnlich breit für eine Frau. So steht sie vor mir, meine stolze, schöne Großmutter, die sich so sehr wünschte, eine Tänzerin zu sein, und deren Leben so wenig mit einem Tanz gemein hatte.

Wir gehen am Strand spazieren, die weiten, langen Beine ihres Hosenanzugs flattern im Wind. Sie hält mit ihren großen Händen, die sie in weißen Handschuhen versteckt, mal ihren hellen Sonnenhut mit breiter Krempe und schwarzem Band fest, mal ihre große, dunkle Sonnenbrille. Sie lacht und singt alte Tanzschlager, deren Inhalt ich nicht verstehe. Ich drehe mich im Wind, blinzelnd suche ich den Himmel ab nach kreischenden Möwen, die sich geschickt von den wechselnden Winden tragen lassen, um sich vom Fliegen auszuruhen. Ich versuche, es ihnen gleichzutun, laufe rückwärts, die Arme ausgestreckt, bis mich der Wind findet und meinen kleinen Körper vorsichtig vor sich herschiebt. Die

Wellen kräuseln sich übermütig, um sich gleich darauf zu unseren Füßen zu legen und mit ihrem zischenden Schaum unsere nackten Füße zu lecken wie kleine weiße Hunde.

Das Wasser ist peitschend kalt. Ich laufe meiner Großmutter davon, renne wieder zurück zu ihr. Ihre Schritte sind immer gleichmäßig und geschmeidig, mit wem und wohin sie auch geht. Wir laufen weiter. Ich sammle kleine Bernsteine, die die Wellen ab und zu an den Strand spülen, und suche fiebernd nach einem mit einer Mücke darin. Muscheln lasse ich liegen. Ich hüpfe zu meiner Großmutter und strecke ihr meine offene Kinderhand hin, staune, wie leicht die Steinchen sind. Sie zieht eine Zündholzschachtel aus ihrer Tasche, nimmt die Hölzer heraus und reicht sie mir lächelnd. Die Menschen drehen sich nach ihr um, wie sie am Wasser geht, sie schauen ihr nach, die Hosenbeine hochgekrempelt, mit krebsroten Nasen und ihren entblößten Armen. Die feinen Sandkörner kitzeln und stechen wie dünne Nadeln, wenn ein Windstoß sie in unsere Richtung scheucht. Die Dünen wiegen sanft ihre hohen Gräser. Ich blicke über die Weite dieser Landschaft, die sich in den breitflächigen, weichen Gesichtern der Menschen spiegelt, ebenso wie sich die Farbe der Ostsee in ihren Augen wiederfindet: nicht blau, nicht grün und auch nicht grau. Weit draußen auf dem Meer ein großes Schiff, verhüllt in Sonnennebeln. Vielleicht eines jener Schiffe aus Skandinavien, die sich hier für ein paar lumpige Devisen saubermachen lassen. Alle paar Schritte Schilder mit der Aufschrift: »Baden strengstens verboten!« Kaum einer hält sich daran.

Später sehen wir ein Passagierschiff aus Finnland im Hafen, umringt von Sicherheitskontrollen und dem Grenzschutz mit seinen kläffenden Hunden, die an ihren Leinen reißen. Wir tauchen in die Menschenmenge ein, die das strahlende Schiff bestaunt. So muß ein Raumschiff aussehen, denke ich mir und stelle mich auf die Zehenspitzen.

»Großmutter, wenn ich groß bin, werde ich Astronaut«, sage ich laut, aber sie ist, wie alle anderen, zu sehr mit dem

Schiff beschäftigt. Es hat einen so andersartigen Rumpf als alle Schiffe, die ich kenne. Die bunten Menschen, die hinter Stacheldrahtzäunen und Gittern aus dem Bauch des Schiffes steigen und sich in eine Schlange einreihen, um sich von den Grenzkontrollen filzen zu lassen, gaffen uns nicht minder verwundert an. Meine Großmutter zieht mich fort, sagt leise: »Wir müssen sehen, wie du hier rauskommst, das ist kein Leben mehr, hier, in diesem Land.«

Wir laufen weiter zu der Endstation, wo alles aussteigt, um das Meer zu sehen. Unterwegs kauft sie mir Schlagsahne mit Rosinen. Das ist das Feinste, was es hier gibt, eine kurze Zeit lang noch, bis unweit von hier, in der Werft, alles daniederliegen wird und sie bald darauf die Lebensmittelkarten verteilen werden.

Die klapprige Straßenbahn schüttelt uns in die Stadt zurück. Wir fahren vorbei an neu errichteten Plattenbausiedlungen, vorbei an dem Haus, das einst meiner Familie gehörte. Das im Krieg zerstört und danach wieder aufgebaut worden ist, um der Behörde für Volksgesundheit und Sport ein Dach über dem Kopf zu bieten. Ich drücke meine Nase platt an der Scheibe der Straßenbahn und schaue dem schönen Park nach, der das große Gebäude umringt. Meine Großmutter zieht mich sanft zu sich und hebt mich auf ihren Schoß. Später bringt sie mich ins Bett, ihr Gesicht küßt das kleine, fleckige, meine; sie riecht nach Wind und Meer.

»Großmutter, wann kommt Mama?« frage ich, als sie das Licht der kleinen Lampe löscht. Sie streicht mir im Dunkeln mit ihrer warmen Hand über die Stirn, und jeden Tag flüstert sie: »Bald, mein Kind. Sie kommt bald.«

Das Klopfen an meiner Zimmertür wird stärker. Ich wache auf, springe vom Bett und öffne. Vor mir steht ein unbekannter Mann.

»Krüger, Landeskriminalamt. Dürfte ich Ihnen ein paar Fragen stellen?« Ohne meine Antwort abzuwarten, tritt er ins Zimmer.

»Ja«, antworte ich zögernd.
»Wie lange wohnen Sie hier?«
»Ein paar Tage. Seit letzten Mittwoch.«
Sein Blick ist finster. Die Hände hat er in den Taschen seiner Jeansjacke zu Fäusten geballt. Der Polizist macht eine seltsame Figur. Auffällig unauffällig. Ein älterer, strenger Beamter in bemüht lässiger Straßenkleidung; Jeans, Turnschuhe. Er bemerkt meinen musternden Blick.
»Sagt Ihnen der Name Jurij Malinov etwas?« fragt er kalt.
»Nein.«
»Walerij Galkin?
»Nein, nie gehört.«
»Viktor Sokolov?«
Ich schüttle den Kopf.
»Und in der Invalidenstraße 49 sind Sie auch niemals gewesen.«
»Nein, tut mir leid. Warum sollte ich?«
»Vielleicht, weil sich dort das Büro Ihres Arbeitgebers Roman Sikorski befand, für den Sie drei Monate lang tätig waren.« Der Mann betrachtet mich, als könne er sich nicht entscheiden, ob ihn meine Reaktion auf seine Fragen anwidert oder einfach nur langweilt. Erschrocken starre ich ihn an.
»Nein? Immer noch nichts?« fragt er mich gereizt. »Sie können sich auch nicht erinnern, worin Ihre Tätigkeit für Herrn Sikorski und seinen Partner, Viktor Sokolov, bestand, nein?«
»Es tut mir leid. Ich habe mit diesen Herren nichts zu tun.«
»Verstehe.« Der Polizist sieht interessiert auf seine Schuhe.
»Wie heißen Sie?«
»Habe ich vergessen.«
»Wo sind Sie geboren?«
»Irgendwo dort, wo die Sonne aufgeht.«
Der Polizist bleibt ruhig, nur sein Kopf wird rot.
»Dürfte ich Ihren Personalausweis sehen?«

»Aber natürlich«, sage ich so ruhig, wie es mir gelingt, und fange an, in meinen Sachen herumzukramen. »Ich muß ihn in meine andere Handtasche gesteckt haben.«

»Sie tragen ihn nicht bei sich?« fragt der Polizist kaum erstaunt.

»Doch, doch, nur gestern hatte ich eine andere Handtasche mit.«

»Und wo ist sie jetzt?«

»Ich habe sie vergessen. Bei einem Freund!«

»Verstehe.« Der Polizist sieht mich nachdenklich an. »Wissen Sie was? Ich bin mit meinem Wagen da. Wollen wir ihre Handtasche holen? Wollen wir Ihren Freund besuchen? Wo wohnt er denn?«

»Er ist verreist.«

»Wie schön für ihn«, erwidert der Polizist müde lächelnd. »In diesem Fall fahren wir meine Kollegen auf dem Revier besuchen. Kommen Sie!« befiehlt er mir barsch. »Ich bin sicher, die werden sich über Ihren Besuch freuen«, sagt der Beamte abgeklärt. Er weist mit dem Kinn zur Tür: »Gehen wir!«

»Ich habe nichts getan. Sie können mich nicht einfach so festnehmen.«

»Ach nein?« der Polizist horcht erstaunt auf. »Stimmt! Sie haben recht.« Er richtet sich vor mir auf: »Hiermit zeige ich Sie an wegen Behinderung der Polizeiarbeit und nehme Sie fest.« Er zuckt gleichgültig mit den Schultern. »Komm, Mädchen! Gehen wir!«

Er führt mich die Treppen hinunter zum Ausgang. Er sagt kein Wort, blickt nur mürrisch vor sich hin. Pjotr, der Besitzer der Pension, ist in der Halle mit einem kaputten Prospektständer beschäftigt und schaut erschrocken auf. Vor der Tür steht sein Bruder Vladimir und grinst schadenfroh.

»Wir sprechen uns noch«, raunzt der Polizist den Brüdern im Vorbeigehen zu.

Draußen packt er mich am Ärmel und führt mich zu seinem Wagen:

»Hier entlang!«

Er zeigt auf seinen dunkelgrünen Wagen. Ich folge gehorsam. Er zieht einen Schlüsselbund aus seiner Jackentasche. Ich bemerke, daß er eine Waffe bei sich trägt. Er öffnet die Tür. Die andere Hand umkrallt meinen Arm. Sein Griff ist fest. Er beugt sich ins Auto hinein, sucht nach den Handschellen, die auf dem Fahrersitz liegen. Ich bleibe steif neben ihm stehen. Warum hat er sie nicht bei sich? Sein Mißgeschick ist mein Glück. Mit einem schnellen Ruck reiße ich mich los und laufe um mein Leben.

Vor dem Eingang der Pension »Preußenpark« steht ein großer Bus mit bulgarischem Kennzeichen. Müde und zerschlagen steigen mehrere Menschen aus; stolpern auf den Gehsteig vor meine Füße. Der Busfahrer und einer der Reisenden zerren alte, zerbeulte Koffer aus dem Gepäckraum sowie große, karierte Plastiktaschen. Ich stecke mir eine Zigarette an und schlendere an ihnen vorbei. Ich sehe mich um, halte Ausschau nach der Polizei; verdächtige jeden einzelnen Passanten. Der Schreck sitzt mir immer noch tief in den Knochen. Die Polizei wird es wieder versuchen, es ist nur eine Frage der Zeit.

Ich habe eine Verabredung. »Familie in Schöneberg sucht eine Klavierlehrerin für ihre fünfjährige Tochter«, stand auf einem weißen Zettel im Supermarkt. Rauchend gehe ich die Straße entlang. Würde ich jetzt meiner Großmutter begegnen, wäre sie entsetzt. Es ist schäbig und billig für eine junge Dame, auf der Straße zu essen oder gar zu rauchen, würde sie sagen. Ich laufe weiter, gedankenverloren, bis mir jemand den Weg verstellt.

»Ist das ein Zufall«, freut sich der Riese künstlich. Sein Freund ist ungefähr halb so groß wie er.

»So sieht man sich wieder«, säuselt das Rattengesicht mit heiserer Stimme.

»Was wollt ihr von mir?« frage ich erschrocken. Ich blicke mich um.

Die Menschen, die an uns vorbeieilen, beachten uns nicht.

»Wissen, wo dein Freund Sikorski steckt.«

»Ich habe nicht die geringste Ahnung.«

Die beiden starren mich an. Das Rattengesicht und ein Kerl, groß und breit, mit dem Gesicht einer Bulldogge.

»Hör zu, ich habe keine Zeit. Bring uns zu ihm! Sofort!«

»Ich habe nie mehr von ihm gehört.«

»Wo ist er?« donnert der große Russe.

»Ich weiß es wirklich nicht«, sage ich, während ich versuche, an den beiden vorbeizukommen. Das Rattengesicht macht einen Sprung und verstellt mir den Weg. Der Riese bleibt ruhig, blickt eindringlich auf mich herab.

»Weißt du, wozu ich Lust hätte?« Er beugt sich zu mir herunter. »Ich hätte Lust, dein Gesicht in kochendes Wasser zu tauchen, so lange, bis du dich erinnerst.« Er blickt zu seinem Begleiter.

Das Rattengesicht schürzt die Oberlippe und versucht zu lächeln.

»Was hast du den Bullen gesagt?« zischt der Riese.

»Nichts. Gar nichts.«

»Lüg nicht. Ich habe dich gesehen. Seit wann arbeitest du mit ihnen zusammen?«

»Ich arbeite mit niemandem zusammen. Was wollt ihr von mir?« schreie ich heiser.

Ein alter Mann schlurft mit seinem blinden Köter an uns vorbei. Zwei junge Mädchen mit offenen, kurzen Mänteln stöckeln kichernd über die Straße. Auch sie beachten uns nicht. Wir stören das Bild der Gegend nicht im geringsten.

Ich will losgehen. Die beiden holen mich ein, verstellen mir wieder den Weg. Ehe ich mich versehe, blitzt ein Messer vor meinen Augen. Den Bruchteil einer Sekunde später fühle ich die kalte Klinge an meinem Hals.

»Das ist kein Spiel, hast du das noch nicht kapiert? Wir wissen alles über dich. Wo du wohnst, wo du arbeitest, wen du gerade fickst.«

Die Bulldogge beugt sich wieder zu mir herunter, ich spüre sein Gesicht dicht an meinem.

»Denk mal scharf nach«, zischt er und kommt mir noch einen Atemzug näher.

Ich nehme den Geruch von schlechten Zähnen und schwerem Parfüm wahr und halte seinem kalten Blick trotzig stand. Nur meine Knie zittern.

»Laß uns gehen«, sagt jetzt das Rattengesicht unruhig. Die parfümierte Bulldogge beachtet ihn nicht. Er nimmt sein Messer von meinem Hals, und mit einem schnellen Schnitt fährt er mit der Klinge über meine Wange. Ich schreie auf, presse die Hand gegen mein Gesicht. Es blutet.

»Damit du mich nicht vergißt.«

»Beeil dich! Wir sehen uns wieder, Kleine!« ruft das Rattengesicht mir zu, obwohl ich ihn um mindestens einen Kopf überrage. Der Riese tritt einen Schritt zurück und steckt das Messer ein.

»Wir behalten dich im Auge, Mädchen. Ich werde dich wieder erwischen, verlaß dich drauf. Das nächstemal aber wirst du nicht mehr so gut aussehen. Sieh zu, daß du deinen Freund findest. Richte ihm aus, er soll sich bei uns melden.«

Regungslos stehe ich auf der Straße. Mein Herz schlägt wild, die Wunde auf meiner Wange blutet. Die Angelegenheit ist absurd. Roman hat mir nichts in Verwahrung gegeben. Er hat mir nicht einmal mein Honorar für den letzten Monat bezahlt, als er verschwand. Er hat mich auch nie in seine krummen Geschäfte eingeweiht. Ich habe mich ohnehin nicht dafür interessiert. Ich habe nur zufällig in der Schule Russisch gelernt, war seine Übersetzerin. Ein Job wie jeder andere. Ich drehe mich um, will einen Schritt machen, einen schnellen, großen, plumpse aber nur zu Boden wie ein Sack. Dann rapple ich mich auf, renne zum nächsten geparkten Auto und beäuge im Seitenspiegel meine Wange. Mit zitternden Fingern fahre ich über die Schramme. Ich muß verschwinden. Wenn ich nur wüßte, wohin.

Wunderland

Ich kann für eine Weile bei zehn katholischen Schwestern unterkommen. Sie wohnen in einer alten Villa und kümmern sich um alte, kranke und verarmte Menschen. Schwer anzunehmen, daß Ratten und Bulldoggen sich jemals hierher verirren könnten. Auch die Polizei wird hier nicht nach mir suchen. Ich brauche für das Zimmer nicht zu bezahlen. Alles, was ich tun muß, ist, in der Küche zu helfen. Der Küchendienst beginnt um fünf Uhr morgens. Die Nonnen sind um diese Zeit bereits zwei Stunden auf den Beinen. Ihr Morgengebet beginnt um drei Uhr nachts in der hauseigenen Kapelle, die früher einmal ein Wintergarten war. Sie zwingen mich nicht, daran teilzunehmen. Sie fragen mich auch nicht nach meinem Glaubensbekenntnis. Vielleicht ist das ihre Art von Missionarsarbeit: Stilles, geduldiges Warten, bis man sich von allein berufen fühlt.

In der Küche ist es lustig. Die Schwestern sind immer gut gelaunt und selten heilig. Während wir Eier, Kakao und Malzkaffee kochen, schnattern sie fröhlich über Adamsäpfel im Nachbargarten, die Trinkgewohnheiten der Mutter Oberin oder bringen den zwei jugoslawischen Mädchen, die zusammen mit Liz und mir beim Abwaschen helfen, deutsche Begriffe bei: »Topflappenhalter«, »Abtropfständer«, »Allzweckabroller mit Allzwecktüchern«. Liz, die junge Punkerin, deren Vater eine Schönheitsklinik am Ku'damm besitzt und der seine Tochter auf die Straße setzte, nachdem er von ihrer Drogenkarriere erfahren hatte, und ich liegen oft am Boden vor Lachen. Meine Lieblingsschwester heißt Bernharda. Sie ist steinalt, trägt eine Brille, dick wie ein Flaschenboden, und lacht dunkel und herzlich wie eine afrikanische Dschungelkönigin. Wenn wir allein in der Küche sind, erzählt sie mir aus ihrem Leben. Wie sie als junges Mädchen Revuetänzerin war, wie sie mit einem Matrosen durchbrannte und dieser sie in Schanghai sitzenließ und sie später auf hoher See, gelbsüchtig, die Liebe ihres Lebens, den Heiland, traf. Manchmal aber muß ich vor den Schwestern, dem kargen, winzigen Zimmer, den Kartoffelzentnern, Salatblattbergen und klammen Geschirrtüchern fliehen. Wenigstens für ein paar Stunden.

Versteckt an der großen Kreuzung unweit der »Villa Maria« gibt es einen unscheinbaren Laden, in den ich mich flüchte. »Klaviere und Flügel« steht in goldenen Buchstaben an der Eingangstür. In seinem dunklen Innern steht schwer und schweigend, was das Pianistenherz begehrt: schlichte, kleine Klaviere aus Kirschholz, schwarz gelackte, offene Flügel oder kleinere, elektrische japanische. Der Besitzer ist freundlich. Das erstemal, als ich den Laden betrete, kommt er auf mich zu, ein älterer Herr mit wirren weißen Haaren, einer ordentlichen Strickweste und einem Telefonhörer am Ohr.

»Kommen Sie herein, junge Frau, treten Sie näher«, sagt er. »Schauen Sie sich um. Probieren Sie ruhig alles aus. Sehen Sie sich jedes Instrument genau an, bevor Sie sich entscheiden. Ist Ihnen ein harter oder ein weicherer Anschlag lieber?«

»Ein bißchen Widerstand wäre mir recht«, antworte ich unsicher.

»Dann würde ich Ihnen als erstes den hier empfehlen«, sagt er und führt mich zu einem kleinen, schwarzen Flügel, lächelt und verschwindet mit seinem Telefon im Hinterzimmer.

Das nächstemal, als ich das Klaviergeschäft betrete, ruft er mir zu: »Hallo! Viel Spaß! Wenn Sie mich brauchen, schreien Sie.« Den Telefonhörer am Ohr, freundlich lächelnd, verschwindet er wieder. Ich bilde mir ein, der Dialekt, den ich höre, sei Schwäbisch. Und immer wieder sagt er: »Aber Muttiii ...«

Ich reibe meine kalten Hände aneinander und beginne mit ein paar Fingerübungen. Außer mir ist kein Kunde zu sehen. Durch die Scheibe betrachte ich die Straßenkreuzung, schaue den Autos und den Bussen zu, wie sie an der Ampel stehenbleiben, sehe junge Menschen, die vor der Kälte flüchten und über die Zebrastreifen eilen. Ich sehe die Älteren mühselig ihre müden Beine hinter sich herziehen, während die Ampel längst wieder auf Rot gesprungen ist. Den Alten mit der Krücke verwandle ich in Synkopen, der klingelnde Fahrradbote bekommt ein paar Triller, das Bild der jungen Mutter mit dem brüllenden Säugling im Kinderwagen wird zu atonalen Akkorden. Der Kopf des Ladenbesitzers mit seinem kleinen Telefon am Ohr schaut kurz hinter dem Vorhang hervor, und er winkt mir lachend zu, bevor er wieder verschwindet. Ungestört klimpere ich weiter vor mich hin.

Meine erste und eine der stärksten Erinnerungen an meine Mutter ist, wie ich als Kind auf ihrem Schoß am Klavier sitze und sie mir lachend eine einfache Melodie beizubringen versucht. Durch all meine Kinderjahre hindurch, gleichgültig, wo man mich gerade absetzte – im Norden, im Westen oder im Süden –, hatte ich immer Zugang zu einem Klavier. Teils zufällig, teils vielleicht mit Absicht, um mich über den Verlust meiner Eltern hinwegzutrösten. Immer wieder bekam ich Unterricht. Von einer Tante, einer Schülerin, irgendeiner Nachbarin, oder am Konservatorium, jedoch nie lange und beständig genug. Ich glaube, niemand würde Geld ausgeben, um mich spielen zu hören. Ich schließe kurz die Augen. Meine Finger suchen sich ein Stück von Debussy zurecht.

Ein paar Tage später schaue ich wieder durch die Fensterscheibe; es ist niemand da. Erleichtert betrete ich den Laden.

»Oh, Sie sind es! Ich habe mich schon gefragt, wann Sie wieder kommen würden. Jeden Tag fragt ein junger Mann nach Ihnen«, sagt der nette Ladenbesitzer. »Er studiert Komposition und hat Sie spielen hören«, fügt er hinzu und blickt mich erwartungsvoll an.

»Darf ich ein bißchen?« frage ich vorsichtig und zeige auf ein kleines, braunes Klavier.

»Aber ja, nur zu.« Er nickt verständnisvoll und führt mich zu einem Flügel. »Den hier können Sie mir ein wenig einspielen.«

Ich mache ein paar Fingerübungen, spiele zuerst ein wenig Mozart, dann Antonio Carlos Jobim und vergesse die Welt um mich herum.

Als ich nach einer Weile aufhöre und mich zum Gehen erhebe, steht neben dem lächelnden Ladenbesitzer ein junger Mann.

»Es tut mir leid. Der Herr versprach, mir einen Steinway abzukaufen, wenn ich ihn anriefe, sobald Sie wieder auftauchen!« sagt er und sieht mich entschuldigend an.

»Es kostete die Welt fünf große Werke, weil ich die letzte Zeit meines Lebens ausschließlich mit Warten auf Sie verbracht habe«, sagt der andere mit dramatischem Blick. Ich kann mir das Lachen nicht verkneifen.

»Gehen Sie mit mir etwas trinken?« fragt er ein wenig mutlos und ungeschickt.

Der Ladenbesitzer hört nicht auf zu lächeln. Wahrscheinlich lächelt er selbst im Schlaf.

Ich gehe mit dem Mann etwas trinken. Ich war noch nie einen ganzen, glänzenden Steinway wert. Er heißt Alexander. Wir sitzen in einem kleinen, japanischen Restaurant und trinken Tee. Er trinkt »die Weisheit der weißen Knospe« und ich die »Morgenröte über der lächelnden Stadt«. Ich studiere die Getränkekarte auf der Suche nach anderen geheimnisvollen Teenamen. Danach bestelle ich einen Reisschnaps. Alexander kämpft mit dem Thunfisch, der lieber auf seinem Reisbett liegen bleiben würde, und sagt: »Was du da neulich gespielt hast, war nicht schlecht, nur deine Technik ... Ich könnte dir etwas beibringen ...« Der Fisch ergibt sich und landet in Alexanders Mund. »Ich mußte dich kennenlernen. Du bist irgendwie so ... so anders. Aus einer völlig fremden Sphäre!«

Unweigerlich muß ich an Schwester Bernharda und ihren Heiland denken.

Nur wenn er über Musik spricht, bleibe ich ernst. Es ist das einzige, worüber man sich mit Alexander unterhalten kann, das einzige, was mir an ihm gefällt. Sonst ist er klein und schmächtig, sein Haar ist schütter, obwohl er so alt ist wie ich. Sein Gesicht ist gelblich, auf der blassen Stirn schimmern Schweißperlen, die nicht wegzuwischen sind. Sein Körper wirkt stets angespannt, ebenso verkrampft wie sein Gesicht und seine Lippen, die er nur öffnet, um etwas zu essen oder um sich zu beschweren, selten, um etwas zu sagen. Wenn er spricht, sagt er meistens nur: »Ich werde der größte lebende Komponist. Warte es ab, du wirst schon sehen.«

Es ist unterhaltsam, ihn zu beobachten. Seine verkrampften Bewegungen erinnern mich an rasend schnelle, hektische Läufe, schrille, spitze Töne und disharmonische Flächen aus der Zeit der ersten Keyboards. Manchmal sind wir zusammen, manchmal nicht. Manchmal verursacht mir Alexander nur starke Kopfschmerzen, sonst nichts.

Ich begleite ihn zu einem Abendessen. Der Anlaß ist mir nicht bekannt, doch es soll einer der größten zeitgenössischen Komponisten und Dirigenten anwesend sein, Alexanders Vorbild und Lehrmeister. Die Tatsache, einem Menschen zu begegnen, für den »Leben« und »Musik« dasselbe bedeuten, einem Menschen, der alles über Musik wissen muß, versetzt mich in große Spannung. Erfüllt mit stiller Freude und tausend Fragen betrete ich das Haus der Gastgeber. Ihre weiträumige Wohnung liegt im Viertel des wohlhabenden Bürgertums, das gerne seine kreativen Neigungen und seine wilde Vergangenheit betont. Es gibt dort viele kleine Lokale und Geschäfte, die auf geheimnisvolle Weise überleben, obwohl nie ein Kunde zu sehen ist. Alexander ist mit dem Gastgeberehepaar befreundet. Worauf diese Freundschaft fußt, habe ich nicht herausgefunden. Alexander hat keine Freunde.

Der Hausherr ist ein berühmter Impresario und seine Frau Juliane eine ehemalige Turniertänzerin. Unauffällig gesellen wir uns zu einem kleinen Kreis Auserwählter, darunter berühmte Rechtsanwälte, Musiker, ein Herzspezialist, ein Journalist, ein sterbenskranker Startenor. Nicht zu vergessen die Ehefrauen der Geladenen – meist nicht in der Öffentlichkeit tätig –, die mit vorbildlicher Zurückhaltung für ihre Präsenz und Autorität sorgen. Später erscheinen auch ein paar Schauspieler und setzen sich müde und hungrig in die Nähe des Buffets.

Ich versuche mit den Gästen ins Gespräch zu kommen, doch bereits als die ersten Getränke von stummen asiatischen Hausangestellten serviert werden, wirkt die Gesellschaft müde, matt und desinteressiert.

Dann tritt der König des Abends auf, adelt so manchen durch seine Aufmerksamkeit, straft andere, indem sein Auge an ihnen vorbeifliegt. Alexander wird von ihm und seiner Entourage begrüßt. Wie gerne würde ich mich mit dem Komponisten über Musik unterhalten, doch das einzige, worüber er reden will, ist er selbst. Ich gebe auf und schweige.

Niemand spricht mit mir. Die Leute geben sich reserviert, als hätte ich eine gefährliche Krankheit. Man starrt mich an, glotzt wie auf einen aufdringlichen Hut oder einen antiken Kandelaber.

Alexanders Blick folgt jeder Bewegung des angebeteten Lehrers. Die beiden verbindet eine seltsame Freundschaft. Alles, was Alexander begeistert und nicht in Verbindung mit dem Komponisten steht, stellt dieser in Anwesenheit anderer bloß. Mehr noch, er zerpflückt und banalisiert es, bis Alexander seine Idee verwirft. Der Komponist erteilt ihm eine Abfuhr, um zu sehen, wie Alexander sich ihm unterwirft. Doch der ergibt sich nicht. Und das Spiel beginnt von neuem. Als wir uns für einen Augenblick zu den anderen setzen wollen, ist nur noch ein einziger Stuhl frei. Der Komponist bietet mir an, sich auf seinen Schoß zu setzen. Es muß schrecklich sein, sich unbesiegbar zu fühlen und dennoch dem Alter, dem Ende nicht entrinnen zu können.

Clownfische

Ich irre durch die vielen Räume. An den Wänden hängen alte Werbeplakate, Andenken an ferne Reisen und moderne Kunst. Am Ende eines langen Flures finde ich ein Bad, schließe die Tür, setze mich auf den Wannenrand und betrachte die aber tausend Steinchen, die jemand an die weiße Wand geklebt hat, um sie mit der Kopie eines Mosaiks aus Pompeji zu verschönern. Endlich kann ich ungestört rauchen. Ich zünde mir eine Zigarette an, betrachte, wie der Rauch dem Luftzug folgt, und entdecke ein winziges Fenster. Es führt in den Hof hinaus. Ich öffne es und versuche, den Himmel zu sehen, doch es ist schmaler als mein Gesicht. Milder Herbstwind streift meine Stirn. Ich höre das Klatschen regennasser Schritte unten im Hof. Ein Hund kläfft, eine aufgebrachte Stimme schreit ins Telefon. Ich drücke mein Gesicht gegen den winzigen Rahmen und stelle mir vor, wie mein Körper plötzlich kleiner und kleiner wird, meine Beine und Arme an Länge verlieren, ebenso mein Hals, stelle mir vor, wie ich mühelos durch die kleine Öffnung steige, an den alten Backsteinen hinunterklettere und in die Freiheit entkomme, in die vertraute Dunkelheit der Nacht.

Es klopft an der Badezimmertür. Wie eine ertappte Internatsschülerin werfe ich die Zigarette aus dem Fenster und öffne artig. Die Frau sieht mich an mit einem Blick, mit dem sie bestimmt auch ihre pubertierenden Kinder und ihren Mann inspiziert: nach Sex, nach kriminellem Umfeld, nach Drogen. Ich gehe rasch an ihr vorbei, kehre zurück in das gutbeheizte Gefängnis. Alexander ist verschwunden. Auf der Suche nach ihm wandle ich wieder durch die Räume, beobachte die Gäste, von denen die meisten meine Eltern sein könnten, und bin froh, daß sie es nicht sind. Schließlich setze ich mich auf eine kühle Bank in den Raum, wo die meisten Kerzen brennen, mit einem Glas Wein, der älter ist als ich. Ich betrachte die Bewegungen der Kerzenflammen und höre ihrem Wispern zu: Kleine Präludien in Dur- und Moll-Tonarten. Alles um mich herum verstummt.

Ich beschließe zu gehen. Ohne Alexander. In meinem Innern habe ich mich ohnehin schon längst von ihm verabschiedet. Ich wühle in der Garderobe, bis ich meinen Mantel finde, will gerade die Tür öffnen, als ich hinter mir eine Stimme höre.

»Um Gottes willen, wo wollen Sie denn schon hin? Kommen Sie, kommen Sie schnell zu uns!« Die Gastgeberin hat mich am Ärmel gepackt und zieht mich in ihre Gesellschaft. Ich finde mich plötzlich umringt von vier Damen »im besten Alter«, wie man sagt, wenn es sich nicht um Frauen, sondern um Männer gleichen Alters handelt.

»Das ist die neue Freundin von Alexander«, sagt die Gastgeberin. »Er hatte schon immer einen guten Geschmack, findet ihr nicht?« Ihr Haar ist orangerot und von so kräftiger Farbe, weil es keine eigenen Pigmente mehr besitzt. Sie trägt weite, erdfarbene Kleider, an ihrem Hals hängt ein antikes asiatisches Amulett, so groß, daß es aussieht wie ein Folterinstrument. Die anderen Frauen stehen dicht neben mir, durchbohren mich mit Blicken, wir bilden einen seltsamen Kreis. Sie fragen nicht nach meinem Namen, haben nichts übrig für das Fragen, denn sie genügen sich selbst, so wie sie dastehen und mich anstarren und ihre Gesichter zu eigenartigen Grimassen verzerren, von denen sie annehmen, sie seien ein Lächeln. Ihre Augen blitzen bösartig, ihre Lippen sind verbittert und verhärmt. Es ist der eine winzige Zug um den Mund, der mehr über einen Menschen verrät als seine Zunge oder die Augen. Das Älterwerden ist für diese Frauen bedrückend. Die Gesellschaft ist ihnen weniger wohlgesinnt; man verspürt Lust, ihnen beim Verblühen zuzusehen. Kein Wunder, daß sie bei anderen dasselbe tun. Die Frauen reden über Diäten und Abmagerungskuren, und mir wird übel beim bloßen Gedanken an freiwillig auferlegte Hungerstreiks. Eine Hand fährt durch mein Haar bis an mein Ohr, ich zucke zusammen. »Was für niedliche Ohren sie doch hat!« ruft die Frau des Herzspezialisten, die sich selbst »Frau Doktor« nennt.

Dann löst sich der Kreis auf, denn die Gäste werden gebeten, sich im Wohnzimmer zu versammeln, »demjenigen mit dem Flügel«, um dem Werk zu huldigen, aus dessen Anlaß dieses Abendessen veranstaltet ist: der gerade erschienenen Autobiographie des »größten aller lebenden Komponisten und Dirigenten«.

Die Gäste klatschen Beifall, als einer der jungen Männer, die dem Maestro ergeben folgen, die edle Verpackung der Bildbände aus handgeschöpftem Büttenpapier öffnet. Die Bücher werden wie Goldbarren herumgereicht. Niemand sagt ein Wort. Niemand wagt es, die Heiligkeit des Augenblicks durch einen ordinären Laut zu stören. Nur das Umblättern der glänzenden Seiten aus dem ereignisreichen Leben des Komponisten, der »die Musikgeschichte revolutioniert hat wie kaum ein anderer«, ist zu hören. Voller Bewunderung fahren die Gäste mit den Fingern durch sein Leben. Nach einigen andächtigen Augenblicken räuspert sich ein bekannter Musikwissenschaftler und bringt einen Toast aus auf den Meister und sein Werk: »Dies ist ein großartiges Leben und ein außergewöhnliches Dokument! Es setzt neue Maßstäbe nicht nur für die Musik, nein, für die gesamte Kulturgeschichte! Lieber Theodor, ich erhebe mein Glas auf dich und verneige mich vor deinem Lebenswerk!«

Die Gäste klatschen.

»Verzeihen Sie, wer ist dieser Mann?« flüstert jemand neben mir. Ich blicke in ein paar schlammfarbene Augen, die beinahe ganz von buschigen, fuchsroten Brauen verdeckt sind.

»Ein berühmter Clown«, flüstere ich zurück.

»Ach wirklich? Clowns sind mein Fachgebiet«, grinst der Mann.

»Sind Sie vom Zirkus?«

»Nein, ich bin Biologe.«

»Wie angenehm!« rufe ich aus. Meine übertriebene Freude schüchtert ihn ein wenig ein.

»Sie sind auch Biologin?«

»Nein, gar nicht, leider nicht«, ich schüttle lachend den Kopf.

»Mein Name ist Phil, Phil Clutterbuck.«

Ich überlege mir einen Namen. »Ich bin Alice.«

»Freut mich, Sie kennenzulernen, Alice. Wissen Sie, ich kenne hier niemanden außer der Gastgeberin. Juliane hat mich eingeladen. Vier Stunden vor dem Dinner. Ich bin auf einer Vortragsreise. Morgen halte ich einen Vortrag an der Freien Universität. Übermorgen bin ich in Wien und in vier Tagen in Budapest. Berlin ist schön. Ich bin gerade in meinem Hotel angekommen. Es liegt hier gegenüber«, er zeigt zum Fenster. »Nicht gerade in der Nähe der Universität, aber sehr komfortabel. Juliane und ich trafen uns in dem kleinen Feinkostgeschäft an der Ecke, ich wollte eine Kleinigkeit einkaufen, aber sie hatte gerade den ganzen Laden leergeräumt. Sie bekam Gewissensbisse. Und ich eine Einladung zum Dinner.«

»Und worüber werden Sie Ihren Vortrag halten?«

»Über Clownfische!« sagt Phil und lacht.

Während die anderen Gäste, darunter auch Alexander, um den Komponisten versammelt stehen, ihm gratulieren, Beifall klatschen, seine Hände halten und ihn ihrer Zuneigung versichern, setze ich mich etwas abseits neben Phil Clutterbuck, einen liebenswert schrulligen Engländer, der mir in fünfundzwanzig Minuten die seltsame Welt der Clownfische erklärt. Tiere, denen er sein ganzes Leben gewidmet hat. Jahrelang hat er ihr Leben erforscht, in der Madang Lagune von Papua-Neuguinea.

»Ich wollte herausfinden, was für ein Dasein ein klein geratener Clownfisch fristen muß, denn nur das größte Männchen innerhalb einer Gemeinschaft darf sich mit dem einzigen Weibchen an der Spitze der Gruppe paaren. Für die anderen bedeutet das: kein Sex, keine Macht, keine Aufstiegschancen!« sagt Phil und blickt mich düster an, um im nächsten Augenblick wieder die Augenbrauen zu heben und begeistert fortzufahren: »Doch ich erkannte, daß die Fische stets nur so weit wachsen, wie es ihrer aktuellen Stellung in der Gruppe entspricht. Stirbt ein ranghöheres Tier, steigen alle nachfolgenden in der Hierarchie auf. Dabei passen sie ihre Körpergröße erkennbar der neuen Rolle an. Welch perfekte Strategie, um Konflikte innerhalb der Gruppe zu vermeiden! Wer kleiner bleibt, stellt keine Gefahr für den Ranghöheren dar und kann so unbehelligt auf seine Chance zur Fortpflanzung warten«, lacht er weiter. Sein Gesicht ist voller Sommersprossen.

»Im Grunde also stehen die Clownfische einfach nur Schlange. Stirbt das Männchen auf Rang zwei, nimmt sich das Weibchen den nächstkleineren Fisch als neuen Partner«, sage ich.

»Genau so ist es«, nickt Clutterbuck. »Selbst der kleinste Clownfisch muß demnach nur lange genug leben, um seine Gene eines Tages weitergeben zu können.« Phil fährt sich mit einer ruckartigen Bewegung durch sein ungezähmtes Haar und öffnet den obersten Knopf seines weißen Hemdes, über dem er eine sumpfgrüne Anglerweste mit unzähligen Fächern und Taschen trägt.

»Doch nun kommt die entscheidende Frage. Was ist, wenn das Weibchen stirbt?«

»Keine Ahnung. Die Männchen emigrieren?«

»Falsch. Welch ein Pech für alle Wartenden, könnte man meinen, nicht wahr? Nein, die Natur hält auch in diesem Fall ein Wunder bereit. Das Clownfisch-Männchen auf dem zweiten Rang wächst über sich hinaus. Es ändert sein Geschlecht und wird zum Weibchen! Das ist die einzige Art und Weise, die Clownfische kennen, um Mütter hervorzubringen. Dieses System sorgt nicht nur für Nachwuchs, sondern auch für Gerechtigkeit. Die anderen Clownfische in der Rangfolge steigen schließlich mit auf und wachsen und warten.«

»Wachsen und warten«, wiederhole ich still vor mich hin.

»Wunderbar, nicht wahr?« Phil lächelt mich begeistert an. »Warum kommen Sie nicht morgen zu meinem Vortrag?« schlägt er vor. »Danach gehen wir eine Kleinigkeit essen.«

»Das würde ich sehr gern, vielen Dank.«

»Ich will jetzt gehen, Alice. Ich sage Ihnen ehrlich, das hier ist nicht meine Welt.« Er beugt sich zu mir vor: »Ich habe einfach zu lange unter tropischen Fischen gelebt.« Er zwinkert mir zu und steht auf.

Bitte, bitte geh noch nicht, denke ich, spreche es aber nicht aus, sondern reiche Phil traurig die Hand zum Abschied.

»Ich werde mich jetzt leise hinausschleichen, verraten Sie mich nicht«, sagt Phil und verschwindet geschickter, als ich es zuvor versuchte.

Ich gehe durch die Räume, stelle mir vor, ich sei in einem riesigen Aquarium zusammen mit einer großen Kolonie von Clownfischen. Eine der erhitzten Damen ruft: »Ein Genie!« Und der Komponist strahlt wie ein kleiner Junge. Er setzt sich in eine Ecke und gibt vor, unbeteiligt zu sein, starrt an die Decke, den Kopf zur Seite geneigt, und spielt mit einem Finger an einer Silberlocke. Er ruft einen seiner Assistenten, den Hauptassistenten, den wichtigsten Assistenten, den treuesten, dem er niemals erlauben wird, seinen Platz einzunehmen, selbst nach seinem Tod nicht, dafür hat er bereits gesorgt. Obwohl nach diesem einen gerufen wird, durchfährt sein Ruf die Körper aller jungen Leute und Assistenten, die es aber nicht wagen, zu ihm zu eilen und ihm seinen Wunsch zu erfüllen, weil sie seine Häme fürchten, und so bleiben sie regungslos stehen und warten. »Bist du taub?« krächzt der Maestro ungeduldig, und sein Assistent taucht aus der kleinen Menge auf, mit rotem Gesicht und hölzernem Gang, und er geht zum großen Meister. Alle folgen seinen Bewegungen, gespannt, was nun geschehen wird. »Zeig die Kritiken. Lies sie vor!«

Der Hauptassistent gehorcht. Der Komponist lehnt sich zurück in seinem Sessel, den er etwas abseits der Gesellschaft hat hinstellen lassen, und lacht. Seht ihr? Ich bringe es immer noch. Die Jungen, die Jungen, sie taugen nichts, sind eine Reihe von Idioten, Weicheiern, Wichtigtuern. Und alle lachen und klatschen und allen voran die Jungen unter ihnen, sie lachen weiter und würden es niemals wagen, sich ihm zu widersetzen. Der Alte sitzt in seiner Ecke, die Arme verschränkt. Allein und gelangweilt, weil er keinen ebenbürtigen Spielkameraden hat. Er wird unartig. Aus purer Langeweile beleidigt er die Anwesenden mit der Lust, mit der manche Kinder Fröschen die Beine ausreißen oder die Augen ausstechen. Sie lachen. Er beleidigt sie, und sie lachen weiter, sagen nichts. Er beleidigt ihre Kinder, und sie lachen und sagen nichts, er beleidigt ihre Mütter, und sie sagen nichts, weil er ein Genie ist, ein Mann von Geist, getragen von einem Apparat, der auch ihnen einmal Ruhm und Ehre bringen wird und Macht und Geld, wenn sie alles nur lange genug ertragen und mit den richtigen Leuten befreundet sind und mit den richtigen verfeindet.

Alexander bringt ihm ein Glas Tee, stellt es behutsam neben seinen Lehrer. Der Alte sagt: »Alexander, mein Lieber, streck deinen Hintern nicht so weit heraus, wie der Stricher, der du bist!«

Alexander wird rubinrot wie die schweren syrischen Samtvorhänge der Gastgeberin und schweigt. Ich stelle mir Alexander als einen Clownfisch vor, der wartet und wächst und sich artig in die Schlange einreiht, um irgendwann einmal mit dem Mächtigsten in Berührung zu kommen. Bestimmt würde er selbst eine Geschlechtsumwandlung in Kauf nehmen, um sich ihm ein wenig nähern zu können. Der Komponistenclownfisch aber ist ein Solist, er frißt alle andern einfach auf. Die Natur hält hier leider kein Wunder mehr bereit.

Spät nachts treten wir auf die Straße hinaus, steigen ins Auto, fahren los. Alexander spricht kein Wort mit mir. Wir laufen die Treppen hinauf, bis wir in seiner Wohnung sind. Wir treten in den Flur. Er macht das Licht an, schließt die Tür hinter sich und schlägt mir ins Gesicht. Ich erstarre. Wortlos schlägt er noch einmal zu. Meine Wangen brennen. Ich verdecke mein Gesicht, und ich verlasse ihn, ohne mich noch einmal umzusehen.

Der Sohn des Zaren

Dimitri, der Tänzer vom Bolschoi, hat als einziger das Theater wahrscheinlich nicht einmal von außen gesehen, statt dessen aber viele hübsch eingerichtete Berliner Zimmer von innen. Sie ersuchen um eine Audienz, reiche und vor allem unglückliche Frauen, die letzten Jahre seltener zwar, doch noch immer beständig. Manchmal kommen sie sogar in sein ärmliches »Studio«, einen Raum, den er hauptsächlich als Proberaum an Tänzer vermietet. Sie führen ihn aus, zum Essen, in die Oper oder nehmen ihn mit auf Reisen. Dimitri umschmeichelt sie und gibt ihnen das Gefühl, Gisèlle, Dornröschen oder Prinzessin Anastasia zu sein. Sie empfangen ihn in den herrlichen Wohnungen ihrer Ehemänner, sie erzählen von ihren Kindern, die ausgezogen sind in fremde Städte, oder von der Verschwörung der Hortensien, die in ihrem Garten partout nicht wachsen wollen, von dem jungen Kater, der an ihren Biedermeier-Möbeln und ihren Nerven kratzt, der alten Mutter im Pflegeheim, die ihren Weißwein im Nachtopf versteckt, dem Leben, das sie mehr und mehr strapaziert.

Und Dimitri sitzt ihnen gegenüber, hängt an ihren Lippen, hört ihnen zu mit glänzenden Augen, mit Hingabe und Bewunderung. So sitzen sie, die Frauen, kleine Mädchen in reifen Körpern, und sind unglücklich. Und dann, wenn sie lange genug unglücklich waren, entführt er sie.

Er entführt sie in ihnen bisher unbekannte Welten voll verwilderter Gärten, seidener Kleider, eingelegter Kirschen, mit Raureif gekrönter Fliederbäume und dem Duft von frisch geschleudertem Honig. Während draußen ein paar Wachhunde um die Wette bellen, trinken sie starken, dunklen Tee aus der Untertasse, wie Dimitri es ihnen beigebracht hat; der Untertasse, die sie zwischen ihren nervös zitternden Fingern balancieren. Und sie weinen. Ob vor Kummer oder Rührung oder Selbstmitleid, wissen sie selbst nicht mehr. Tränen perlen ihnen über die heißen Wangen und hinterlassen Spuren auf den talentiert geschminkten Gesichtern, die bald darauf aussehen wie bunte, zerknitterte Karten von abenteuerlichen Ländern. Dann nimmt Dimitri ihre traurigen Gesichter in seine schönen Tänzerhände und küßt sie, küßt sie und küßt sie, bis sie erlöst in tiefen, traumlosen Schlaf sinken. Dafür schenken sie ihm eine goldene Uhr, einen Jaguar oder zwei Windhunde, maßgeschneiderte Anzüge, eine professionelle Kochausrüstung oder einen Pelz für die sibirischen Winter. Und dann gibt es noch die jakutischen Massagen. Sie haben Dimitri berühmt gemacht. Manch eine Berliner Großmutter lächelt, darauf angesprochen, verschmitzt in sich hinein. Dabei ist er in seinem Leben nie weiter nordöstlich als bis nach Sankt Petersburg gekommen.

Die Geschmeidigkeit des Ballettänzers ist ihm ein wenig abhanden gekommen. Trotz seines jungenhaften Körpers ist er, wie Mircea, bereits an die sechzig. Die meisten seiner Eroberungen liegen längst unter der Erde, da sie stets etwas älter als Dimitri zu sein pflegten. Mit jüngeren Frauen tut er sich schwer. Dimitri ist ein unehelicher, verstoßener Nachfahre der Romanows. Ein Enkel des Zaren Nikolai und einer armen, kleinen Sängerin, mit der er sich über die Untreue seiner Gattin hinwegzutrösten suchte. Der Zar muß ein ungeheuer umtriebiger, lebenslustiger Mann gewesen sein; allein in Berlin kenne ich mindestens neun Emigranten russischer Herkunft, die mit der Bitte um höchste Diskretion verraten, ein Sproß der berühmten Familie zu sein. Und falls eine von Dimitris Gönnerinnen mit dem zaristischen Rußland wenig anzufangen weiß – »Wenn man liest, wie solche wie die gelebt haben, kann man Gott danken für die Oktoberrevolution!« –, dann hat er immer noch die Möglichkeit, als das verstoßene Kind an ihr mitfühlendes Herz zu appellieren.

Vor ein paar Jahren noch war alles leichter. Heute kann sich kaum noch ein Ehepaar einen jugendlichen Liebhaber leisten. Kaum jemand interessiert sich für die Familie der Romanows oder hat Geduld mit verstoßenen, unehelichen Kindern. Kaum jemand fährt für ein Wochenende nach Monte Carlo, nur um den Selbstmörderfelsen in der Nähe des Kasinos zu besichtigen.

Manchmal laufen wir uns nachts über den Weg, manchmal erblicke ich sein Porzellangesicht hinter dem Fenster eines Lokals, das in jedem Touristenführer zu finden ist. Da sitzt er mit einer gut gekleideten traurigen Frau. Ich drücke meine Nase an die Scheibe und beobachte ihn einen Augenblick lang. Seine Wangen haben im Kerzenschein die Farbe der Morgenröte. Auf dem Deckel der Schminkdose heißt die Farbe frivol »wild violet orchidea«. Ich benutze manchmal dieselbe. Sein schütteres Haar versteckt er unter einer Kappe. Dimitri lächelt seinen späten Stern am Abendhimmel an. Sie sitzt da und hört ihm gespannt zu. Sie rührt sich nicht einmal, um an ihrem Glas zu nippen. Er hat sie in seinen Bann gezogen. Dimitri sieht müde aus und krank, leid, das ewig gleiche Spiel zu spielen, doch er hat keine Wahl. Von dieser unglücklichen, reichen Frau hängt sein weiteres Leben ab – zumindest für die nächsten zwei, drei Tage.

Ich wünsche ihm, daß seine Königin der Nacht so lange wie nur möglich nicht aufwachen wird. Während ich weitergehe, frage ich mich, wie lange ein Mensch so eine Komödie durchzuhalten vermag. Für Dimitri müssen es schon an die vierzig Jahre sein. Ich wünsche ihm alle Leichtigkeit dieser Welt. Und möge er niemals in die Hände eines weiblichen Nachfahren der Bolschewisten geraten.

Ein paar Tage später wird er auf der Straße brutal zusammengeschlagen. Nicht von Bolschewisten und auch nicht von eifersüchtigen Ehemännern. »Unbekannte«, hatte die Polizei vermerkt. Mircea ruft mich an. Er ist sehr aufgebracht. Ich habe einen neuen Job in einem frisch eröffneten

Hotel und betrete gerade die Bar, in der ich heute abend zum dritten Mal spielen soll.

»Wo ist er?« frage ich Mircea.

»Im Krankenhaus. Eine Freundin kümmert sich um ihn«, schluchzt er.

»Hast du ihn gesehen? Kann ich zu ihm?«

»Er ist noch bewußtlos. Er sieht furchtbar aus. Sie haben ihn grün und blau geschlagen. Ich rufe dich morgen wieder an.« Sagt er und legt auf.

An diesem Abend spiele ich geistesabwesend und besonders schlecht. Ich treffe nicht einen richtigen Ton. Die Tastatur verschwimmt vor meinen Augen. Der Abend zieht sich endlos lange hin. In jeder Pause rauche ich eine halbe Schachtel Zigaretten.

Müde und erschöpft schleppe ich mich nach dem letzten Set in das Zimmer, das man mir zur Verfügung gestellt hat, damit ich mich dort umziehen und zwischen den Auftritten aufhalten kann. Die Hotelleitung ist sehr freundlich. Sie wollen mir aufdringliche, betrunkene Gäste ersparen. Das Zimmer ist klein und dunkel. Es liegt im Erdgeschoß. Ich mache Licht und sinke in den Sessel. Dabei fallen mir alle Notenblätter aus der Hand und segeln in einem unüberschaubaren Durcheinander zu Boden. Plötzlich klopft es an der Tür.

»Ja?« rufe ich, während ich verärgert die Noten zusammensuche.

»Eine Nachricht für Sie.«

Wer könnte mir um diese Zeit noch eine dringende Nachricht zu überbringen haben? Der Hotelmanager. Wahrscheinlich habe ich heute abend so schrecklich schlecht gespielt, daß er mir nun mitteilt, ich sei gefeuert. Mutlos öffne ich die Tür. Statt in das Lächeln eines zur Freundlichkeit dressierten Hotelangestellten blicke ich geradewegs in das Rattengesicht. Hinter ihm erscheint auch die Bulldogge. Sein Kopf ist frisch geschoren. Noch bevor ich etwas sagen oder einfach schreien kann, drängen sie mich wortlos ins Zimmer und schließen die Tür. Die riesige Bulldogge bleibt an der Tür stehen, während das Rattengesicht sich neben das Telefon stellt. Die meisten Gäste sind in den oberen Etagen untergebracht und schlafen bereits. Ich blicke auf die Uhr am Fernseher. 2.30 Uhr blinkt es in roten Zahlen.

»Was wollt ihr von mir? Laßt mich endlich in Ruhe, ich habe schon genug Schwierigkeiten, ohne euch.«

Die beiden rühren sich nicht und schweigen.

»Wie habt ihr mich gefunden?« frage ich in der Überzeugung, solange ich nur irgend etwas daherrede, könne mir nichts geschehen.

»Es gibt nicht viele Hotels, die auf dein Geklimper stehen«, sagt die Bulldogge, während er sich an die Tür lehnt. Er zieht den Rotz hoch und schluckt.

»Wir haben deinen Freund, den alten Nußknacker, gefragt. Er wollte nicht reden. Jetzt ist er stumm wie ein Fisch.«

Es trifft mich wie ein Schlag.

»Ihr habt ihn so zugerichtet?«

»Das sollte dir ein Denkzettel sein. Aber dein frustrierter Musikstudent war redseliger.«

Ich erstarre. Sie kennen Alexander. Er hatte in letzter Zeit noch ein paarmal bei mir angerufen, wollte reden, mich wiedersehen, sich entschuldigen.

»Was wollt ihr von mir? Ich weiß nicht, wo Roman steckt. Ich habe nicht die geringste Ahnung!«

Der Riese blickt zu seinem Freund. Das Rattengesicht hat die ganze Zeit nichts gesagt. Er steht am Fenster und schaut uns zu. Haßerfüllt schaue ich ihn an, sehe, wie er behutsam eine kleine, braune Flasche aus seiner Jackentasche zieht sowie eine Spritze. Er schraubt den Deckel des Fläschchens auf. Ein unangenehmer Geruch durchzieht das Zimmer. Das Rattengesicht legt beides fein säuberlich auf den Schreibtisch. Mit großer Anstrengung versuche ich herauszufinden, was auf dem Etikett der Flasche steht. Ich kann es aus der Entfernung nicht entziffern.

»Was soll das? Was soll die Spritze?«

»Reine Vorsichtsmaßnahme«, antwortet der Riese und löst sich von der Tür. Er kommt langsam auf mich zu. »Entweder du bist nett und gehst jetzt brav mit uns, oder wir schläfern dich ein und transportieren dich durch den Hinterausgang zusammen mit ein paar dreckigen Betttüchern.« Er bleibt dicht vor mir stehen. Er benutzt ein anderes Rasierwasser, eines, das nach Gurken und Melonen riecht. Sein fleischiges Gesicht ist fleckig und rot. Ein Schweinskopf im Kaschmir-Rollkragenpullover. Flink greift er nach meinem Arm und zieht mir den Ärmel hoch. Ich wehre mich, aber er hält mich fest.

»Wohin wollt ihr mich bringen?«

»Halt die Klappe. Wirst du mitgehen und tun, was ich dir sage?!« schreit mich die Bulldogge an. Ich nicke verzweifelt. »Los jetzt!« ruft er uns zu. Er packt meinen Arm und zerrt mich zur Tür. Ich reiße mich los und greife nach meiner Tasche. Der Riese schiebt sein ausladendes Kinn vor und versucht sich zu beherrschen. Seine Augen blitzen. Mit oder ohne Spritze; es wäre ein Kinderspiel für die beiden, mich auseinanderzunehmen. Hier würde mich niemand hören.

»Wenn du brav bist, liegst du nachher wieder in deinem Bett«, sagt er, tritt einen Schritt näher an mich heran und mustert mich, wie man käufliche Mädchen taxiert. Ich fühle seinen Atem, drehe meinen Kopf von ihm weg. Dann stößt er mich zur Tür hinaus. Legt den Arm um mich, als wolle er mich beschützen. Das Rattengesicht trippelt einen halben Schritt hinter uns her. Wir laufen durch die Hotelhalle. Ich blicke mich um. Sehe weder eine erlösende Tür noch einen dunklen Gang oder einen offenen Aufzug, in den ich mich flüchten könnte. Der Nachtportier blickt hoch, lächelt und ruft mir von der Rezeption aus zu: »Sie werden abgeholt, wie schön für Sie! Es ist gefährlich für eine junge, hübsche Frau zu dieser Uhrzeit allein auf der Straße!« Ich lächle zurück und wünsche ihm gleichzeitig die Pest an den Hals. Ihr Wagen vor dem Hotel steht im Halteverbot. Die Bulldogge setzt sich ans Steuer und das Rattengesicht zu mir auf die Rückbank. Sein Gestank, die speckige Haut, das fettige Haar und die muffigen Kleider bereiten mir Übelkeit. Ich höre Türschlösser klicken. Wir fahren los.

»Darf ich das Fenster öffnen?« frage ich den Riesen.

»Damit du an der nächsten Ampel rausschreien kannst?« fragt die Ratte schnell, auch er leidet an Mundgeruch.

»Bitte«, flehe ich die beiden an.

Der Riese am Steuer öffnet das elektrische Fenster einen Spalt. Der frische Windzug beruhigt mich ein wenig. Starr blicke ich auf die Straße. An den vorbeirasenden Schildern sehe ich, daß wir uns dem Flughafen Tegel nähern.

»Wohin fahren wir?« frage ich zitternd.

»Einen Freund besuchen«, grinst die Bulldogge.

Kurz vor dem Flughafen verlassen wir die Stadtautobahn und biegen in eine kleine Straße, die zu einem Flughafenhotel führt. Das Hotel ist fast leer, abgesehen von den zwei Mädchen an der Rezeption und wenigen herumlungernden, verärgerten Touristen, deren Flug höchstwahrscheinlich gerade gestrichen wurde. In derselben Umarmung wie zuvor schreiten wir durch die Hotelhalle. Wir steigen in den Aufzug. Der Riese drückt den Knopf zum vierten Stock. An der Tür 412 klopft er. Meine Knie zittern. Ein junger Mann mit Nickelbrille öffnet uns. Er sieht aus wie ein Steuerberater. Wir treten ein. Das Zimmer ist voller Qualm, eine Mischung aus teuren, amerikanischen Zigaretten und billigen, starken, wie sie die Vietnamesen an den U-Bahn-Schächten verkaufen. Der Steuerberater schließt schnell das Fenster. Auf schweren Sesseln an einem gläsernen Couchtisch sitzen zusammengekrümmt zwei Männer. Der eine ist dickbäuchig, trägt einen pastellfarbenen Golfpullover und modische Jeans. Mit Händen wie Spaten umklammert er eine schwarze Mappe aus dünnem Leder. Der andere ist schlank, dunkelhaarig, mit Ausnahme einer kahlen Stelle um die Kopfmitte. Seine Haut ist gebräunt, und seine Hände sind gepflegt. Er trägt einen schwarzen Anzug.

»Wo wart ihr so lange? Ich hatte gesagt, in zwei Stunden. Seid ihr zwei Idioten nicht einmal fähig, die Uhr zu lesen?« rügt er meine Begleiter auf russisch. Dann wendet er sich an mich: »Da bist du also«, er lehnt sich zurück und sieht mich an. »Können wir uns auf russisch unterhalten? Mein Deutsch ist schlecht. Englisch verstehen die anderen nicht.«

Ich nicke.

»Hanna, nicht wahr? Roman nannte dich Hanna.« Ich nicke, blicke zu den anderen. Der eine pafft seine Zigarette, der andere lehnt an der Wand, die Ratte und die Bulldogge haben es sich auf dem Sofa bequem gemacht.

»Ich bin Viktor. Viktor Sokolov. Wir haben ein paarmal miteinander telefoniert«, sagt er freundlich bemüht. Sein schmales Gesicht bleibt seltsam ausdruckslos.

Ich hatte mir Viktor Sokolov anders vorgestellt. Älter. Ernster. Imposanter. Der Mann vor mir hat ein Gesicht, an das man sich nicht erinnert. Nichts ist auffällig an ihm. Wären da nicht seine Augen, die, obwohl von einem satten, warmen Braun, jeden seiner Blicke in Eis verwandeln.

»Du willst bestimmt wissen, warum du hier bist?« fährt er fort. Ich nicke. »Du bist heute abend hierhergekommen, um mir persönlich zu sagen, wo Roman ist.«

»Ich weiß es nicht. Ich weiß es wirklich nicht«, stottere ich. Der Mann aus Eis scheint es zu überhören. Er lehnt sich zurück, schweigt und betrachtet mich eingehend. Die anderen hängen gebannt an seinen Lippen. Plötzlich sehe ich, wie der Mann mit der Nickelbrille seelenruhig einen Revolver aus einer Tasche zieht.

»Ich könnte dich als Pfand benutzen«, fährt Sokolov ruhig fort. Mein Atem wird schnell und flach. »Aber dazu hast du ihm zu wenig bedeutet«, wägt er ab.

Ich starre den Steuerberater mit dem Revolver an. Still hantiert er mit der Waffe, bevor er sie in seiner Anzugsjacke verschwinden läßt. Das Rattengesicht und die Bulldogge sitzen auf dem Sofa wie zwei Streber. Ich blicke wieder zum Steuerberater, lasse ihn nicht aus den Augen. Er hat die Arme verschränkt. Gelangweilt erwidert er meinen verzweifelten Blick.

»Weißt du, warum ich ihn suche?« fragt mich Sokolov darauf.

»Ich habe keine Ahnung.«

Sokolov schweigt. Mindestens eine halbe Minute lang sagt er nichts, glotzt bloß gedankenverloren vor sich hin. Es ist stickig. Ich wünschte, jemand würde an die Tür klopfen, das Telefon würde klingeln, irgend etwas, das mich aus dieser Hölle erlöst.

»Wieviel hat er dir für deine Unschuldsmiene bezahlt? Von meinen zwei Millionen, die mir mein bester Freund, mein Bruder, gestohlen hat«, sagt er kalt. »Oder willst du mir weismachen, daß du so dumm bist, daß du davon auch keine Ahnung hattest?« Sokolovs Augen durchbohren mich trotz des beißenden Zigarettenrauchs. Die anderen Männer hängen weiterhin gebannt an seinen Lippen.

»Du könntest dich erkenntlich zeigen. Ich habe dir das Leben gerettet. Du hättest zufällig in irgendeinem Hotelzimmer vergewaltigt und erdrosselt werden können. Passiert oft genug in Städten wie dieser.« Sokolov zündet sich eine Zigarette an.

Auf einmal fühle ich mich ganz ruhig, wäge nüchtern meine Chancen ab. Sie sind zu fünft. Ich bin allein. Ich starre zur Decke.

»Könnte ich kurz das Bad aufsuchen?«

»Soll ich sie begleiten?« fragt das Rattengesicht.

Die Männer brechen in Gelächter aus.

»Laß sie gehen!« befiehlt Sokolov streng.

»Ich paß auf«, sagt plötzlich der Steuerberater. Er führt mich zum Bad, betritt als erster den fensterlosen, kleinen Raum, reißt das Kabel des Wandtelefons heraus und geht wieder hinaus. Bevor ich die Tür schließe, setzt er noch schnell einen Fuß dazwischen und zischt: »Wehe, du drehst den Schlüssel um.«

Vorsichtig schiebe ich die Tür zu. Mir bleiben nur wenige Minuten. Ich werfe einen Blick zur Decke. Dann drücke ich die Spülung, drehe den Hahn auf, lasse Wasser ins Waschbekken laufen. Dann schließe ich den Klodeckel und steige drauf. Ich ziehe das Feuerzeug aus der zerknitterten Packung in meiner Jeans und zünde mir eine Zigarette an. Der Steuerberater hustet hinter der Badezimmertür. Er könnte sie jeden Augenblick aufreißen und mich erwischen. Panisch denke ich an seine Waffe. Ich stelle mich auf die Zehenspitzen und recke mein Kinn zur Decke. Ich rauche, in schnellen, hektischen Zügen. Die Decke ist niedrig, das Hotel ein häßlicher Sechzigerjahrebau. Ich versuche, soviel Rauch wie nur möglich direkt in den kleinen Feuermelder zu pusten.

»Bist du endlich fertig?!« ruft der Steuerberater und hämmert an die Tür. Verzweifelt halte ich das brennende Feuerzeug direkt unter den Feuermelder. Dann werfe ich den Zigarettenstummel ins Klo, betätige die Spülung und öffne die Tür. Der Mann mit der Nickelbrille sieht mich prüfend an. Das Blut pocht wild in meinen Schläfen. Ich starre zurück. Schweigend geht er durch den Flur wieder ins Zimmer. Ich folge ihm, bin am Boden zerstört. Es war nur ein dummer Einfall, sonst nichts.

Auf einmal geht alles sehr schnell. Sokolov und der Dicke streiten sich. Noch bevor ich verstehen kann, worüber sie sich zanken, heult eine Sirene auf. Die Männer schrecken hoch. Die Bulldogge rennt zum Fenster. Das Rattengesicht drückt hektisch seine Kippe im Aschenbecher aus. Der Steuerberater packt mich am Arm und hält mich fest. Sokolov steht auf. Die Sirene heult wie bei einem Fliegerangriff. Draußen auf dem Gang hört man Türen zufallen und Menschen schreien.

»Sie hat den Alarm ausgelöst«, zischt Sokolov kalt, ohne das Gesicht zu verziehen.

Im Flur hört man Hotelangestellte rufen. Es dauert nicht lange, bis jemand auch an Tür 412 poltert: »Hallo? Machen Sie bitte auf. In diesem Stockwerk gibt es Feueralarm!« ruft eine hektische Stimme.

»Sie müssen das Zimmer verlassen.« Die Männer verharren reglos, schauen zu Sokolov. Vor dem Fenster hört man kreischende Feuerwehrautos.

»Dafür wirst du büßen«, zischt mir der Steuerberater ins Ohr und verdreht meinen Arm. Mit einem Sprung ist Sokolov an der Tür und öffnet.

»Alles in Ordnung bei Ihnen?« fragt der Hotelangestellte, rennt, ohne die Antwort abzuwarten, mit seinem Kollegen ins Zimmer und schaut sich um.

»Kommen Sie, meine Herrschaften«, sagt der andere Angestellte zu den Russen, »Sie müssen das Stockwerk verlassen. Schnell! Benutzen sie die Treppen ins Erdgeschoß.«

Er weist uns den Weg zur Treppe. Ich schaffe es gerade noch, meine Tasche mit den Noten zu schnappen. Händchenhaltend wie ein verliebtes Paar steigt der Steuerberater mit Nickelbrille mit mir die Treppen hinab. Er hat einen festen Griff und bricht mir fast die Knochen. Wir sind fast die einzigen, die keinen Schlafanzug oder Morgenrock tragen. Die Treppen sind schmal. Das Gedränge groß. Endlich erreichen wir das Erdgeschoß und lassen uns von der Menge in die Hotelhalle schieben. Angestellte laufen aufgeregt hin und her, treiben die Menschen zu einer Gruppe zusammen.

Es dauert nicht lange, bis die Feuerwehrleute herausgefunden haben, daß im Hotel kein Feuer ausgebrochen ist. Die Gäste sind aufgebracht, beschimpfen lauthals das erschöpfte Personal. Auch die Feuerwehrleute sind verärgert. Als sich die Menschenmasse langsam wieder aufzulösen beginnt, ergreife ich meine einzige Chance. Der Steuerberater an meiner Hand schiebt mich durch die plappernde Menschenmenge zum Aufzug. Mit einer schnellen Bewegung reiße ich mich los und schieße quer durch die überfüllte Hotelhalle in Richtung Ausgang.

»Bleib stehen!« schreit er wütend. Ein paar Leute blikken ihn verwundert an. »Meine Frau streitet immer«, erklärt er schnell in gebrochenem Deutsch. Aber da sind seine Freunde längst hinter mir her. Ich erreiche den Ausgang, stoße ein paar Menschen um, trete anderen auf die Füße, um mir den Weg zu bahnen. Erst als ich auf der Straße bin, blicke ich mich um. In der einen Richtung die lärmende Autobahn, in der anderen ein dunkles Nichts. Vor meiner Nase ein glänzendes Raumschiff, grell wie ein Spielzeug. Ohne zu überlegen, hechte ich in ein Feuerwehrauto, falle über ein paar Männer, die gerade einpacken. Ich flüchte nach vorn in die Fahrerkabine, hocke mich völlig außer Atem auf den Boden.

»Sind Sie in Ordnung?« fragt eine Stimme. Über mir steht ein Feuerwehrmann und sieht mich verwundert an. Kurz darauf erscheinen zwei seiner Kollegen.

»Ja, ja, alles in Ordnung, bitte helfen Sie mir! Verraten Sie mich nicht«, keuche ich zusammengekauert und fange fast an zu heulen.

»Bist deinem Ollen wechjeloofen, waa?« fragt mich einer belustigt. Ich nicke wie ein aufgebrachtes Huhn. Draußen, nur ein paar Schritte entfernt, höre ich die Stimmen der Bulldogge und des Steuerberaters. Sie streiten, geben sich gegenseitig die Schuld für mein Entkommen.

»Isser dit?« fragt er und zeigt mit seinem Kinn nach draußen. Ich nicke, obwohl ich nicht sicher bin, wen er meint.

»Hast ja recht. Der würde mir ooch nich jefallen, so wie der keift«, murmelt er vor sich hin und zwinkert mir aufmunternd zu.

Es dauert eine Ewigkeit, bis alle Feuerwehrmänner eingestiegen sind und auf ihren Sitzen Platz genommen haben. Endlich fahren wir los. Der Einsatzleiter ist wütend. Nur drei der Feuerwehrmänner haben auffallend gute Laune.

»He, Leute, guckt mal her, was wir gefunden haben!« ruft der eine fröhlich in die Runde. »Kannst rauskommen, wir sind schon unterwegs!« fordert er mich flüsternd auf.

Zitternd erhebe ich mich. Die Feuerwehrmänner johlen und stampfen mit den Füßen. Sie fragen mich, warum ich vor meinem Freund geflüchtet bin. Ich erzähle ihnen, er hätte sich geweigert, vor dem Schlafengehen die Zähne zu putzen. Wildes Gelächter. Nun reißen sie Witze über zwischengeschlechtliche Beziehungen.

»Wo sollet denn hinjeehn, Süße?« fragt mich mein Retter, als wir auf die Autobahn fahren.

»Egal, Hauptsache, zurück in die Zivilisation.«

»Na dann hat sich diese idiotische Aktion ja doch noch gelohnt«, lacht auch der Einsatzleiter.

Unter Protestrufen lasse ich mich schließlich irgendwo in Moabit absetzen.

»Danke, Jungs!« krächze ich mit heiserer Stimme zum Abschied. Sie pfeifen mir hinterher. Eine kurze Weile bleibe ich stehen und sehe zu, wie das leuchtende Feuerwehrauto im Morgennebel verschwindet.

Die Nacht vor dem Schnee

Ich habe kein Geld und auch keine Arbeit. Nur Angst. Vor Eismännern, Steuerberatern, Bulldoggen und Rattengesichtern. Ich muß die Stadt verlassen, doch ich weiß nicht, wohin. Tagsüber ziehe ich durch Einkaufszentren, Museen, Bahnhöfe, sehe mich panisch um, halte Ausschau nach meinen Verfolgern. Ich weiß, irgendwo lauern sie auf mich. Menschen eilen achtlos an mir vorüber, kleine Planeten in ihren Umlaufbahnen, jeder ihrer Schritte hat ein Ziel.

Meine Lungen schmerzen, als würde jemand darin herumstochern wie in einem ungenießbaren Stück Fleisch. Das Husten hört nicht auf. Nachts ist es am schlimmsten. Der Schlaf ist im Fieber wie ein Wachen und Wachsein wie ein Dämmern. Ich wanke, taumle, kann kaum mehr aufrecht gehen. Die Menschen denken, ich sei betrunken. Dabei ist es bestimmt nur eine lächerliche Erkältung, weiter nichts. Ich könnte sie selbst behandeln, mich gesund schlafen, hätte ich nur ein paar Medikamente und ein warmes Bett für einen Tag.

Abends gehe ich am Bahnhof Zoo vorbei. Vorbei an den Obdachlosen, die sich vor einer Tür versammeln. Wahrscheinlich befindet sich dahinter die Bahnhofsmission. Ich blicke in ihre ausdruckslosen Gesichter, gehe weiter, laufe, bis ich ihre Stimmen nicht mehr vernehmen kann. Ich bleibe vor einem Schaufenster stehen, ziehe einen Lippenstift aus meiner Tasche und male meine blau angelaufenen Lippen rot. Dann betrete ich die Bahnhofshalle, frage mich, wie lange ich in der Menschenmenge untertauchen kann. Auf der Abfahrtstafel steht 4 Uhr 15. Der letzte Zug. Bis dahin bin ich eine gesicherte Existenz.

Wenn ein Fixpunkt im Raum nicht existiert, wenn Raum an sich eine Illusion ist, ebenso wie Zeit, dann existiert auch der Körper nicht, ebensowenig wie Krankheit oder Hunger, Müdigkeit oder Schmerz. Ich stelle mich neben ein paar Reisende vor den großen Bildschirm, auf dem die neuesten und grausamsten Nachrichten gesendet werden, und lehne mich an die Wand, da ich kaum mehr stehen kann. Die liebliche Vorstellung, alles um mich herum, mich eingeschlossen, sei gar nicht vorhanden, vertreibt meine Schmerzen, zumindest für einen kurzen Augenblick. Die Bilder zittern und flimmern in farbigen Wellen, sind nunmehr Flecken auf meiner Netzhaut. Ich schließe kurz die Augen. Sie brennen. Ich öffne sie wieder. Es wimmelt vor Wachpersonal und Polizisten. Sie wurden von der Nichtexistenz vergessen, übersehen, die Ordnungshüter. Hier kann ich auch nicht bleiben. Es ist kurz nach Mitternacht. Ich habe keine Kraft mehr, alle Hoffnung auf eine zufällige Begegnung zu setzen, eine Begegnung mit irgend jemandem aus meinem flüchtigen Bekanntenkreis, um ihn um Hilfe zu bitten. Es gibt niemanden, den ich jetzt anrufen könnte.

Ich trete hinaus auf die Straße. Ein paar herumstreunende Männer pfeifen mir hinterher und schnalzen mit der Zunge. Kalte Winterluft verbrennt auf meinem fiebrigen Gesicht. Ich will eine Zigarette rauchen, aber ich besitze keine. Halb besinnungslos renne ich weiter die Straße hinunter, dem Ku'damm entgegen mit seinen beleuchteten, blinkenden Fenstern, den Bäumen mit ihren gigantischen Weihnachtsdekorationen. Ich laufe, um nicht stehen zu bleiben. Ich will nicht auf der Straße sterben. Wie eine Ratte, ein plattgefahrener Vogel. Nicht so. Inmitten all der Weihnachtsbeleuchtung.

Ich renne weiter. Bilder rasen an mir vorbei, Wellen von grellfarbigem Licht schlagen mir entgegen. Ich werde nicht in ihnen untergehen. Höllischer Lärm bedrängt meine tauben Ohren, frißt sich verzerrt bis in mein Innerstes. Ich spucke ihn aus wie einen bösen Fluch, gebe nicht auf, laufe weiter. Ich muß das Fieber besiegen, die Kälte, die Ausweglosigkeit. Ich werde die ganze Stadt durchlaufen, schnell, schneller, immer schneller, niemand wird mir mehr den Weg verstellen.

Der Nebel ist nunmehr ein weicher Luftzug, der mich trägt. Der Straße entlang. Wie eine Königin. Die Puppen in den Schaufenstern lächeln mich an. Die Lichter in den Platanen leuchten mir den Weg. Mein Körper ist federleicht und klar wie Glas, meine Füße berühren kaum noch den gefrierenden Boden. Meine Schritte werden größer und größer. Es ist kinderleicht. Ich berühre die kalte Erde nicht mehr, überhole in der Luft eine alte, aus dem Schlaf aufgescheuchte Taube. Sie kreischt entsetzt, als ich sie hinter mir lasse. Ich fliege den Ku'damm hinunter, öffne den Mund, der Husten stiehlt sich aus meiner Lunge und weht davon. Ich kann wieder atmen, frei, ohne Beschwerden. Ich sauge alle Luft ein, die mir in dieser Nacht zur Verfügung steht, atme kalte Dezemberluft, während ich immer schneller aufsteige in ungeahnte Höhen. Ich begegne dem neugeborenen Schnee, der noch in dieser Nacht auf die muffige Stadt fallen wird, grüße ihn im Vorbeiflug und beglückwünsche seine Mutter, das Ewige Eis. Ich habe es geschafft, habe das Elend besiegt, das Übel überwunden. Ich mache einen großen Sprung, stolpere, falle in rasender Geschwindigkeit, werde durch die Luft geworfen und lache.

Das Licht blendet mich durch die geschlossenen Lider. Um mich herum ist es seltsam still. Ich überlege, ob ich die Augen öffnen soll. Der Geruch ist mir vertraut. Ich verharre einen Moment, bis schließlich meine Neugier siegt: Wohin ich blicke, medizinische Geräte, kleine Fächer mit Spritzen, Verbände, weiße Laken, Infusionsflaschen. Es riecht nach Desinfektionsmitteln. Die Kammer ist winzig klein.

Ich liege in einem Krankenhaus, schrecke hoch, will vom Bett springen. Ein höllisch brennender Schmerz hält mich zurück. Ich blicke an meinem Körper hinunter. In meinem Arm steckt eine Infusionsnadel. Ich falle hin, schaffe es gerade noch, eine Nierenschale zu schnappen, reiße dabei eine Menge herumstehender Gegenstände herunter. Ich stürze neben die Liege auf den Boden und übergebe mich. Schlagartig öffnet sich die Tür. Vor meinen Augen erscheint ein

Paar weißer Schuhspitzen. Während ich weiter würge, vernehme ich eine schrille Frauenstimme.

Sie schreit: »Herr Doktor, kommen Sie bitte schnell!« Dann höre ich jemanden den Gang entlangschlurfen, ein langsames Absätze-hinter-sich-Herziehen. Die weißen Schuhspitzen gehören zu einem Paar braunbestrumpfter Waden und rundlicher Knie, die sich vor meinem zusammengekauerten Körper beugen. Dann höre ich wieder die Stimme: »Geht's? Der Doktor wird gleich bei Ihnen sein.« Sie entdeckt den losen Infusionsschlauch. »Nee, jetzt hat sie sich auch noch die Nadel rausgerissen«, höre ich die Krankenschwester brummen, während sie mir ein paar Papiertücher hinhält.

»Wo bleibt er denn? Ich muß jemanden rufen, der das hier saubermacht. Na, der läßt sich aber wieder bitten, der Herr Doktor.«

Ich wische mir den Mund ab. Die Einstichwunde der Nadel blutet. Draußen werden Schritte lauter, in der Tür erscheint eine große, hagere Männergestalt.

»Was wollen Sie denn hier?« empfängt ihn die Krankenschwester. »Haben Sie sich im Stockwerk geirrt? Wo ist denn Doktor Menzemer? Doktor Menzemer hat heute Nachtdienst.«

»Schon gut, gehen Sie, ich mache das«, sagt der große, hagere Mann. Er kommt auf mich zu und bückt sich zu mir herunter, umständlich wie eine Giraffe. Sein Gesicht ist freundlich und lang, seine Hände sind riesig, seine Finger krumm und knöchern. Er versucht mir aufzuhelfen, ohne dabei in das Erbrochene zu treten, und legt mich wieder auf die Liege zurück.

»Holen Sie ihr ein Nachthemd, ein Handtuch, sie bleibt heute hier!«

»Ich weiß nicht einmal, wie sie heißt«, sagt die Krankenschwester beleidigt. Ihr Haar ist kurzgeschnitten und kastanienbraun, sie trägt eine Strickweste über ihrer Schwesterntracht, ihre Nase und ihr Kinn sind spitz, ihr Mund herb und verschlafen krumm.

»Tun Sie, was ich Ihnen sage«, ordnet er an.

»Ich weiß nicht, Herr Doktor, ich muß die Patientin erst anmelden«, belehrt sie ihn.

»Bringen Sie ihr erst mal ein Handtuch, und dann kommt der Rest!« sagt der Arzt streng.

»Erst anmelden, dann Nachthemd anziehen!« bellt die Krankenschwester zurück.

»Bringen Sie jetzt das verdammte Handtuch, oder nicht?!« schreit der Arzt wütend.

»Vorschrift ist Vorschrift!« triumphiert die Nachtschwester mit spitzem Mund. »Aber vielleicht haben Sie es vergessen. Bei Ihnen unten braucht man sich ja nicht anzumelden, da meldet sich keiner freiwillig an, nicht wahr? Ich hole jetzt lieber den Chef«, sie preßt die Lippen aufeinander und blickt an dem Arzt vorbei.

»Ziehen Sie nur ab, das ist ja grauenerregend«, sagt der Arzt mit unterdrücktem Zorn.

Die Krankenschwester ignoriert ihn, bleibt auf der Türschwelle stehen, dreht sich noch einmal um und wendet sich an mich: »Wie heißen Sie überhaupt?«

Ich schweige.

»Wo wohnen Sie?« Ihre Augen werden zu blitzenden Schlitzen, die krächzende Stimme schriller. »Und sind Se' überhaupt versichert?«

Ich schweige und versuche, mich aufrecht hinzusetzen, will etwas sagen, aber meine Stimme versagt.

»Vielleicht versteht sie kein Deutsch?« faucht die Krankenschwester den Arzt an. »Und dann hat sie sich auch noch den Infusionsschlauch rausgerissen, sehen Sie doch!« Sie kommt zu mir und versucht, mich wieder an die Flasche anzuschließen. Ich ziehe den Arm weg. »Ich hole jetzt den Herrn Doktor Menzemer!« faucht sie mich an und rennt wutentbrannt hinaus.

»Seien Sie ein liebes Mädchen«, sagt der Arzt, »bis die Flasche leer ist, müssen Sie die ertragen.«

Er nimmt vorsichtig meine Hand und den lose herabhängenden Schlauch, steckt ihn in die Kanüle, stöpselt mich an, wie ein Elektrogerät. Ich wehre mich nicht.

»Sie sind in keinem guten Zustand«, sagt er freundlich. »Gibt es jemanden, den Sie benachrichtigen möchten?« Sein Blick wird ernst. »Können Sie mich verstehen?« Er betont jedes Wort langsam und überdeutlich. »Welche Sprache sprechen Sie denn?« hartnäckig fragt er weiter.

»Welche Sie wollen«, antworte ich müde.

»Na Gott sei Dank«, seufzt er und setzt sich neben mich auf die Liege. »Sie müssen hierbleiben, Sie haben eine Lungenentzündung.«

»Eine Lungenentzündung? Na, dann kann ich ja wieder gehen.« Ich versuche aufzustehen.

Der Arzt drückt mich sanft auf die Liege zurück. »Sie haben mich nicht verstanden. Sie bleiben erst einmal hier.«

Ich starre in seine Pupillen, die von einem seltsam hellen Blau umrandet sind.

»Wie heißen Sie? Wo sind Sie versichert?«

Ich schweige.

»Wo wohnen Sie?«

Ich will nicht antworten.

»Ich muß Sie aber doch anmelden, machen Sie es mir nicht so schwer.« Seine Stirn legt sich in Falten, er versucht zu lächeln, obwohl er allmählich die Geduld verliert.

»Tut mir leid, ich will Ihnen keine Schwierigkeiten machen, aber ich kann unmöglich hierbleiben«, sage ich und kämpfe mit den Tränen, denn der Gedanke an ein warmes Bett, ein Dach über dem Kopf und mindestens drei Mahlzeiten am Tag ist sehr verlockend.

»Wo liegt das Problem?« fragt mich der Arzt weiter, »für alles gibt es eine Lösung. Mir können Sie es sagen.« Er versucht wieder zu lächeln. »Ich unterliege der Schweigepflicht, halte dicht wie ein Pfarrer.«

Wir lachen.

»Sind Sie Chirurg?«

»Fast.«

»Internist?«

»Pathologe«, erwidert er. Seine Pupillen verengen sich zu einem winzigen schwarzen Punkt.

»Solange es nicht die Neurologie ist«, sage ich, und während ich lache, spüre ich ein furchtbares Stechen in der Brust.

»Was haben Sie gegen Neurologie?«

»Nichts, sie ist manchmal grausamer als die Leichenhalle.«

»Sind Sie Ärztin?«

»Nein. Ich habe das Studium abgebrochen.«

»Na gut, dann brauche ich nicht auf Sie einzureden, als wären Sie fünf.«

»Bitte reden Sie noch ein bißchen auf mich ein. Als ich fünf war, hat niemand auf mich eingeredet«, sage ich und versuche mich aufzurichten, um meine Sachen zusammenzusuchen. Er kann mich unmöglich aufhalten.

»Seien Sie artig, sonst muß ich das Krankenschwesternschlachtschiff rufen.« Der Arzt sieht nun aus wie ein Lehrer.

»Wie bin ich hierher gekommen? Meine Erinnerung ist ausgelöscht.«

»Man hat Sie auf der Straße gefunden.«

Na großartig, denke ich. Die Drohungen meiner Familie, ich würde einmal auf der Straße enden, haben sich somit erfüllt.

»Und weiter?«

»Ihre Ohnmacht verursachte eine Volksversammlung auf dem Ku'damm. Jemand rief nach einem Arzt. Ich kam gerade aus der Spätvorstellung, hörte die Rufe und fühlte mich angesprochen.«

Er fährt sich mit seinem langen Finger über die Stirn und streicht elegant eine Strähne beiseite.

»Dann rief ich einen Krankenwagen und brachte Sie hierher. Sie waren stark unterkühlt. Heute nacht ist hier der Teufel los. Außerdem fehlt es uns an Personal, die üblichen Sparmaßnahmen«, betont er überdeutlich und rollt mit den Augen. Ich kann mir ein Grinsen nicht verkneifen.

»Doktor Menzemer ist ein Freund von mir. Ich bin in Ihrem Fall für ihn eingesprungen. Er weiß, unterkühlte Schönheiten sind mein Fachgebiet.«

Sein Charme hat die Eleganz eines Elefanten, aber ich kann es ihm nicht verübeln, wahrscheinlich kommt er nicht allzuoft unter lebende Menschen.

»Ich heiße Christian Rickedanz. Manche nennen mich aber einfach Doktor C.« Er streckt mir seine Hand hin, sie sieht aus wie ein kahler Ast.

»Wo sind wir hier?«

»Westend. Wo wollen Sie hin?«

»Nirgendwohin«, huste ich. »Hören Sie, ich kann nicht hie bleiben. Ich bin nicht versichert, ich habe keine Bankverbindung, nicht mal eine Aufenthaltsgenehmigung, geschweige denn eine Meldebescheinigung. Ich bin zu Besuch hier, bin zufällig klebengeblieben. Reise demnächst weiter, muß nur noch die Koffer packen. Bitte lassen Sie mich jetzt gehen.«

»Ich kann Sie nicht zwingen. Wenn Sie gehen wollen, dann gehen Sie«, sagt der Doktor. »Nur«, er macht eine lange Pause, »bin ich mir sicher, ich werde Sie wiedersehen, innerhalb der nächsten paar Tage, wenn ich eine der Schubladen in meinem Gefrierschrank öffne ...«

»Na dann haben Sie wenigstens einmal mit einer Patientin zuvor eine kleine Konversation gehabt«, entgegne ich und suche nach meinem Pullover.

»Verstehen Sie mich nicht falsch«, fängt er an, »ich will Ihnen nicht zu nahe treten«, er hält inne, »aber wenn Sie wollen, dann bleiben Sie doch für ein paar Tage bei mir.« Es ist ihm unangenehm. »Ich habe eine große Wohnung, die meiste Zeit über steht sie leer. Sie können nicht hierbleiben, aber Sie sind ernsthaft krank, Sie müssen sich behandeln lassen.«

Christian ist ein leidenschaftlicher Koch. Jeden Abend kocht er für mich. Suppe. Hühnersuppe. Morgens. Mittags. Abends. Hühnersuppe. Ich habe noch nie eine solche Vielfalt an Hühnersuppen erlebt. Mal wirft er einen ganzen Vogel ins heiße Wasser, dann nur seine Keulen, manchmal nur die Herzen oder die Flügel, mal ist es ein Suppenhuhn aus

Brandenburg, mal ein Maishuhn aus Frankreich, dann wieder ein Kapaun aus dem KaDeWe. Er legt Möhren, Kartoffeln, Suppengrün, Pilze in den Topf, die den Vögeln Gesellschaft leisten sollen beim stundenlangen Köcheln.

»Du päppelst mich auf wie ein Haustier«, lache ich, und Christian sagt, es sei doch auch kein großer Unterschied, ob er ein verstörtes, krankes Tier pflege oder eben mich, von der er ebenso wenig weiß.

Er lebt allein in einer großen Wohnung. Sie hat ein Kinderzimmer, das einem mit seinen leuchtenden Farben am Ende des Flurs auf der Stelle ins Auge springt. Er hat ein Kinderzimmer, aber kein Kind. Sein Sohn und seine Frau sind weg. Christian hat die Hoffnung, sie würden eines Tages zu ihm zurückkehren, längst aufgegeben. Behauptet er. Er ist froh, mich gefunden zu haben. Ich bin das Kind, die Frau und das Haustier in einem. Vor allen dreien hat er Angst. Nur vor den Kranken und den Tiefgekühlten nicht. Deswegen bin ich ihm vertraut. Ich frage ihn, ob ich ihm nicht allzu viele Umstände bereite. Er sagt: »Nein. Ich bin froh, nach Hause zu kommen und jemanden husten zu hören hinter der Tür.«

»Warum suchst du dir nicht eine neue Frau?« will ich wissen.

»Wer will schon von einem berührt werden, der den ganzen Tag in toten Körpern stöbert?« entgegnet er und gießt sich Rotwein ein.

Ich setze mich in seinem zusammenklappbaren Gästebett auf und betrachte ihn. Er zwinkert mir zu und nippt an seinem Wein. Ich blicke in seine seltsam hellen Augen. Manchmal, an eiskalten, sonnigen Wintermorgen hat der Himmel dieser Stadt dieselbe Farbe. Er reicht mir ein paar Tabletten und eine Tasse Tee.

»Ich will, daß du gesund wirst.«

»Warum?«

»Damit ich dir besser das Herz brechen kann«, lacht er.

Ich frage mich, wer das Rotkäppchen von uns beiden ist, wer die Großmutter und wer der Wolf.

»Du wirst enttäuscht sein. Ich bin eine einzige Enttäuschung. Mein Herz ist aus Eis«, sage ich und stelle die Tasse auf den Boden.

»Das macht nichts, damit bin ich vertraut«, Christian hält mir das Fieberthermometer hin, ich klemme es unter meinen Arm.

»Im Ernst, ich bin ein pathologischer Fall.«

»Gut, dann probieren wir es mit Reden.«

Das Thermometer fiept. Er zieht es hervor.

»39,2. Vielleicht taust du ja doch noch auf.« Er löst eine Kapsel aus einer Medikamentenpackung und überreicht sie mir. Ich schlucke sie, genauso wie Unmengen von anderen, mir unbekannten Tabletten. Später ziehe ich den Beipackzettel aus einer der Schachteln und lese ihn, um mir die Zeit zu vertreiben. Es ist ein Mittel für die Prostata.

Christian und ich unterhalten uns bis spät in die Nacht. So verpassen wir das ungeliebte Weihnachten und das verhaßte Silvester. Wir lachen viel. Christian ist betrunken, und ich habe Fieber.

»Was wärst du gerne geworden?« frage ich ihn.

»Ein guter Mensch«, antwortet er »Und du?«

»Astronaut«, lächle ich.

»Und? Was hat dich daran gehindert?«

»Rauchen im Weltall verboten.«

»Dann hast du mit Medizin angefangen?« fragt Christian weiter.

»Daraus wurde ja auch nichts.«

»Ich meine, warum hast du aufgehört?«

»Ich habe in meinem Leben noch nie etwas geschafft.«

»Gibt es denn überhaupt etwas, das dir besonderen Spaß macht, oder etwas, was du besonders gut kannst?«

»Ja. Die Erwartungen anderer enttäuschen.«

»Warum willst du mir nichts über dich erzählen?«

»Das sage ich dir ein anderes Mal«, flüstere ich und schlafe ein.

Christian zieht leise die Tür hinter sich zu.

Ich bin ihm ans Herz gewachsen, und mit der Ausdauer

eines tapferen Minnesängers wirbt er um meine Gunst. Ich mag ihn auch. Doch leider kann ich nicht dasselbe für ihn empfinden. Ich sehne mich nach der Straße zurück.

»Ich heirate dich und werde meine Rente auf dich überschreiben lassen!« sagt er einmal in seiner liebenswürdigen Art. »Das ist mehr, als ein Deutscher je für dich tun würde!«

»Da bin ich mir hundertprozentig sicher«, erwidere ich und umarme seine hagere, ritterliche, verzweifelte Gestalt.

Ich sehe aus dem Fenster. Es ist wieder wärmer geworden.

Der Stadtschnee schmilzt und zerrinnt in dreckigen Strömen unter den Füßen der Passanten, läuft über die Bordsteinkante in den Rinnstein und spritzt, aufgescheucht von rasenden Autoreifen, in die vergrämten Gesichter der vorbeieilenden Menschen. Die Sonne ist geflohen, das viele Grau bekommt ihr nicht. Sie fühlt sich dem schmutzigen Nebelschleier nicht gewachsen. Es regnet. Auch die Regentropfen sind trübe. Winterregen, müdes, schmutziges Wasser, von dem sich der gequälte Himmel längst erlösen wollte, taucht die Stadt in Grau. Die Baustellen in schweres Eisengrau, die Glasbauten in schmutzig schimmerndes Perlengrau, die laublosen Bäume in staubiges, kaltes Aschgrau. Die Farben der Häuser sind nur noch eine Ahnung von Weiß, die Menschen mit einer Schmutzschicht überzogen. Alles, selbst die frivolsten Touristen-Attraktionen wirken schläfrig träge und bleiern schwer.

Auf einmal sehne ich mich nach der Schweiz, einem meiner Stiefheimatländer. Das kleinste und das höchste. Ich sehne mich nach der unfruchtbaren, kargen, spröden Landschaft, je näher man dem Berggipfel kommt. Nach der Stille, wenn nichts mehr zu hören ist außer einigen verirrten Vögeln und ein paar dumpfen Kuhglocken irgendwo weiter unten im Tal. Ich vermisse den Gesichtsausdruck alter Bergbäuerinnen, die mich festen Schrittes überholen, einen kaputten Weidenkorb auf dem Rücken, und die mich albern finden in meiner bunten Wanderkleidung, mit meinen städtischen Alpinisten-Ambitionen. Gesichter, die sich vollkommen der Berglandschaft angeglichen haben, mit den Furchen, der Strenge, der Kargheit, der Klarheit.

Womit fühlen wir Städter uns verbunden, wo alles von Menschenhand geschaffen wurde? Mit Grünanlagen? Den von Motten heimgesuchten Kastanien in den Alleen? Den Fußballplätzen? Zu wessen Abbild werden sich unsere Gesichter im Laufe der Zeit verwandeln? Sind unsere Hunde und Katzen die einzigen, denen wir nach und nach ähnlicher werden?

Ich sehne mich nach den Bergen, weil sie stur und stolz in die Welt hinausragen, ohne jemals ihren Platz behaupten zu müssen. Weil sie niemals in einen fremden Himmel blikken müssen. Ich sehne mich nach der fürsorgenden Kontrolle in den Schweizer Städten, der gnadenlosen Aufrichtigkeit. Ich sehne mich nach den Beamten hinter dem Glas ihrer Schalter, die eingeschüchterten Asylsuchenden die Botschaft verkünden: »Schauen Sie, die Schweiz ist wie eine Mutter. Eine Mutter. Wissen Sie, was eine Mutter sagt? Eine Mutter sagt: Zuerst sind die eigenen Kinder dran, dann kommen die fremden.«

Das leuchtet ein. Es gibt kaum etwas, das einleuchtender wäre. In der Schweiz versteht man es, komplizierte Inhalte einfach auszudrücken. Alles klingt verständlich, überzeugend und klar. Nach unzähligen, quälenden Ansuchen auf eine Aufenthaltsbewilligung als Kind in den verschiedensten Ländern Europas, den willkürlichen Launen irgendwelcher Beamter der Ausländerbehörden ausgeliefert, mit den »Onkeln« und »Tanten« an der Hand, Schlange stehend und alle paar Monate neu, konnte ich mich das erste Mal in meinem Leben auf etwas verlassen.

Ich vermisse die Schweiz, vermisse die Garnisonen junger Hausfrauen, die sich mit ihren Kindern im Untergrund verstecken, damit die Ruhe und Überschaubarkeit erhalten bleiben. Ich vermisse all die sprachlosen Fremden, die ihre Köpfe in Toiletten oder Baulöcher stecken, weil man selbst sich ekelt vor Schlamm und Scheiße und stinkenden Abfällen. Ich vermisse Urs, der mir ein Vater war, und seine

Freundin Irene. Ich vermisse die indischen Götterbilder an den Wänden seines Hauses in den knalligsten Farben, den Geruch von Sandelholzöl, das er in seine Haare rieb, den Geruch von Gras, das er in seinem Garten anbaute. Ich vermisse die Bücher, die er liebte und die er mir zu lesen gab. Ich vermisse seinen VW-Bus, mit dem er fünf Jahre durch Indien reiste. Damals konnte man noch über das Kaschmirgebirge, Afghanistan und Pakistan nach Indien gelangen, wo er und Irene wie alle echten Hippies auf der Straße lebten. Ich liebte die indischen Speisen. Ich durfte mit den Händen vom Teller essen. Ich vermisse die Liebe und die Wärme, die Urs mir schenkte, ohne jemals etwas dafür zu erwarten. Seine endlosen Versuche, aus mir einen starken, unbeugsamen Menschen zu machen. Ich vermisse seinen bedingungslosen Beistand und seine Unterstützung, die so weit führte, daß er mich einmal in seinem VW-Bus bis vor das Schulhaus fuhr, um am hellichten Tag an die Mauer: »Was nützt euch euer Wissen, wenn ihr keine Weisheit habt« zu sprühen, als ich mal wieder mit irgendwelchen Lehrern Schwierigkeiten hatte. Durch ihn habe ich die stille Schönheit entlegener Winkel der Schweiz kennengelernt. Wir sind in den Schulferien durch das Land gefahren, in dem grauen VW-Bus, der uns Küche und Schlafzimmer war, wenn es regnete. Verfolgt von mißtrauischen Blicken. Ich liebte die Musik, die wir hörten, während wir uns durch die Alpen schraubten. Beatles, Jim Morrison, Bob Dylan, Glenn Goulds Bachinterpretationen, Mozart, Mahler, Grieg, allen möglichen Jazz, indische Volksmusik, die vier letzten Lieder von Strauß oder einen Vortrag von Bhagwan. Ich denke an das alte Bauernhaus, das sie liebevoll »Sonnenhof« nannten, mit dem unzähmbaren Garten, der Marihuanaplantage, den Klanghölzern, die überall in den Bäumen wisperten, an die vielen kleinen Spiegel, die Urs in den Pflaumenbaum hängte, um die bösen Geister zu fangen, wenn ich, wie so oft in der Nacht, schreiend aus einem Alptraum erwachte.

Ich habe mich von ihm abgewendet, weil er mir irgendwann auf die Nerven ging mit seinen Büchern, seinen Weisheiten und seiner Musik. Ich wollte meine eigenen Bücher finden, meine eigene Musik entdecken. Niemand kann sich heute noch allein von Pilzen und Kartoffeln ernähren, von Dingen am Wegesrand. Die Leute, die von Liebe und Frieden und der lächelnden Revolution sangen, verstummten. Sie wurden Zahnärzte, Sozialarbeiter, Lehrer. Sie kauften sich einen Kleiderschrank, in den sie graue Anzüge hängten. Die spirituellen Gruppen wurden zu florierenden Unternehmen. Sozialarbeiter zu den größten Idioten, hinter deren beschützenden Rücken wir, verlorengegangene Kinder, mit Drogen dealten.

Ich habe mich von Urs, der mir ein Vater war, in der schwierigsten Zeit eines heranwachsenden Mädchens abgewendet, habe ihn wortlos zurückgelassen in seinem Sonnenhof mit seinen spiegelbehängten Obstbäumen, den Windharfen, dem Gras.

Ich bin ausgebrochen, ausgerissen, fortgeflogen, wozu er mich selbst stets ermuntert hatte. Und als ich eines Tages zurückkehrte, war es zu spät. Er war nicht mehr da. Der Sonnenhof hieß anders, Irene liebte eine Frau. Ich konnte ihn nicht mehr finden. Niemand sagte ein Wort, bis ich erfuhr, daß er tot war. Selbstmord begangen. In den Kopf geschossen. Mit einem Gewehr. Einem Gewehr. Urs der Pazifist, der Kriegsdienstverweigerer.

Mit ihm sind so viele vibrierende Farben und Töne erloschen. Illusorische, bezaubernde, berauschende.

Ich blicke aus dem Fenster auf das schmutzig graue Treiben draußen auf den Straßen und vermisse meine kleine Postkartenlandschaft, die Hippies, die smaragdgrünen Bergseen, die Feuersalamander, die sauber gekämmten Schalterbeamten, die vielen, liebevoll organisierten Familien mit ihren »Familiensonntagen«, an denen man einem die Tür vor der Nase zuknallte, wenn man klopfte, in der Hoffnung, einen Spielkameraden zu finden. Vor allem aber vermisse ich die Erinnerung an die Schweiz. Die Erinnerung, die alle Wirklichkeit übertrifft.

Allmählich kehrt das Leben in meinen Körper zurück, ich kann ein paar Schritte durch die Wohnung gehen, ohne außer Atem zu geraten. Ich bekomme einen Anruf von Dimitri. Ich bin sehr froh, seine Stimme zu hören. Er macht sich Sorgen um mich, legt mir ans Herz, die Stadt zu verlassen.

»Wohin soll ich gehen?« frage ich ihn darauf.

Er sagt, er wolle sich umhören, mir dann eine Antwort geben.

Galant, wie er ist, erwähnt er mit keinem Wort den Zwischenfall mit Sokolovs brutalen Schlägern.

»Dimitri, ich weiß, was sie dir angetan haben«, sage ich, aber er fällt mir ins Wort; sagt nur, ich solle vorsichtig sein, murmelt etwas von »Berufsrisiko«.

»Wo bist du jetzt?« fragt er.

Ich erzähle ihm von Christian.

»Bleib bei ihm«, sagt Dimitri. »Versprich mir, daß du bei ihm bleibst. Bitte. Du wirst es nicht bereuen.«

»Gewiß nicht«, entgegne ich, bevor wir uns verabschieden.

»Dimitri, bitte ruf mich bald wieder an.«

Die meiste Zeit über bin ich in Christians Wohnung allein. Er kehrt stets sehr spät aus dem Krankenhaus zurück. Ich will ihm etwas Gutes tun und lege die Suppenhühner ins Bratrohr. Stopfe sie mit Äpfeln, Ingwer oder Orangen. Umhülle sie mit einer Kruste aus grobem Salz. Die Rezepte schreibe ich während einer Radiosendung mit, die zufällig: »Das Geflügel des Tages« heißt. Vielleicht eine Erfindung des Nachweihnachtsgeschäfts. Oder des Landwirtschaftsverbandes; der Umsatz ist wegen asiatischer Hühnerseuchen stark gesunken. Die Zubereitung des Geflügels kostet mich die größte Mühe. Ich wünschte, ich hätte jemandem beim Kochen zusehen können, wünschte, jemand hätte mich geduldig ins das Geheimnis der Nahrungszubereitung eingeweiht, mir auch gezeigt, wie man Wohnungen einrichtet, oder Socken stopft. So aber kämpfe ich eisern mit einem widerspenstigen Zwiebelhacker und einer glitschigen Kasserolle in der Hoffnung, dennoch die Schlacht für eine gut organisierte Wohngemeinschaft zu gewinnen. Nicht selten gleicht das Ergebnis einem abgebrannten Gummistiefel. Bald bittet mich Christian höflich, auch meine Versuche, seine Wohnung aufzuräumen, zu unterlassen. Jeder winzige Gegenstand hat hier seit Jahren seinen Platz. Jedesmal würde er seinen Brieföffner, seine Glasaugensammlung, seine Brillentuchvorräte woanders wiederfinden, sagt er, liebevoll bemüht, seinen Ärger zu unterdrücken.

»Das tut mir schrecklich leid. Ich habe in meinem Leben noch nie eine Wohnung eingerichtet. Ich hatte überhaupt noch nie eine ganze Wohnung, die mir ganz allein gehört. Geschweige denn Gegenstände, die ich sammeln könnte. Immer, wenn ich begann, mich irgendwo wohl zu fühlen, mußte ich schlagartig wieder weg«, erkläre ich zu meiner Entschuldigung. Immerhin bringen ihn meine Hühner zum Lachen.

Einige Augenblicke später ist Christian zu allem bereit. Sogar sich von meinen Tier-Experimenten zu ernähren. Er schenkt mir Kochbücher, sagt mir aber immer wieder, ich bräuchte in der Wohnung keinen Finger zu rühren. Er kauft ein kleines Schränkchen aus dunklem Mahagoni und fragt: »Paßt es nicht wundervoll hierhin? Was meinst du?«

Ich fühle mich hoffnungslos überfordert, habe keine Ahnung, ob der Schrank zu den anderen Einrichtungsgegenständen paßt. Das ist doch alles eine Frage der Vereinbarung. Wo steht geschrieben, was wozu paßt? Wer bestimmt es? Wir ahmen doch nur immer etwas nach, was wir zuvor schon gesehen haben, was in uns ein Gefühl des Vertrauten weckt. Wie soll ich über das Schicksal dieses kleinen Schrankes entscheiden können? Er hat für mich keinerlei Bedeutung. Christian aber sagt: »Er paßt fabelhaft hierhin.« Dann senkt er die Stimme und seinen Blick. »Genau wie du.«

Ich habe ein Herz aus Eis. Mein Verlangen gilt der Flucht. Mit all ihrer Ungewißheit, Schäbigkeit, all den Gefahren, die auf jene wie mich draußen lauern. Es ist hoffnungslos. Ich werde nie etwas »fürs Leben« lernen. Wir können uns eine

Wohnung teilen, den Tisch, vielleicht eines Tages auch das Bett. Aber wir werden niemals unsere Sehnsucht teilen.

Dr. C. hält nicht viel von der Idee, als gute Freunde zu verbleiben. Dennoch sagt er mir zum Abschied: »Ich würde dich gerne wiedersehen. Sieh aber zu, daß ich dich nicht auf meiner Abteilung wiederfinde.«

»Danke«, ich kehre noch einmal um und küsse sein graues Gesicht.

»Wofür denn?« Er hat sich an den Türrahmen gelehnt.

»Du hast mir das Leben gerettet.«

Er lacht.

»Ich glaube, es gibt kein schöneres Kompliment für einen wie mich.«

Ich laufe die Treppen hinunter.

Ich will nie wieder eine halbe Leiche sein auf halbem Wege.

Der Revolutionär

Dimitri ist aufgebracht, als er erfährt, daß ich nicht bei Doktor C. geblieben bin. Trotzdem bietet er mir an, ihn zusammen mit einer seiner traurigen Damen auf eine Kreuzfahrt zu begleiten.

»Komm mit! Henriette ist sehr großzügig und hätte nichts dagegen, wenn uns meine arme, anämische Nichte in die Sonne begleiten würde.«

Ich lehne dankend ab. Erzähle, ich bekäme Panikattacken in engen Kajüten.

»Wo denkst du hin? Was glaubst du, wie wir reisen werden? Eingepfercht mit den Jungs aus der Kombüse? Wir reisen erster Klasse. Ihrem Mann gehört die Reederei«, lacht er.

Trotzdem würden mir große Schiffe Unbehagen bereiten, erkläre ich und wünsche ihm eine schöne Reise.

Ich finde einen neuen Job. Für drei Tage. Ich spiele wieder in einem Hotel Klavier. Davor habe ich mir eine Zeitlang Vorlesungen an der Uni angehört: »Anfänge des Marxismus, die Revolution und der Aufstand der Kunst« oder: »Marx, Lenin – Bleistifte für das Volk!« Ich weiß nicht, warum ich da hingegangen bin. Vielleicht aus Sehnsucht nach etwas, das mir seit meiner Kindheit vertraut ist. So wie andere Menschen eine Großtante oder einen netten Cousin besuchen.

Jetzt sitze ich am Klavier und spiele Chopins einzige Barkarole, während ich das muntere Treiben in der Hotelhalle betrachte. Ich sehe den Gästen zu, mit ihren Ankunfts- und Abreisegesichtern, dem Personal mit der zurückhaltenden Körpersprache. Bunte Koffer und Taschen wirbeln um mich herum, die Drehtür geht schnell wie ein Windrad und weht immer neue Menschen herein, während sie andere wieder hinausfegt.

Nur einer von ihnen hat keinen dieser Zu-Hause-ist-es-aber-am-schönsten-Blicke. Nur einer hat überhaupt kein Reisegesicht. Nur einer von ihnen blickt über sie alle hinweg. Er hält sich nicht mit Kleinigkeiten auf. Sein Sinn strebt nach Höherem. Seine Worte hallen mir auf einmal wider in den Ohren. Ich starre ihn an, stolpere ein paarmal über die Tasten, mache einen Fehler, doch niemand hat es auch nur bemerkt. Er dreht sich zu mir um, wahrscheinlich fühlt er meinen Blick auf seinem Rücken. Er lächelt kurz, dann schiebt ihn die Drehtür schon wieder hinaus in einem großen Bogen, wie im Tanz. Ich blicke ihm nach, bis er verschwindet. Spiele weiter und schließe die Augen, ich will niemanden mehr sehen. Nur ihn.

Der Revolutionär schreitet durch die Straßen von Berlin. Aufrecht, stolz, erhobenen Hauptes, mit entschlossenen Schritten, weit über alle kleinbürgerlichen Sichtversperrungen hinausschauend, als würden seine Augen in die Weite seiner Heimat Lateinamerika blicken und nicht auf Berlin. Er geht, schaut nicht nach rechts und nicht nach links, und sieht dennoch alles. Die kühle, kluge Stirn, die er dem Kleingeist bietet, hoch erhoben, mit wehendem Haar. Die Arme ruhig, doch zur Tat bereit, schreitet er durch die Straßen. Wie früher. Nur diejenigen, die einst im Schwarm hinter ihm hergingen in zahllosen Reihen. Sie sind nicht mehr da. Er geht allein.

Die Menschen drehen sich nach ihm um. Sein Gesicht kommt ihnen bekannt vor, der stolze Blick, das wilde Haar, sie haben es auf alten Fotos gesehen. Die meisten von ihnen aber schauen, weil er ein Bild ist von einem Mann.

Er lädt sie alle ein, fünf, zehn, zwanzig junge oder ewige Studenten, will sich mit ihnen unterhalten, diskutieren über ihre Götter und seine Welt. Und sie lassen sich einladen, mit offenen Mündern und großen Augen, und bestellen sich noch einen Wein und erneut etwas zu essen. Der Revolutionär schickt den Wein zurück und läßt den besten bringen, bestellt Süßes für die Mädchen. Er selbst ißt nichts, raucht Zigaretten ohne Ende und ohne Filter und lehnt sich zurück auf seiner Bank im besten Lokal der Stadt.

Nach dem Essen, während sich einige noch die Finger lecken, fragt er: »Nun, Amigos, was denkt ihr? Woran glaubt ihr? Wie wollt ihr die Welt verändern?«

Und alle schweigen und schauen zu der Legende auf, etwas verwundert, etwas eingeschüchtert, etwas verzweifelt auch. Die Vorlesung ist doch zu Ende, nun kommen die Anekdoten, nicht? Was sollen die großen Worte? Die monströsen Fragen? Auf die es ohnehin keine Antworten gibt. Allein der Tag ist voll von kleinen, unüberwindbaren Banalitäten, was ist dagegen schon die Welt? Der Revolutionär schnalzt mit der Zunge und pfeift durch die Zähne, etwas verächtlich, etwas verzweifelt auch, und führt wieder das Wort.

Er spricht von Freundschaft und Verrat, von seinen Idealen und dem Tod. Und in das Spanisch seiner Heimat getränkt, klingen sie noch kühner, die großen Worte. Über die Rücken der Jungen laufen Schauer und auf den Gesichtern der Mädchen zeigt sich Begehren. Der Revolutionär wird sich vielleicht eines von ihnen aussuchen, für die Zeit, in der er als Gast in der Stadt verweilt. Vielleicht aber auch nicht. Seine Langeweile ist größer geworden als seine Lust.

Seit langem lebt er hier, jedoch weit genug vom Schauplatz des Kampfes, Berlin, wo er einst durch die Straßen zog mit geballten Fäusten, bis das Blut sich mit dem Regen vermischte und seinen Tränen. Man hat ihn eingeflogen, damit er zu den jungen Menschen spreche. Er ist gekommen, um zu reden, und sie sind gekommen, um ihn zu sehen.

Er versucht es wieder: »Nun aber seid ihr an der Reihe. Woran glaubt ihr denn, sagt?«

Und einer von ihnen traut sich und ruft in die Menge: »Mann, hör auf mit dem Gelaber, deine Zeit ist um, wo warst du die letzten dreißig Jahre? Ich glaube nur noch an mich selbst!«

Endlich eine Regung, auf die er den ganzen Abend gewartet hat. »Vielleicht haben wir versagt, aber wir waren bereit, für unsere Ideen unser Leben hinzugeben. Wofür würdest du sterben, sag?«

Er geht alleine fort, der Revolutionär, der müde einstige Anführer der Studenten. Er ist enttäuscht. Hinter ihm seine glühenden, alten Gedanken, stumme Auflehnung und die Freunde, die nicht mehr am Leben sind. Er versteht sie nicht, die Jungen, die sich damit begnügen, sich ein T-Shirt überzustreifen, bedruckt mit Sprüchen à la mode: No war, no meat, no fur, no one-night stands.

Er betritt das Hotel erneut, die Menschen sehen sich nach ihm um, auch wenn sich niemand mehr an seinen Namen erinnert. Er geht an mir vorbei und setzt sich an die Bar, betrachtet mich. Ich werde rot.

Ich sitze hinter einem weißlackierten Flügel, bin für jemand eingesprungen, der sich die Hand verletzt hat. Ich soll nur Klassiker spielen, »klassische Hits«, »Musik zum Träumen«, sagte die Hotelmanagerin mit strenger Süße zu mir und Argwohn im Blick. Nun sitze ich in meinem geborgten Smoking und hämmere die berühmte Revolutionsetüde in c-Moll in die wackligen Tasten, und nur der Revolutionär findet das komisch. Er steht auf, kommt zu mir und sagt: »Ihr Gesicht kommt mir bekannt vor, waren Sie nicht ...«

Ich sage: »Ja, ich war auch eine von Ihren Gästen, ich würde auch gerne sterben, nur weiß ich nicht einmal, wofür es sich zu leben lohnt. Jetzt spiele ich etwas für Sie, wenn Sie möchten«, und in das Spanisch getränkt, klingen meine Worte beinahe so schön wie die Revolution.

»Sehr gerne, spielen Sie bitte Bach.«

Später will er mich einladen. Ein Hotelangestellter, der uns beobachtet hat, kommt und sagt: »Der Pianist ist im Dienst, heute nacht.«

»Der Pianist ist eine Frau, Sie Idiot«, sagt der Revolutionär zu dem kleinen Hotelangestellten, küßt mir die Hand und geht.

Er kehrt zurück an die Bar, allein. Er wird sich betrinken und oben auf seinem Zimmer drei Monologe schreiben über drei große Diktatoren, die es zu stürzen gilt, und niemand wird sie lesen wollen, und niemand wird ihm sagen wollen, warum. Man weiß nicht, wie er es schafft zu überleben, zudem »auf solch großem Fuß!« wie sie sagen, voller Neid, nachdem auch sie seine Gäste waren, wie alle, die mit ihm unterwegs sind, wenn auch nur kurz.

Er wird sich betrunken in seinem Zimmer nur mehr gegen den Schlaf auflehnen. Schlaflos seine Freunde vermissen. Die toten und auch die lebenden. Diejenigen, die ihn hängengelassen haben, deren Welt sich nicht mehr zu verändern lohnt.

Er wird durch weitere Orte schreiten, von einer sinnlosen Vorlesung zur anderen. Nach und nach wird er seine Wohnung nicht mehr verlassen, wird in seinen herrlichen Räumen sitzen, irgendwo zwischen Deutschland und Südamerika, gleichermaßen von beiden enttäuscht, und Bücher schreiben, deren Leser ihre Vergangenheit längst von ihren Mänteln abgeschüttelt haben, wie ein paar Regentropfen eines lächerlichen Regens, nicht annähernd des Regens, der sich einst mit ihren Tränen mischte und ihrem Blut.

Cupidos Pfeil

Die Hand des Pianisten ist verheilt, die Rechnung für den Heilpraktiker aber sticht ihm ins Herz. Er will seinen Klavierjob zurück. Anstandslos räume ich den Platz. Ich finde schnell etwas Neues. Ich arbeite für das internationale Heiratsinstitut »Baron Schönthau, Partnervermittlung und Eheanbahnung«. Meine Aufgabe besteht darin, zwischen den Heiratswütigen, die meist aus zwei unterschiedlichen Kulturen stammen, zu übersetzen. Es ist kein gewöhnliches Heiratsunternehmen. Es behandelt die speziellen, besonders hartnäckigen Fälle. Ich trage eine unvorstellbare Verantwortung.

Ab und zu gelingt es mir, zwei Menschen zusammenzubringen, obwohl ich wenig Talent als Kupplerin besitze. Bezahlt werde ich pro Einsatz. Für jede erfolgreich abgeschlossene Mission bekomme ich zusätzlich einen kleinen Betrag. Ich begleite die Kandidaten bei ihren ersten Treffen. Die Verabredungen finden in zentral gelegenen Lokalen in neutraler Atmosphäre statt. Je nach Berufsstand und sozialem Status wird ein teures Restaurant gewählt oder ein bescheidenes. Erfahrungsgemäß sind die Wohlhabenderen knausrig, und die Ärmeren wollen besonders freigebig erscheinen. Eines aber wollen sie alle: einen guten ersten Eindruck hinterlassen.

Oft gibt es bereits Schwierigkeiten, sich an dem verabredeten Treffpunkt zu erkennen. Die Fotos der Agentur entsprechen selten der Wirklichkeit. Die Auftraggeber sind größtenteils Männer deutscher Herkunft und die Frauen aus der 2., 3. oder sonst einer numerierten Welt. Sie müssen eine sehr hohe Summe bezahlen, um in den Katalog der Agentur aufgenommen zu werden, bekommen aber eine Vermittlungs-Garantie. Wenn nicht als Ehefrau, dann mit

Sicherheit als Haushaltshilfe, Kindermädchen, Putzfrau, Abwäscherin oder Bardame. Die meisten Frauen sind mit allem einverstanden, solange sie nur nach Deutschland einreisen dürfen. Die Männer nehmen sie in Kauf. Schließlich hat so manche von ihnen eine oder mehrere Ehen bereits hinter sich. Oft haben die Frauen auch Kinder. Die männlichen Bewerber stehen meist in der zweiten Lebenshälfte und befinden sich in »seelischer Not«. Sie kommen mit den Frauen hierzulande nicht zurecht, träumen von ewig lächelnden Geishas, rotwangigen Piroschkas oder jungfräulichen Suleikas. Sie haben viel investiert, neben dem Vermittlungshonorar auch das One-way-Ticket für die Auserwählte. Das erste Rendezvous geht ebenfalls auf ihre Rechnung. Die Männer sind meist höflich und taktvoll. Sie wollen nur etwas geboten bekommen für ihr Geld.

Ich flüstere den Frauen zu: »Das hier ist kein Leben, das hier ist ein Sklavenmarkt.«

Und sie antworten: »Du bist eine Träumerin, Mädchen. Du hast keine Ahnung. Ich habe keine andere Wahl. So ist nun mal der Lauf der Welt.«

Der Job verlangt höchste Diskretion. Ich darf mit niemandem darüber sprechen, darf mich auch nicht zu sehr einmischen, denn so mancher vertraut mir unaufgefordert sein Geheimnis an. Ich habe mir für drei Monate ein Zimmer gemietet. Ich konnte es im voraus bezahlen.

Hoch über den Dächern drehen wir uns in trägen Kreisen um die Stadt. Wir sitzen im Aussichtscafé des Fernsehturms zusammen mit anderen Gästen, die fette Entenkeulen essen. Doch statt uns über die Schönheit der Stadt zu unterhalten, kreisen unsere Gespräche um die wahrhaft wichtigen Themen des Lebens.

»Nun ja, also, wichtig ist mir«, beginnt Holger bedeutungsvoll, »daß sie meine Frettchen mag.«

Ich übersetze es Oxana ins Russische, nur das Frettchen will sich nicht übersetzen lassen, doch Oxana kommt mir zuvor: »Ich weiß, ich weiß schon, dieses eklige kleine Ding, das bei uns gebraten und gegessen wird. Ich würde es höchstens zu einer Pelzmütze verarbeitet tragen.«

»Oxana sagt, daß sie die kleinen Tiere entzückend findet«, lüge ich.

»Das ist toll, sie soll mir nämlich bei der Aufzucht helfen«, strahlt Holger. »Ich besitze so an die 30 Stück!« Vorsichtig kläre ich Oxana auf. Sie lächelt Holger an, während sie zu mir spricht.

»Sagen Sie diesem Idioten, daß ich nicht im Traum daran denke! Was glaubt er denn, wer ich bin? Ich bin doch keine Bäuerin! In Vilnius war ich Physiklehrerin! Der da kann ja noch nicht einmal Englisch!«

»Sie sagt, sie freut sich sehr darauf, mit Ihnen für die erfolgreiche Vermehrung Ihrer kleinen Lieblinge zu sorgen.«

»Na, das will ich doch hoffen«, nickt Holger zufrieden. »Denn wissen Sie«, druckst er plötzlich herum, »also nun, wie soll ich sagen? Für das viele Geld hätten Sie mir schon eine mit einer geraden Nase besorgen können.«

»Wie meinen Sie das? Oxanas Nase ist doch hübsch, sie hat eine, wie sagt man: ›Charakternase‹.«

»Nein, sehen Sie doch einmal genauer hin, die vielen Höcker …« Holger redet auf mich ein, als handle es sich um eines seiner Wasserrohre, das leckt. »Die Schlitzaugen stören mich ja nicht, die finde ich ganz süß«, ergänzt er großzügig.

»Was sagt er?« Oxana wird zunehmend nervös.

»Er bewundert Ihre exotischen Gesichtszüge. Er hat in ihnen tatarische Wurzeln festgestellt.«

Oxana ist verwirrt, ein wenig verlegen. »War er schon einmal verheiratet?«

Ich frage Holger, er schüttelt den Kopf.

»Kein Wunder, wer will schon so einen Rindskopf«, murmelt Oxana.

»Was hat sie gesagt?« spitzt Holger die Ohren.

»Sie wundert sich, warum ein Mann mit soviel Tatkraft wie Sie nicht schon früher eine Frau gefunden hat«, übersetze ich.

»Das frage ich mich auch«, entgegnet Holger etwas schwermütig.

»War sie schon einmal verheiratet?« fragt er gleich darauf.

Ich gebe die Frage weiter.

»Ja«, antwortet Oxana.

»Kinder?«

»Nein, aber einen Pudel.«

»Pudel?« fährt Holger erschrocken hoch.

»Und eine Mutter, sie ist schon sehr alt«, flüstert mir Oxana zu.

»Und eine liebe, hilfsbereite, arbeitsame Mutter«, ergänze ich.

»Dann schon lieber den Pudel«, stöhnt Holger leise entmutigt.

»Was sagt er?« Oxana trommelt ungeduldig mit den Fingern auf die Tischplatte.

»Er sagt, er freut sich, Ihre außergewöhnliche Kultur kennenzulernen.«

Sie betrachtet mich mit Argwohn.

»Wie sehen seine Wohnverhältnisse aus?« will Oxana wissen.

»Sie würde gerne etwas Persönliches über Sie erfahren, was Sie gerne mögen, was Sie gerne essen, wie Sie leben«, versuche ich.

Holger erzählt.

Ich fasse für Oxana das Wesentliche zusammen: »Er hat ein eigenes Haus vor den Toren Berlins.«

Sie lächelt beruhigt. Die beiden schauen nun aneinander vorbei wie zwei schüchterne Teenager.

»Ich habe so schrecklichen Durst«, sage ich und bestelle uns etwas zu trinken.

Wir heben die Gläser, stoßen an.

»Auf das Leben!«

Heimlich erhebe ich meines auf die deutsch-litauische Freundschaft. Bis sie Deutsch gelernt hat oder er Russisch, werden die beiden sich längst aneinander gewöhnt haben.

Nach fünfzehn weiteren, mehr oder weniger erfolgreichen, völkerverbindenden Versuchen wirft mich der Besitzer des Heiratsinstituts raus. Mein Honorar für die letzten fünf Vermittlungen behält er ein. Das Frauenhaus ist schuld. Er haßt Frauenhäuser. Es sei ihm zu Ohren gekommen, ich hätte den Damen beim Abschluß der Heiratsverträge Adressen von Frauenhäusern zugeschoben. Viele hätten davon Gebrauch gemacht. Ich sei eine Verräterin und würde ihm das Geschäft ruinieren. Er sei zutiefst enttäuscht von mir.

Mir bleibt nicht mehr viel Zeit. Zwei Wochen noch habe ich das möblierte Zimmer, dann kommt meine Vermieterin früher als erwartet von ihrer Reise nach Südafrika zurück, und ich stehe wieder auf der Straße. Ich weiß nicht mehr weiter, bin selber schuld. Ich gehe zu Fuß nach Hause.

Der bleiche Mond frißt die Schatten der Häuser und malt vergessene Geheimnisse in die Gesichter der Menschen. Ich laufe die Oranienburger Straße hinunter, vorbei an den schicken, neuen Geschäften, an den hübschen Mädchen in den schwindelerregend hohen Stiefeln. Wundere mich, wie schön sie sind, wie frisch sie aussehen, wie Dorfschönheiten, obwohl sie immer und immer wieder für Geld mit Männern schlafen oder andere Dinge tun, die Ehefrauen den Männern verweigern. Von Zeit zu Zeit halten Autos, nehmen eines von ihnen mit. Überall wimmelt es von Touristen. Vielleicht wurden die Mädchen vom Tourismusverband angestellt, damit alle Welt sieht, wie schön die Frauen in der Hauptstadt sind. Ich laufe weiter an einem düsteren Park vorbei, biege in eine stille Seitenstraße, fernab von den Touristenpfaden, die sich wie Ameisenstraßen durch die Stadt winden. Links und rechts stehen düstere Gebäude mit eingeschlagenen Scheiben. Die schmale Gasse ist mit Müllhalden überhäuft. Ich drehe mich um, sehe hinter mir einen dunkelblauen Wagen einbiegen, langsam rollt er die kleine Straße entlang. Eines dieser Autos, die ein Mädchen mitgenommen haben und jetzt nach einem stillen Parkplatz suchen, denke ich und gehe weiter. Der Wagen folgt mir im Schrittempo. Plötzlich spüre ich eine seltsame Unruhe. Ich drehe mich um. Es sitzt kein Mädchen drin. Der Wagen sucht auch keinen Parkplatz. Der Beifahrer springt heraus. Das Bulldoggengesicht. Ich fange an zu rennen. Er läuft mir nach, von dem Auto begleitet. An der nächsten Straßenecke hetze ich auf die blitzenden Lichter der vorbeirasenden Straßenbahn zu. Ich fühle den keuchenden Atem meines Verfolgers im Nacken. Der Wagen hält mitten auf der Straße. Dann tritt der Fahrer plötzlich aufs Gas, als würde er Anlauf nehmen. Ich spüre einen heftigen Stoß. Die Bulldogge rammt mich vom Gehsteig auf die Straße. Ich stolpere, fühle die Kühlerhaube in meinem Bauch, werde durch die Luft geschleudert. Ich muß weich fallen. Weich fallen, denke ich, wie Kinder oder Betrunkene. Dann höre ich einen dumpfen Knall und fühle, wie alles um mich herum verschwimmt.

Als ich aufwache, beugt sich eine Frau mit roter Weste über mich und fragt nach meinem Namen und meiner Adresse. Sie fragt mich immer und immer wieder. Warum hören Sie nicht endlich auf damit, will ich ihr sagen, doch meine Zunge versagt. Dann schlafe ich wieder ein.

Im Krankenhaus halte ich vergeblich nach Christian Ausschau. Man schiebt mich durch lange, frisch renovierte Gänge. Ich kenne dieses Krankenhaus nicht. Jemand näht mich oberhalb der rechten Augenbraue. Ich werde in allen möglichen Stellungen unter einen Röntgenapparat geschoben, danach in ein Zimmer mit fünf anderen Frauen. Um uns herum hüpfen schnatternde Kinder. Eines klettert auf mein Bett und mustert mich eingehend.

»Bist du vom Fahrrad gefallen?« fragt es besorgt. Ich nicke. Der kleine Junge tätschelt mein Knie, greift in seine Hosentasche und legt ein klebriges Bonbon in meine Hand.

Eine Ärztin kümmert sich um mich. Sie ist jung und voller Begeisterung für ihren Beruf. Es gefällt mir, wie sie mit den Kranken spricht. Sie achtet die Würde eines jeden Patienten. Sie hat rote Locken und trägt einen azurblauen Lidschatten, der zu ihren braunen Augen nicht paßt. Ich bleibe über Nacht im Krankenhaus. Als es im Zimmer dunkel wird und still und die Frauen um mich herum rhythmisch schnarchen, erinnert mich mein wunder Körper an den dunkelblauen Wagen, die Bulldogge und das Rattengesicht. Voller Wut denke ich an Roman, aber am größten ist meine Wut auf mich selbst, daß ich so dumm und leichtsinnig war, für ihn gearbeitet zu haben. Ich bitte die Nachtschwester um eine Schlaftablette. Sie ist nett, sie kommt aus Äthiopien.

»Ein Wunder, daß Ihnen nicht mehr passiert ist«, sagt die Ärztin am nächsten Morgen. »Sie hätten tot sein können.« Der Satz verfolgt mich. Ich höre ihn nicht zum erstenmal in meinem Leben. Die Ärztin setzt sich zu mir auf den Bettrand.

»Hören Sie, ich weiß, es war kein Unfall gestern nacht. Laut Zeugenaussagen hat Sie jemand angefahren, mit Absicht. Warum?« Sie beugt sich zu mir.

Woher weiß sie das? Welche Zeugenaussagen? Denke ich panisch.

»Sie müssen es mir erzählen. Wenn jemand versucht hat, Ihnen etwas anzutun, wird er es wieder tun, wenn er herausfindet, daß Sie am Leben sind«, redet die Ärztin weiter auf mich ein.

»Ich habe keine Ahnung, was gestern passiert ist. Vielleicht war es eine Verwechslung«, entgegne ich stur.

Die Ärztin ist verärgert, blickt streng auf mich herab. »Sie haben wirklich keine Ahnung?«

Ich schüttle den Kopf.

»Wissen Sie, wer da draußen auf Sie wartet?«

Abermals schüttle ich den Kopf.

»Die Polizei. Sie wollten Sie noch gestern abend sprechen. Was, glauben Sie, hat es mich gekostet, sie davon zu überzeugen, daß Sie nicht vernehmungsfähig sind?«

»Danke«, murmle ich.

»Jetzt haben sie einen Polizisten in die Wartehalle gesetzt. Er wurde eigens dafür angestellt, Sie abzufangen, wenn Sie das Zimmer verlassen.« Nach einem Blick zur Tür fährt sie fort: »Mein Dienst ist gleich zu Ende. Ich gehe nach Hause. Was soll ich ihm sagen?«

Ich greife nach der Hand der Ärztin und klammere mich fest.

»Bitte nicht. Bitte nur keine Polizei!« bricht es aus mir heraus.

Es kostet mich meine ganze Überredungskraft, sie davon zu überzeugen, daß ich mich deutlich besser fühle und nach Hause entlassen werden kann. Ich erzähle ihr, ich sei bei meiner Tante zu Besuch, gebe eine fiktive Adresse an und verspreche, vor meiner Abreise Papiere vorbeizubringen.

Die Ärztin ist einen kurzen Augenblick lang ratlos, dann sagt sie: »Gut. Ich helfe Ihnen. Ziehen Sie sich an! Lassen Sie sich nicht vom Oberarzt erwischen! In einer halben Stunde hole ich Sie ab.«

Mit großer Mühe sammle ich meine Kleider zusammen. Ich kann mich vor Schmerzen kaum bewegen. Meine Hose ist schmutzig und an den Knien aufgerissen, meine Jacke staubig und an den Ärmeln zerfetzt. Ich sehe aus wie eine Vogelscheuche.

»Na, geht's nach Hause heute?« höre ich plötzlich eine meiner Zimmergenossinen sagen. Sie ist gerade aufgewacht.

»Nein, nein, nur ein bißchen an die frische Luft«, erwidere ich ihr aufgesetzt heiter und reibe mein geschwollenes Auge. Die Naht über meiner Braue schmerzt. Meine Zimmergenossin blickt voller Mißtrauen. Die andere Frau schläft. Die dritte und die vierte sind nicht im Zimmer, und die fünfte raucht heimlich auf der Toilette. Plötzlich geht die Tür auf, ich zucke zusammen, dann aber erkenne ich die rothaarige Ärztin. Wortlos verschwinden wir aus dem Zimmer. Sie eilt durch den Gang. Ich hinke hinterher. Nichts an meinem Körper paßt zusammen. Der Kopf, der Rumpf, die Füße, die Beine, alles geht seine eigenen Wege. Es bereitet mir große Mühe, das Gleichgewicht zu halten, während die Ärztin vor mir entschlossen zum Aufzug eilt. Am anderen Ende des Flurs spricht der Oberarzt mit einem Mann, der mit dem Rücken zu uns steht. Der Blick der Ärztin verrät mir, daß dies der Polizist ist. Er könnte uns jeden Augenblick bemerken. Der Aufzug hält auf jedem Stockwerk. Es dauert eine Ewigkeit, bis die Frau im Rollstuhl eingestiegen ist. Ein alter Mann fährt seine Infusionsflasche spazieren. Bevor wir im Erdgeschoß ankommen, haben wir noch das Glück, eine Krankenpflegerin samt Geschirrwagen anzurempeln. Ich kann mich vor Schmerzen kaum aufrecht halten.

Die Ärztin besteht darauf, mich »nach Hause zu bringen«. Ich schaffe es kaum, sie zu überzeugen, daß es mir gutgeht und daß ich allein fahren möchte. Während wir draußen vor dem Krankenhaus debattieren, verliere ich kostbare Zeit. Jeden Moment könnte der Polizist aus der Wartehalle auftauchen. Ich bedanke mich abrupt und laufe los, so schnell ich kann. Sie ruft mir hinterher, sie hätte vergessen, mir ihre Telefonnummer zu geben. Ich humple zum Taxistand und quäle mich in den Wagen. Im Auto blicke ich mich um. Hinter uns fahren eine Mutter mit zwei Kindern und ein Motorrad.

Dann betrete ich die Wohnung. Schaffe es gerade noch bis zum Bett. Lasse mich fallen. Ziehe meine zerschlissenen Kleider aus. Jeder meiner Knochen ist schwer wie Blei. Kaum eine Körperstelle, die mir keine Schmerzen bereitet. Als ich einen Blick in den Spiegel wage, sehe ich das Bild eines expressionistischen Malers, der besessen ist von Purpur, Dunkelviolett, Grün, Preußischblau und Schwarz. Ich hätte tot sein können, höre ich die Ärztin sagen. Vielleicht wäre es besser gewesen. Sie werden herausfinden, wo ich wohne. Ein Kinderspiel für jemand wie Sokolov. Vielleicht stehen sie bereits unten im Hof, werden im nächsten Augenblick an meine Wohnungstür klopfen. Niemand wird es bemerken. Meine Nachbarn habe ich noch nie gesehen. Vom Schrecken gepackt, versuche ich aufzustehen. Ich habe vergessen, die Tür abzuschließen. Meine geprellten Knochen und die reißenden Schmerzen halten mich zurück. Ich falle wieder auf das Bett, schnappe nach meiner Hose, ziehe die Tabletten aus der Tasche. Die Schmerztabletten von der

Ärztin und die Schlaftabletten, die mir die nette äthiopische Nachtschwester gab. Ich nehme jeweils eine und spüle sie mit einem Glas Wasser herunter, das seit mindestens fünf Tagen neben meiner Schlafstätte stand. Auf der Oberfläche schwimmt ein winziger toter Käfer. Dann falle ich in einen tiefen, traumlosen Schlaf.

Der verlorene Hut

Mein Großvater erscheint mir im Traum. Mein Großvater in seinem tadellosen Anzug aus feinem Tuch, dem weißen Hemd mit gestärktem Kragen, der Krawatte, die in den fünfziger Jahren in Toronto Mode war, wo sie mein Großonkel, der Emigrant, für meinen Großvater erstand, um vor ihm mit seinem Wohlstand zu protzen, den aber mein Großvater verachtete, weil er auf einer Konservenfabrik begründet war und nicht der Wissenschaft entsprungen.

Ich blicke ihn mit meinen schlafenden Augen an, meinen Großvater. Er steht da und lächelt. Die grauen Strähnen sorgfältig mit Brillantine hinter die Ohren gelegt, die handgenähten Schuhe, die, stets poliert, die schmutzige Landschaft spiegeln, während er festen Schrittes mit mir an der Hand durch die Straßen geht und mit der anderen seinen schwarzen Hut lüpft, um manche schöne, dicke Dame zu grüßen. Einen Augenaufschlag später bin ich plötzlich erwachsen und einen ganzen Kopf größer als er. Ich blicke auf den zierlichen Mann herab. Sein schwarzer Hut ist verschwunden.

»Großvater, wo ist dein Hut?«

»Habe ich ihn nicht auf?« Er tastet verwundert seinen Kopf ab, dann sagt er achselzuckend: »Bestimmt haben ihn die Kommunisten mitgenommen.«

»Aber Großvater, es gibt keine Kommunisten mehr. Die kommunistische Diktatur ist tot.«

»Das macht nichts, das bin ich auch. Sie haben ihn mitgehen lassen«, lächelt er sanft. »Wie wäre es jetzt mit einer kleinen Partie Schach? Ich lasse dich heute gewinnen.«

»Aber was ist mit deinem Hut?«

»Den haben die Kommunisten mitgenommen«, wiederholt er ruhig.

»Es gibt keine Kommunisten mehr. Jetzt, Großvater, herrscht die Diktatur des Konsums.«

»Das meine ich doch, mein Kind. Sie haben ihn mitgenommen, als sie aufbrachen, um zu Kapitalisten zu werden.«

Plötzlich höre ich eine schrille Sirene, ohrenbetäubenden Lärm. Zu meinem Entsetzen lupft Großvater lächelnd den nicht vorhandenen Hut zum Abschied und verschwindet. Ich schrecke hoch. Schweißgebadet. Kann nichts erkennen. Die Wohnung ist dunkel. Es muß spät sein. In meinem Kopf dreht selbst die Dunkelheit Kreise, mein Mund ist trocken, meine Glieder sind von den Schmerztabletten taub. Benommen sehe ich ein kleines Gerät neben meinem Bett, versuche, danach zu fassen. Diese einfache Bewegung kostet mich eine Ewigkeit.

Großvater, eines Tages hole ich dir deinen Hut zurück, denke ich noch, dann greife ich nach dem Telefon.

Der Onkel aus Amerika

»Wie geht es dir?« fragt mein Onkel aus Amerika.

Ohne zu überlegen, sage ich: »Blendend. Und wie geht es dir?«

»Gut! Großartig!« zwitschert er aufgekratzt.

»Was machst du?«

»Na was schon, mich langweilen. Bob und ich hatten die Idee, Glühwürmchen mit einer Art der Geraniumpflanze zu kreuzen, wie findest du das? Damit würden wir ein Vermögen machen. Bob kennst du doch, meinen Assistenten. Stell dir vor, leuchtende Balkonpflanzen, phantastisch, nicht wahr?« lacht er laut.

»Großartig, die Amerikaner werden begeistert sein. Du bist wirklich sehr lustig, Onkel. Wie geht es Tante?«

»Gut geht es ihr, sie steht mit mir im Labor herum. Ha, ha, ha! Wir arbeiten immer schwer, das weißt du doch. Mein Kind, geht es dir gut, du klingst merkwürdig?«

Ich halte kurz inne. Fasse mir ein Herz: »Onkel, ich bin schrecklich, schrecklich ...«

»Betrunken?« ergänzt er sofort. »Hat sich unser Mädchen, die Hoffnung unserer Familie, etwa sinnlos betrunken?«

»Nein, nein, Ich bin nur müde.«

»Es geht dir also gut, ja?«

»Natürlich. Wie hast du immer gesagt?«

»Man soll sich nicht in Details verwickeln.«

Mein Onkel gibt sich mit seiner Binsenweisheit zufrieden und wird nicht weiter fragen, denke ich. Im nächsten Augenblick aber werde ich auf einmal von Furcht gepackt: »Onkel, ich stecke in ...«

»Du hast Examensangst«, ergänzt er nüchtern. »Ich weiß,

das liegt in der Familie. Wirst dich daran gewöhnen, keine Sorge, irgendwann gewöhnst du dich daran!«

»Hilf mir«, flüstere ich still vor mich hin.

Er überhört es. »Wann kommst du uns besuchen?« fährt er unbekümmert fort.

Ich gebe auf. Er lebt auf dem Mond. Oder ich. Es hat keinen Sinn.

»Was soll ich in Amerika?«

»Na hör mal, wir sind deine Familie, oder etwa nicht? Was macht denn dein Studium? Warum kommst du nicht zu uns?«

Stille.

»Hallo? Hallo? Hörst du mich?«

»Ja«, wispere ich, während ich nach den Tabletten taste.

»Du willst doch nicht irgend so eine kleine Provinzärztin werden?«

Stille.

»Du gehst in die Forschung, wie es sich gehört in deiner Familie ... Was ist los? Zögerst du etwa? Hallo?«

»Nein, nein, Onkel, ich, ich habe nur etwas im Hals ...«

»Was hast du gesagt? Warum überhaupt hast du keinen festen Telefonanschluß? Dieses Gespräch kostet mich ein Vermögen!«

»Keine Zeit.«

»Also, wann kommst du?«

»Ich weiß nicht ...«

»Ich besorge dir einen Platz an der Uni, hörst du?«

»Ich höre.«

»Deine Eltern, unser Großvater, sie wären stolz auf dich.«

Stille.

»Hast du einen Freund?«

»Ich habe viele Freunde«, entgegne ich ein wenig amüsiert und denke an die Bulldogge und das Rattengesicht.

»Ich meine einen boyfriend.«

Stille.

»Paß auf, daß du nicht schwanger wirst. Verschwende nicht... Hallo? Dann ist es ... Hallo? Hallo? Hörst du mich?! Bist du noch da?«

»Ja, Onkel, ich höre dich gut.«

»Wie spät ist es bei euch?«

»Keine Ahnung ... mitten in der Nacht.«

»Hast du etwa schon geschlafen?«

»Nein, Onkel, ich schlafe nie, das weißt du doch.«

»Hör zu, hast du inzwischen eine E-Mail-Adresse? Ich will dir ein paar Fotos schicken. Du hast mir noch gar nicht zu meinem Ehrendoktorat gratuliert.«

»Ich gratuliere dir Onkel, von ganzem Herzen, herzlichen Glückwunsch.«

»Was ist mit der Adresse?«

»Ich habe keine.«

»Wo wohnst du denn, verdammt noch mal, unter einer Brücke?«

»Bei einem Freund.«

»Gibt es keine Briefkästen in Berlin?«

»Doch, doch, alles in Ordnung, ich will nur dem Freund keine Schwierigkeiten machen, die Nachbarn sind sehr neugierig.«

»Unseren Nachbarn sehen wir zweimal im Jahr. Einmal im Sommer beim Rasenmähen und einmal im Winter beim Schneeschaufeln. Hör zu, vergeude nicht deine Zeit, beeile dich mit den Prüfungen und komm zu uns in die Staaten.«

»Ich weiß nicht. Ich würde ja gern, aber ich glaube nicht, daß da jemand auf mich wartet.« Ich versuche, mich im Bett aufzurichten.

»Hier ist immer ein ständiges Kommen und Gehen. Who gives a shit? Just do it. It's a free country!«

Niemand kann einem Land mehr Begeisterung sowie Liebe und Verehrung entgegenbringen als ein Zugereister. Der alles, was man unter der Mentalität eines Landes versteht, einsaugt und es ins unermeßliche übersteigert.

Der Pioniergeist meines amerikanischen Onkels hat ein paar meiner müden Lebensgeister aufgerüttelt: Ich schaffe es sogar bis ins Bad und in die Küche, um dort nach etwas Eßbarem zu suchen. Alles, was ich finde, sind ein paar trokkene Nudeln und zwei Beutel aromatisierter Schwarztee. Ich gieße die scheußliche Brühe auf, beiße auf eine trockene Nudel. Schleppe mich mit dem Tee, den ich unterwegs halb verschütte, wieder ins Bett. Essen verschiebe ich auf später. Meine ganze Sehnsucht gilt dem Schlaf. Ich schlucke eine weitere Tablette und betrachte das faszinierende Schauspiel, wie sich das Dunkel der Decke allmählich in trübe, graublaue Farbfächer des hereinbrechenden Tages verwandelt.

Die Liebe

Im schmutzigen Licht der Dämmerung kommt er auf mich zu. Taucht aus dem Nichts wieder herauf. Aus der Verbannung, in die ich ihn geschickt hatte. Für immer. Aus dem Gedächtnis getilgt. Auf einmal erscheint er in meiner Erinnerung wieder. Allen Schmerz- und Schlaftabletten zum Trotz. Ich drehe mein geschwollenes Gesicht von ihm weg, aber er küßt mich. Ich stoße ihn weg, doch dann, nach beschämend kurzer Zeit, will ich mich nicht mehr wehren. Ich sehe ihn vor meinen Augen, während mein Herz schneller schlägt, spüre seinen Atem, den Geruch seiner Haut. »Laß mich in Frieden!« schreie ich stumm. »Ich will dich nie wieder sehen!« Aber er gibt nicht auf, drängt mir die Erinnerung auf. Die Erinnerung an die Liebe.

Wir tauchen unsere Gesichter in die Nacht. Meines stammt aus einer anderen Himmelsrichtung und seines aus der entgegengesetzten. Wir bleiben zusammen. Beschließen, nie wieder voneinander getrennt zu sein. Unsere Liebe ist ungelenk und ungestüm. Für eine Stunde zusammen mit ihm bin ich bereit, all die anderen Jahre meines Lebens der Zeit zurückzugeben. Er nimmt meine Hand, ich nehme die seine. Wir halten uns an den Händen wie zwei Kinder, die sich verlaufen haben auf der Suche nach einem Zuhause.

Wir übernachten in kleinen und großen Hotels. Bald kennen wir die meisten, die der Reiseführer zu bieten hat. Wir ziehen von einem zum anderen, aus Spaß. Wir brauchen ohnehin nicht mehr zum Überleben als ein Bett, einen Schreibtisch und ein Bad. Selbst die trostloseste Aussicht auf graue Häuserreihen ist ein Anblick von ergreifender Schönheit. Wir sind Gleichgesinnte, Geschwister in unserer Heimatlosigkeit. Von Zeit zu Zeit erheben wir uns, um lästigen Alltagspflichten nachzugehen, etwas Geld aufzutreiben, das uns dieses Leben ein wenig leichter macht. Wir verabschieden uns, ohne uns zu trennen, tragen uns gegenseitig in unseren Gedanken, bis unsere Lippen und Körper einander wiederfinden. Ich frage ihn nicht nach seiner Vergangenheit, und er fragt mich nicht nach der meinen. Ich will nicht wissen, wie er sonst lebt, und möchte ihm nicht erzählen müssen, wie ich über die Runden komme. Wir sind Gäste in einer fremden Stadt. Ich befinde mich hier auf der Durchreise. So auch er. Gleichgültig, wie lange sich die Weiterreise verzögern wird. Auch dann noch, als ich erwache und du längst und für immer verschwunden bist.

Sansibar

Ich bin dort gelandet, wohin ich mir einst fluchend schwor nie wieder zurückzukehren. Dort, wo alle Straßen in ein Meer aus Gleisen münden: Berlin, Ostgüterbahnhof. Dies ist das türkische Viertel, doch die Türken sind längst geflohen. Geblieben sind ein paar Berliner Arbeiter ohne Arbeit.

Der Laden ist winzig klein. Dicht gedrängt stehen die Männer an der ewig klebrigen Theke. Davor ein ärmliches Podest, zusammengezimmert aus ein paar übriggebliebenen, schwarzgestrichenen Holzlatten. Es könnte auch ein Podium für eine Arbeiterkundgebung sein. Niemand jedoch würde auf die Idee kommen, diesen Holzlatten soviel Bedeutung beizumessen. Nur für ein paar junge, fremdländische Frauen verkörpern sie die Bretter, die die Welt bedeuten.

Die Luft in der »Sansibar« ist eine abstoßende Mischung aus verschüttetem Bier, Schweiß, der in Boden und Wände gesickert ist, billigem Rasierwasser und frischen Darmwinden, deren Erzeuger meist friedliche, frustriert betrunkene Männer sind. Selten nur kommt es zu körperlichen Auseinandersetzungen unter den Gästen, oder mit Charly, dem Security-Mann, einem siebzigjährigen Opa, der in Bulgarien einst ein preisgekrönter Ringer war. Die alte Lichtorgel blinkt müde wie eine ausgediente Ampel und wirft bunte Flecken auf die zermürbten Gesichter der Zuschauer. Ich schieße im Kreis herum um die gaffenden Männeraugen. Meine Kniekehle umschließt die Metallstange, bis meine Haut glühend heiß wird und rot. Mit meiner Hand suche ich nach einem kühlenden Stück Metall, halte mich fest. Das andere Bein gestreckt, auf Zehenspitzen, die Ferse in der Luft, erahne ich gerade noch den schwankenden Bretterboden. Mein Rücken gespannt zu einem Bogen, recke ich mein Kinn, bis ich mit den Lippen die dicken Rauchschwaden unter der Decke berühre. Den anderen Arm ausgestreckt, drehe ich mich im Kreis. Ich habe eine Technik entwickelt, die es mir erlaubt, mich in rasender Geschwindigkeit um die Stange zu drehen. Jeden Abend warte ich sehnsüchtig auf diesen Teil meines Auftritts: Ich befinde mich in einer Zentrifuge, inmitten einer Übung für meine Mission im Weltall. Ich drehe mich und wirble die muffige Luft auf, bis sie sich in einem atmosphärelosen Himmel verliert, dem Himmel, der nur mir gehört.

Aus den Lautsprechern, deren Bässe sämtliche Höhen totschlagen, dröhnt Musik, die schlaffe Männerlenden aufpeitschen und der geschlechtslosen, dunklen Spelunke Lüsternheit entlocken soll. Mein Becken folgt den dumpfen Bässen, ich wiege es sanft wie ein schlafloses Kind. Das Dröhnen durchfährt meine Glieder, sie werden zu Pfeilen, mit denen ich die starren Blicke der Männer durchbohre, die für eine kurze Weile, zwischen einem Glas und der nächsten Zigarette, aufwachen. Ich werfe meinen Kopf in den Nacken, weil ich die Wirkung dieser Bewegung kenne, ebenso wie die all der anderen, unserer Bewegungen. Ich kenne die Sprache, die mein Gesicht und meine hochgezogene Schulter sprechen, und mein Kopf, wenn er sich in meinen übereinander gekreuzten Armen vergräbt. Wir Mädchen ohne Rückfahrkarten. Vorbeireisende. Sprachlose. Des Zaubers der letzten Lendenwirbel bewußt.

»Jeder kriegt das, was er verdient. Jeder bekommt seine Chance im Leben«, sagt Klaus, der eigentlich Bogdan heißt, und wirft eines der Mädchen hinaus. Er steht in der Tür der Garderobe, die eine Küche ist, außer Betrieb, mit einem Steinboden, der uns die nackten Füße gefrieren läßt. Wir hören, in billige Bademäntel gehüllt, seine Lebensweisheiten. Das schwarze Leder hält kaum seinen massigen Schultern stand, ebenso das Leder um seine dicken Beine, seinen Hintern, seinen Bauch. Er ist eine brutale Erscheinung. Ein

Kind von Grausamkeit und Gewalt. Majka packt schweigend ihre Sachen. Sie passen in einen Plastikbeutel. Währenddessen kratzt sie sich unaufhörlich an den Armen, am Hals oder an den Beinen, so wie sich herrenlose Tiere kratzen.

»Es tut mir leid, aber du mußt dir einen anderen Job suchen.« Klaus preßt die schmalen Lippen aufeinander und verzieht gequält das Gesicht. Er atmet schwer wie eine der ausrangierten Lokomotiven am Güterbahnhof. Wir anderen warten gespannt, wann seine stramme Lederkluft endlich platzen wird. Majka weint und kratzt sich. Während Klaus verschwindet, um im Lokal nach dem Rechten zu sehen, fälsche ich ihr das Rezept für eine Cortisonsalbe, die sie einmal vom roten Kreuz bekommen hat. Auf der leergequetschten Tube leuchtet ein Aufkleber: »Es gibt einen, der dich liebt – Jesus.«

»Mach's gut.«

»Du auch«, flüstert sie mir zu. Majka geht, wir schweigen müde, gehen wieder unserer stupiden Beschäftigung nach. Auftreten, abtreten, anziehen, ausziehen, schminken, abschminken. Einpacken, auspacken. Als die Nacht zu Ende ist, erscheint Klaus in der Tür und läßt sich in einen Sessel fallen. Wir blicken kurz auf, verharren reglos, doch es geschieht nichts. Er will sich nur etwas ausruhen bei uns, wie er sagt, weshalb wir rasch unsere sieben Sachen packen, um so schnell wie möglich zu verschwinden.

»Was soll ich denn tun? Ich kann doch nicht eine mit Krätze vor die Leute schicken. Was erwartet ihr von mir?«

»Das, was Majka hat, heißt Neurodermitis«, sage ich leise und stecke mein Haar unter die Wollmütze.

»Na großartig, du kleine Klugscheißerin. Warum bist du nicht auf deiner Uni geblieben, statt hier herumzukriechen?« Er stemmt seinen Körper hoch, läßt ihn aber sogleich wieder in den Sessel fallen.

»Klaus! Klaus! Ich brauch' einen Job!« säuselt er plötzlich mit Falsettstimme, fällt auf die Knie und versucht, mich nachzumachen. Regungslos und gebannt sehen wir seiner

Darbietung zu, verfolgen jede seiner schwerfälligen Bewegungen, seines dicken, in Leder gezwängten Körpers, der sich auf dem Steinboden windet, als müsse er ertrinken. Vergebens. Nichts passiert. Die Nähte der Tierhaut halten stand.

Die Fee Lilly Schulze

Ich springe in meinen schönen Schuhen und langem Kleid quer über den Potsdamer Platz. Von Pfütze zu Pfütze. Gerade eben hat es zu regnen aufgehört. Die Narbe über meiner rechten Braue ist nur noch eine zarte Naht. Heute nacht entfliehe ich dem kalten Dunkel der »Sansibar«. Ich tanze wie durch eine Filmkulisse. Die Fassaden der Architekturwunder strahlen unbefleckt sauber, als würden sie lächeln. Die in den Beton gepflanzten Bäume sehen aus wie Attrappen. Nirgendwo sonst auf der Welt ist die Geschichte durch so viel Geschichtslosigkeit verraten wie an diesem Ort. Nirgendwo sonst kann man mit so viel Leichtsinn gedankenlos durch die Gassen schlendern.

Heute ist die Nacht der Sterne. Der Einzigartigen, der Berühmten, der Auserwählten. Über den klatschmohnroten Teppich in das große Festspielhaus gehen Hühneraugen in goldenen Sandalen, weiße Socken in Lackschuhen und Menschenkörper mit Vogelfedern. Die Stadt ist im Filmfieber. Kleine und große Sterne werden von wilden Scharen schreiender Mädchen empfangen. Die Welt trifft sich in Berlin. Morgen. Heute wird ein Fernsehpreis verliehen.

Dimitri erwartet mich ungeduldig. Er reckt seinen Kopf wie ein Filmstar aus einer Horde von Mädchen, um nach mir Ausschau zu halten. Die Kreuzfahrt ist ihm wohl bekommen. Seine Haut schimmert in zartem Bronze. Heute abend soll seine neue Geliebte einen Preis für ihr Lebenswerk erhalten. Sie ist eine weltberühmte Fernsehschauspielerin, ihr Mann ein weltbekannter deutscher Fernsehproduzent.

Spätnachts, als alle Preise vergeben sind, alle Tränen, alle lachenden Gesichter von den Fotografen eingefangen, werden die Gäste in Bussen zu einem geheimen Ort gefahren. Einer Feier für die Auserwählten. In der weltbekannten Diskothek. Die weltberühmten, müden Gäste essen weltbekannte Weißwürste, Buletten, und Brezeln. Dimitri rührt nichts an. Nur die Preisträgerin. Sie liegt in seinen Armen. Ihr Ehemann ist längst wieder im Hotel zurück und träumt von Einschaltquoten. Ich kann nichts essen. Ich kann nicht schlafen. Die Sterne um mich herum haben auf einmal all ihren Glanz verloren. Ich sehe nur sie, meine Fee.

Auf der Schwelle zwischen Tag und Nacht bin ich ihr begegnet. Der Fee Lilly Schulze. Ich sehe in ihr Gesicht und sie kurz in das meine. Sie, die Buchstabenfee, die Glücksfee aus dem Fernsehen. Ich kann den Blick nicht von ihr lösen, frage leise: »Kannst du mir helfen, liebe Fee?«

Sie hört mich nicht. Das macht nichts. Ich bin ohnehin zu beschäftigt, sie anzusehen.

Es gibt Menschen, die sagen, die Fee sei eine dumme Gans, eine Erfindung der Medien, eine hohle Nuß, eine aufgeblasene Puppe mit Öffnungen darin zum Verstecken von allerhand Gegenständen. Es gibt Frauen, die meinen: »Du Miststück ohne einen Tropfen Verstand, du Plastikkreatur, du Schande für uns kämpferische Schwestern, du künstliches Produkt dieser Überflußgesellschaft, du Intelligenzvernichtungselement!«

Seid still, ihr bösen Zungen, denke ich, sonst verschreckt ihr sie, und ich werde sie nie wiedersehen. Ich blicke meine Fee an. Sie sitzt mir gegenüber, nur einen Atemzug entfernt. Sie hält ein Telefon in der Hand und spricht hinein. Bestimmt redet sie mit dem Schicksal, erhält Anweisungen, die meinen Fall betreffen. Ich starre sie an mit offenem Mund. Folge ihren Bewegungen. Die schlanken Beine in türkisfarbenes Leder gehüllt und wie langgezogene Bonbons übereinandergelegt, die Arme und Hände wie zartes Marzipan, die schimmernden Schultern knusprig und braun und verlockend. Ihr silbern leuchtendes Haar blendet meine Augen. Ich sauge ihren Duft ein mit einem einzigen langen Atemzug. Ich möchte dich aufessen, liebe, schöne Fee. Sie richtet ihre von einem Schleier aus aufgeklebten Wimpern verdeckten Augen auf mich, schaut mich an und übermittelt mir lächelnd eine Botschaft. Ich muß mich nur etwas anstrengen, dann werde ich sie verstehen. Da steht sie auf, verläßt meine Umlaufbahn, um sich Wichtigerem zuzuwenden. Dem Verschluß ihrer Handtasche, dem Kaugummi, den sie sich in den Mund schiebt, während sie dem Ausgang zuschwebt, dem Taxi, den Buchstaben, dem Fernsehen. Bitte gehe nicht, schöne Fee, laß mich hier nicht alleine zurück! Der Trostlosigkeit ausgeliefert, den Gesetzen der Natur, der Ausweglosigkeit, der Armut und meiner Sehnsucht. Nimm mich mit in dein Reich der funkelnden Lügenperlen, der bunten, glänzenden Lippen und des dünnen Stoffs, unter dem man niemals friert.

Bus 140

Jeden Abend gegen 22.00 Uhr steige ich in den Bus 140, um pünktlich zu meinem ersten Auftritt in der »Sansibar« zu sein. Der Bus ist selten überfüllt. Ich finde immer einen Sitzplatz. Nach ein paar Fahrten kenne ich die meisten Gesichter. Ein altes, türkisches Ehepaar, ein Junge in Jeans, der ganz ruhig aus dem Fenster schaut, während die Kopfhörer auf seinen Ohren unter heftigen Beats erzittern. Drei hübsche, dunkelhaarige Mädchen im Bronx-Look made by MTV: knappe Oberteile, Kreolen in den Ohren und Babyspeck, der über die Bündchen ihrer tief in den Hüften sitzenden Hosen lugt.

Eines Tages sitzt ein paar Reihen vor mir ein schöner Mann. Er sieht mich an, als hätte er den ganzen 140er gemietet, nur um mit mir ein paar Stationen weit zu fahren. Es stört mich nicht. Er sieht weder bedrohlich aus noch seltsam. Vielleicht ist er nur einsam, wie ich. Zufällig steigen wir beide an derselben Haltestelle aus.

»Gehst du mit mir etwas trinken?« fragt er mich. Der Bus läßt uns alleine zurück. Ich lächle, betrachte ihn aus der Nähe. Er hat traurige, zinngraue Augen und Lippen voller Trotz. Er trägt eine Motorradjacke, feste Hosen und Biker-Stiefel. Ich zögere. Ich habe nicht viel Zeit, werde zu spät in die »Sansibar« kommen.

Wir sitzen in einem kleinen Lokal um die Ecke. An der Decke schlängeln sich verstaubte Luftschlangen vom Karneval des letzten Jahres. An der dunklen Wand, neben Schildern mit Kalauern, hängt eine zerstochene Dartscheibe, gespickt mit Pfeilruinen. Ich frage ihn nach seinem Namen und seinem Motorrad. Oliver erzählt mir, daß es kaputtgegangen ist. Ich höre ihm gerne zu. Seine Stimme ist ruhig, weich und tief. Mir ist egal, wovon er spricht. Er fragt mich: »Kannst du Motorrad fahren?«

Er erklärt mir, wie man einen Reifen am Motorrad wechselt und welche Maschine sich am besten für Frauen eignet. Seine schöne Stimme wiegt mich sanft. Den Kopf auf die Hände gestützt, die Sansibar vergessend, schlafe ich beinahe ein. Plötzlich fragt er mich: »Was machst du eigentlich so?«

»Dies und jenes«, antworte ich träge und schaue mal an die Decke, mal zu Boden.

»Arbeitest in der Sansibar, was?« sagt er mit der gleichen, ruhigen Stimme.

Ich wundere mich, woher er das weiß, und versuche ihn anzulächeln. Er lächelt zurück.

»Und was machst du?« versuche ich abzulenken.

»Was denkst du?«

»Ich habe keine Ahnung.«

Olivers zinngrauer Blick bleibt ernst. »Ich bin bei der Kripo.«

Als ich vom Barhocker falle, fängt Oliver mich auf.

»Keine Angst, ich tu' dir nichts.«

Ich bin auf einmal hellwach.

Er beugt sich zu mir: »Du mußt mir aber helfen.«

Ich starre ihn an.

»Wir arbeiten seit zwei Jahren an einem Fall, stehen kurz vor dem Durchbruch. Der Mann, den wir suchen, befindet sich seit ein paar Wochen in Berlin. Du kennst ihn. Du wirst uns helfen.«

Ich will einfach weggehen, ihn stehenlassen, aber er hält mich fest.

»Er nennt sich Viktor Sokolov. Kennst du ihn?«

»Nein.«

»Sagt dir der Name Roman Sikorski etwas?«

»Nein.«

»Und die zwei Kerle, die man dir auf den Hals gehetzt hat, sind dir wohl auch nicht bekannt«, sagt Oliver etwas strenger, läßt mich aber los. Seine Stimme wirkt plötzlich hart und kalt. »Ich habe gesehen, wie sie dich überfahren wollten. Ich war dabei, als dich der eine vor den Wagen stieß. Ich habe gesehen, wie du durch die Luft geflogen bist.«

»Das kann nicht sein. Außer mir war niemand auf der Straße!«

»Wer, glaubst du, hat den Krankenwagen gerufen?«

Ich halte mich am Tresen fest.

»Ich war nicht schnell genug. Als ich bei dir war, warst du bereits bewußtlos. Ein paar Müllsäcke haben dir das Leben gerettet.«

»Und du warst auch derjenige, der im Krankenhaus ausharrte?«

»Und auch derjenige, der dem Taxi nachgefahren ist, nachdem dich die Ärztin klammheimlich hinausgeschafft hatte.« Oliver blickt zum Fenster. »An dem Tag, an dem sie dich überfahren wollten, hätten wir Sokolov beinahe gefaßt. Er war schneller. Ich bin seinen Handlangern gefolgt. Sie hatten einen Wagen bei einem kleinen Autoverleih gemietet.«

»Und nun hast du mir nachspioniert bis vor meine Haustür und sogar bis in die Bar, in der ich arbeite«, fauche ich. »Du dachtest, irgendeiner von diesen Typen würde sich bestimmt wieder bei mir blicken lassen, nicht wahr? Und jetzt ist dir das Warten doch zu dumm geworden, und wahrscheinlich hat dich sogar dein Vorgesetzter unter Druck gesetzt, und daraufhin hast du es für das beste gehalten, dich bei mir einzuschmeicheln und mich auszuhorchen.«

»Hör zu, Mädchen: Wenn ich wollte, könnte ich dich einfach festnehmen und dich verhören, bis dir schwarz vor Augen wird. Du hast weder Papiere, noch bist du irgendwo gemeldet, und du hast für Kriminelle gearbeitet.«

Ich suche mit meiner Hand nach der kleinen Narbe über meiner rechten Augenbraue.

»Du hast keine Wahl. Du wirst aussagen. Oder du machst ein paar Tage Urlaub im Knast!« sagt Oliver kalt. »Wir können eine Abmachung treffen: Du hilfst mir, und ich helfe dir.«

»Wie soll ich das verstehen?«

»Du erzählst mir alles, was du über Sokolov und Sikorski weißt, und ich vergesse, weswegen ich dich festnehmen könnte.« Er runzelt die Stirn. Ich zucke die Achseln. Ich erzähle ihm von meiner Arbeit bei Roman, der plötzlichen Kündigung, seinem spurlosen Verschwinden und meinem unfreiwilligen Ausflug ins Flughafenhotel zu Sokolov. Ich erzähle alles, was ich weiß. Hin und wieder kritzelt er etwas in seinen Notizblock. Er will es genau wissen: Welche Kleidung Roman getragen hat an dem Tag, als ich ihn das letztemal sah. Ob ich Hintergrundgeräusche vernommen hätte, als wir zum letztenmal miteinander telefonierten. Ob ich Sokolov vor der Entführung schon einmal gesehen habe. Ich erzähle ihm, wie von einem Tag auf den anderen plötzlich das Rattengesicht und die Bulldogge in meinem Leben auftauchten.

»Du sagtest, Sokolov hätte regelmäßig mit Roman telefoniert. Hast du eines dieser Gespräche mitgekriegt?«

»Nein, tut mir leid. Ich habe nie richtig hingehört. Sie telefonierten im Büro immer nur sehr kurz miteinander. Roman sagte: Ich rufe dich später von zu Hause aus an.«

»Dir ist also nichts Konkretes aufgefallen? Gab es irgendwelche Treffen?«

»Roman benahm sich eigentlich wie immer. Irgendwann jedoch war Chaos ausgebrochen. Dauernd läutete das Telefon.« Ich zünde mir eine Zigarette an. »Das war aber schon an meinem letzten Tag in seinem Büro. Danach rief er an und kündigte mir. Seither habe ich nie wieder etwas von ihm gehört.« Ich blicke auf Olivers Armbanduhr. »Ich muß jetzt los, zur Arbeit.«

»Du kannst gleich gehen«, sagt er schnell. »Er hat sich nie mehr bei dir gemeldet?«

»Nie wieder.«

»Und von ihren Geldangelegenheiten weißt du auch nichts?«

Ich zucke die Achseln.

»Oder davon, daß Roman vor seinem Verschwinden veranlaßt hat, mehrere Menschen umzubringen?«

Oliver bestellt Kaffee für uns. Ich erfahre, daß Roman Sokolov tatsächlich um viel Geld gebracht hat. Sokolov hatte sieben Jahre lang nicht bemerkt, daß Sikorski ihm falsche Abrechnungen nach Odessa zukommen ließ.

»Er hat ihm vertraut«, sage ich leise vor mich hin.

»Oder so ähnlich. Sie haben zusammen mehrere Verbrechen begangen.«

»Was meinst du?«

»Drogen, Waffenhandel. Die üblichen unschönen Sachen.«

»Du meinst, er hat mit Waffen gedealt?«

»Er hatte immer Geld flüssig, um Immobilien aufzukaufen.«

Der Mann am Tresen bringt uns Kaffee. Oliver schüttet drei gehäufte Löffel Zucker hinein.

»Das Geld mußte schnell gewaschen werden. Sie wollten es loswerden, damit es nicht an ihren Händen klebenblieb. Sikorski war hier gemeldet, völlig legal. Die beiden waren enge Freunde, kannten sich ewig. Sie hatten in den achtziger Jahren gemeinsam in Afghanistan einen Anschlag auf einen Truppentransport überlebt. Wußtest du das? Als einzige Überlebende von zwölf. So etwas verbindet.« Oliver rührt gedankenverloren in seinem Kaffee, bevor er fortfährt: »Sie werden versuchen, dich umzubringen, sobald sie herausfinden, daß du noch lebst. Du hast zu viel gesehen, und du weißt zuviel. Darüber bist du dir im klaren, oder?«

Ich schweige.

Oliver beugt sich zu mir vor: »Du wirst uns sofort Meldung geben, sobald sie wieder bei dir auftauchen, verstanden?« Er reicht mir die Hand.

Ich drehe mein Gesicht weg. Schweige noch immer.

»Ich verspreche dir, es wird dir nichts geschehen. Wir geben auf dich acht.«

»Ich will nicht, daß du mich beschattest. Ich werde mich nur melden, wenn du mich in Ruhe läßt«, erwidere ich barsch.

Oliver sieht mich schweigend an. Er ist verärgert. Ich stehe auf, muß in die Sansibar. Er drückt mir seine Visitenkarte in die Hand. Auf die Rückseite schreibt er seine private Nummer und auch seine Adresse, dann läßt er mich gehen.

Die letzte Fahrt

»Wo soll's hingehen, Madame?« fragt mich der Taxifahrer fröhlich.

»Keine Ahnung, fahren Sie einfach gegen einen Baum. Am besten gleich den nächsten«, murmele ich und kauere mich auf die Rückbank.

Der Fahrer dreht sich zu mir: »Sind Sie verrückt? Wir sind in Deutschland. Sie hetzen uns die Stadtverwaltung auf den Hals; die Umweltbehörde, Greenpeace oder den Tierschutzverein! Wissen Sie überhaupt, was das kostet, so ein Baum?« fragt er lachend.

Ich lache nicht.

»Gut. Wo fahren wir hin? Nennen Sie mir einen schönen Ort. Ich bringe Sie bis an die Tür«, lächelt er beharrlich weiter.

»In die Hölle«, erwidere ich kurz und ziehe mir die Wollmütze tiefer ins Gesicht, bis sie meine Augenbrauen bedeckt. »Irgendwohin. Immer geradeaus.«

»Zur Hölle bitte«, wiederholt er kopfschüttelnd, »den Teufel besuchen! Wissen Sie, da wollte ich auch schon immer hin!«

»Können wir jetzt endlich losfahren?« raunze ich ihn an.

»Ja, ja, geht gleich los.«

Der Mann lacht vor sich hin und startet den alten Benz.

»Also noch mal, wo fahren wir hin?« fragt er seinen Rückspiegel.

»Bis ans Ende meiner 50 Euro.«

»Gut. Ich kann eine große Sightseeingtour-Runde drehen. Die kleine würde Sie 20 kosten. Soll ich doch lieber die kleine fahren?«

»Nein, nein, die große ist mir in jedem Fall lieber« sage ich hastig, als wir den Taxistand verlassen.

»Soll ich Ihnen etwas über die Hauptstadt erzählen?«

»Bitte nicht. Ich kenne Berlin.«

»Soll ich das Radio anlassen?« fragt er mich, dreht sich kurz zu mir um und lächelt mich an.

»Haben Sie eine Lieblingskassette?«

»Ich weiß nicht, ob Sie afghanische Musik mögen?«

»Ich werde sie gleich mögen lernen.« Ich lasse mich wieder in den Sitz fallen. Wir fahren alle Sehenswürdigkeiten an der großen Straße ab, streifen die Humboldt-Universität, die Staatsbibliothek, das Gorki-Theater, fahren an dem Platz vorbei, wo einst die Bücher brannten. Das Autodach, die Türen, die Scheiben geben die Schwingung der afghanischen Flöten, Saiteninstrumente und der Tabla wieder, zittern leise im Rhythmus, dem man hilflos hinterherhinkt, weil er permanent und innerhalb weniger Takte wechselt. Zu kompliziert für mein abendländisches Ohr.

»Darf ich in Ihrem Auto rauchen?« frage ich.

»Sie dürfen alles. Gefällt Ihnen die Musik?«

»Sehr.«

»Die Tabla spiele ich«, sagt er und hebt die Hand.

»Drehen Sie ruhig lauter.«

Der Taxifahrer dreht auf. Ich schließe die Augen und bin glücklich. Irgendwann hört die Tarifanzeige auf zu blinken.

»Das ist meine letzte Fahrt. Für heute nacht habe ich genug verdient. Wie immer während der Berlinale«, lacht er.

»Darf ich Ihnen eine Zigarette anbieten?« Ich halte ihm meine Schachtel hin.

»Danke, sehr nett von Ihnen, ich rauche nicht. Meine Frau dafür aber eine nach der anderen.«

»Wo treten Sie auf?«

»Wir treten kaum mehr auf.« Er schüttelt den Kopf. »Wer interessiert sich heute schon für afghanische Jazzmusik.«

»Verzeihen Sie, wenn ich lache. Die Vorstellung von einem vor Angst paralysierten Publikum ist einfach zu komisch.«

Der Taxifahrer lacht mit mir. Unser Gelächter verliert sich im Rhythmus der Musik, der immer schneller wird, bis er plötzlich losbricht wie ein unerwartetes Sommergewitter, dessen Tropfen wild an die Scheiben trommeln. Ich versuche dem Rhythmus zu folgen. Es gelingt mir nicht. Wenn ich glaube, ihn gefunden zu haben, wechselt er abrupt, hetzt in 7/8n dahin, springt in 5/4 über, sirrt sich überschlagend davon.

»Ich kann Ihnen auch afghanische Disko-Musik auflegen«, bietet mir der Taxifahrer an.

»Nein, bitte nicht. Ich möchte Ihre Kassette hören.«

»Mein Name ist Syrus.«

An uns vorbei fliegt die Museumsinsel. Ich schaue zurück. Sie sieht aus wie eine geheime Raumstation.

»Leben Sie schon lange in Berlin?« fragt er mich.

»Zu lange. Irgendwie komme ich nicht mehr weg.«

»So wie wir auch. Meine Frau und ich leben hier schon seit beinahe 20 Jahren.«

Es klingt ein wenig resigniert.

»Wenn wir alt sind, gehen wir nach Kabul zurück.«

»Machen Sie Witze? Nach so einer langen Zeit?«

»Hier habe ich keine Hoffnung. Ich habe Angst, in dieser Stadt alt zu werden.«

Wir halten an der Ampel. Der Taxifahrer wechselt schnell die Spur.

»He, Türkenarsch, hast du keinen Blinker, oder was?!« ruft der Fahrer des gelben Mazda, der neben uns bremst, in breitem südslawischen Akzent herüber.

Syrus und ich lachen und starten mit quietschenden Reifen. Wir fahren weiter in Richtung Checkpoint Charlie, der heute auch nichts weiter ist als eine Touristenattraktion. Wir betrachten die albernen Schießbuden.

Auf seine Frage, wo ich wohne, schweige ich.

»Warum trinkst du nicht noch einen Tee bei uns?« fragt mich Syrus.

»Nein, danke, es ist spät. Deine Frau wird bestimmt schon schlafen«, antworte ich.

»Im Gegenteil, sie wartet auf mich. Um ehrlich zu sein, sie schläft eigentlich nie.« Er lacht. »Komm, wir fahren zu uns.«

Syrus läutet dreimal. Dann hört man das Klicken eines Türschlosses, das Klicken eines zweiten etwas darüber, eines unterhalb davon und eines weiteren, kleinen noch weiter oben. Vier insgesamt. Dann das Rasseln einer Kette. Die Tür öffnet sich einen Spaltbreit. Ein dunkles, mandelförmiges Auge erscheint. Syrus sagt etwas in Farsi und tritt über die Schwelle. In ihrem Blick liegt etwas Mißtrauen, doch sie lächelt. Syrus' Frau bittet mich herein.

»Ich habe uns einen Gast mitgebracht«, sagt er. »Das ist meine Frau Tarona. Unser Gast liebt wie wir die Musik.«

Sie zeigen mir den Weg in das kleine, hellerleuchtete Wohnzimmer. Der Tee duftet nach Kardamom, Tarona bringt dunklen Reis mit Rosinen, Hühnerfleisch, das granatapfelfarben leuchtet, und süß-säuerlich eingelegte Aprikosen. Später essen wir weißen Pudding aus Milch und Honig und Sesamkuchen. Tarona fragt mich nach der Liebe, und Syrus schläft darüber in seinem Sessel ein. Meine Geschichte macht sie traurig, und als ein paar verstreute Vögel die Ankunft des neuen Tages verkünden, sagt sie: »Schlaf doch heute hier, bleib bei uns. Wir haben ein Gästezimmer.«

Taronas Gesicht ist von vollkommener Ebenmäßigkeit, die glatte Stirn, die hohen Backenknochen, ihr rundes Kinn, die wohlgeformten, leicht schrägen, dunklen Augen, die schöne, gerade Nase, die weich gebogenen Brauen, die sinnlich geschwungenen Lippen. Ihr langes schwarzes Haar fällt in unvorstellbarer Fülle auf ihre schmalen Schultern. Sie sind ein schönes Paar, Tarona und Syrus. Und gleichsam traurig: Sehnsüchtig wünschen sie sich ein Kind. Doch seine kleine Seele hat bisher keinen Drang verspürt, sich hinab auf die Erde zu begeben.

Ich wohne in der Wohnung von Taronas Freundin, die leer steht, weil sie gerade ihre Verwandten in Amerika besucht. Ein kleines Studio mit Küche und Bad. Das Haus ist ein

Neubau. Die Wände sind hellhörig und die Nachbarn unangenehm neugierig. Nachts arbeite ich in der »Sansibar«, und tagsüber versuche ich verzweifelt, einen besseren Job zu finden.

Von Zeit zu Zeit sitzen Tarona und ich zusammen, wir rauchen und lesen Stellenangebote. Tarona sucht eine neue Arbeit als Arzthelferin. Sie möchte länger arbeiten und mehr verdienen, damit Syrus nachts nicht mehr fahren muß. Und ich suche wie immer einen Job, den man ohne Arbeitserlaubnis bekommt. Tarona bewirbt sich am Telefon. Nach hundertfünfundvierzig Versuchen findet sie schließlich eine Stelle bei einem Kinderarzt. Ich habe weniger Glück; die Auswahl an halblegalen Jobs ist gering und die Idee, das Studium wiederaufzunehmen, geradezu utopisch. Ich brauche einen Job, um zu überleben. Langsam verliere ich die Hoffnung.

»Weißt du, was ich mache, wenn ich unglücklich bin?« sagt Tarona.

Ich schüttle den Kopf.

»Komm, ich zeige es dir!«

Tarona und ich sehen uns alte indische Filme an. Es gibt ein kleines Kino, das sie in Originalfassung zeigt. Tarona spricht fließend Hindi, da sie als Kind mit ihrer Familie über Pakistan nach Indien geflohen ist. Manchmal spricht sie über ihre Flucht und erzählt heiter, wie sie, mit falschen Pässen, zu Fuß und auf einem Esel, immer bei Anbruch der Dunkelheit über die Berge kamen. Dann ist sie nicht mehr heiter, sagt, die Schlösser an der Tür könnten ihre Ängste zähmen, doch ihre Erinnerungen besiegten sie nicht.

In dem kleinen Kino sehe ich sie das erstemal mit entblößten Zähnen lachen. Sie kennt alle Lieder, tanzt im Sitzen und singt mit. Ihr Gesichtsausdruck wechselt in derselben Geschwindigkeit wie der Rhythmus der Musik. Ich folge den englischen Untertiteln und versuche mit dem Kopf mitzuwackeln, so wie die unglückliche Prinzessin im safrangelb-goldenen Sari.

Syrus haßt indische Filme. »Hör auf, dir ständig diesen Kitsch anzusehen«, schimpft er. »Immer wenn du im Kino warst, bist du die nächsten zwei Wochen völlig weg, zugedröhnt von diesen blöden Tabletten!« sagt er zu Tarona und blickt mich an. Sie zündet sich gleichmütig eine Zigarette an.

»Was für Tabletten?« frage ich.

»Antidepressiva«, erklärt Tarona achselzuckend und wirft mir, die Zigarette im Mundwinkel, einen großen, weichen amethystfarbenen Wollschal um die Schultern. »Der ist für dich, ich schenke ihn dir.«

Später, als ich mich verabschiede, um in die verhaßte »Sansibar« zu gehen, umarmt mich Tarona und sagt: »Manchmal wünschte ich, das Leben wäre ein indischer Film.«

Im Dienste des Mohren

»Verschwindet, ihr Herumtreiber! Haut ab, verschwindet endlich! Was willst du hier? Geh zurück! Wohin? Was geht das mich an? Nur weg von hier. Weg von uns. Die Zeiten sind hart, die Rationen knapp bemessen. Hau ab! Verschwinde! Und vergiß nicht, deine Freunde mitzunehmen. Wir sind kein Emigrantenland. Sucht euch doch eine Insel im Meer. Wir haben schon genug Probleme. Wir können nicht auch noch eure Last mit uns herumtragen. Leute wie du, ihr habt schon genug Unheil angerichtet, unsere Großzügigkeit ausgenutzt, unser schlechtes Gewissen, unsere christliche Nächstenliebe! Ihr fremden Elemente, laßt uns in Ruhe! Es muß endlich wieder Ordnung herrschen. Wird wieder Zeit, daß wir uns für Ordnung nicht mehr zu schämen brauchen! Ständig kommt irgendein anderer aus dieser Wohnung. Wer weiß, was ihr da ausheckt! Ich rufe die Polizei!«

Ich bin außer Atem, rannte soeben mit großen Schritten die Stufen zu meiner geborgten Wohnung hinauf, bin auf der Treppe stehengeblieben, als ich ihn sah. Er fängt mich ab auf unserem Stockwerk. Das Gewehr versperrt mir den Weg. Das Licht im Treppenflur flackert. Er trägt trotz der Kälte ein Unterhemd und eine jagdgrüne Sporthose. Verwundert starre ich ihn an. Keuchend und noch glücklich, heute einmal früher der »Sansibar« entflohen zu sein.

»Guten Abend, Herr Savatzky! Was treibt Sie zu dieser späten Stunde noch hinaus in den kalten Hausflur?« frage ich, während ich nach Luft schnappe, doch da fällt er mir schon ins Wort und richtet seine Waffe auf mich. Von unten betrachtet, sieht mein blasser Nachbar aus wie ein Held, auch, weil das Licht im Treppenhaus flimmert. Er sieht lächerlich aus, wie er jetzt vor mir steht. Das Gewehr tut es nicht. Ich weiß nicht, was jetzt geschehen wird. Ich habe keine Ahnung von Gewehren, auch nicht von Sport. Er ist doch mein Nachbar, wir wohnen Tür an Tür. Als ich die Gestalt hinter all seinen Worten nicht mehr erkennen kann, als ich nur noch Haß in seinen Augen finde, kalten und stolzen Haß, der den Lauf des Gewehres bis zu meiner Nasenspitze lenkt, pfeift ihn die schrille Stimme seiner Frau in die Wohnung zurück. Mein Nachbar verschwindet hinter seiner Haustür.

Früher hat Herr Savatzky in einer Schokoladenfabrik gearbeitet. In der Verwaltung. Fünfundzwanzig Jahre lang stand er im Dienste des berühmten Mohren. Heute gibt es keine berühmte Schokoladenfabrik mehr in Tempelhof. Dafür einen leergefegten, berühmten Flughafen. Herr Savatzky wurde entlassen. Seine Frau und seine Kinder mußten sich eine Beschäftigung für ihn einfallen lassen. Jetzt übt er Tontauben- und Ausländerschießen.

Syrus bietet mir an, mich von nun an nachts mit seinem Taxi nach Hause zu fahren und bis vor die Wohnungstür zu begleiten. Kurz vor meinem jeweils letzten Auftritt rufe ich ihn an. Manchmal steht er schon wartend auf der Straße, wenn ich herauskomme, manchmal ist er gerade am anderen Ende der Stadt. Es kommt selten vor, daß er keine Zeit hat und mich bittet, ein anderes Taxi oder den Nachtbus zu nehmen.

Der Anruf

Die U-Bahn ist überfüllt, der Zug eines der älteren Modelle. Die Sitze sind zerschlissen und mit schwarzen Zeichen besprüht. Es riecht nach Kotze, nach frischgemahlenem Kaffee, den irgend jemand in seiner Einkaufstasche nach Hause fährt, nach künstlichem Narzissenduft, einem dieser Pestizide, die man einer ungeliebten Tante zum Geburtstag schenkt, nach dem Bratfett von Kantinenfrikadellen, das sich ins Haar und in die Mäntel seiner Opfer schlich. Ich wende meine Nase zum Fenster, von wo die Luft nach dem Eisenstaub der Gleise riecht. Mein Telefon läutet.

»Ja?« Ich versuche leise zu sprechen.

»Sind Sie Dimitri Poroschins Nichte?« fragt eine belegte, dünne Altmännerstimme am anderen Ende.

»Ja, kann schon sein«, sage ich nach einem kurzen Zögern. Meine Sitznachbarn spitzen die Ohren.

»Hören Sie, ich habe Ihre Telefonnummer von Dimitri.«

»Haben Sie etwas von ihm gehört? Wie geht es ihm?« will ich von der Stimme wissen, und meine Sitznachbarn wollen es auch.

»Es geht ihm gut. Er unterrichtet mexikanische Witwen in Ballett. Ich habe einen Job für Sie.«

»Was muß ich tun?«

»Können Sie spritzen?« Die Stimme klingt plötzlich sehr klar.

»Sie meinen, Spritzen verabreichen?« Meine drei Sitznachbarn sind hellwach und lauschen gespannt.

»Genau das meine ich. Und noch so ein paar Dinge in dieser Richtung.«

»Warum treffen wir uns nicht, und Sie erklären mir alles ausführlich. Ich sitze gerade in der U-Bahn.«

»Aber natürlich, ja, treffen wir uns. Kommen Sie zu mir!«

Ich wende mein Gesicht so nah wie möglich zur Scheibe, eine Häuserzeile rast vorbei.

»Ein neutraler Treffpunkt wäre mir lieber«, flüstere ich, und meine Sitznachbarn lehnen sich im Verein zu mir herüber.

»Ich kann nicht aus dem Haus. Ich liege im Bett. Sie brauchen keine Angst zu haben, ich kann nicht einmal mehr den Telefonhörer richtig halten.«

Ich bin zugegeben etwas erleichtert. »Wie ist Ihre Adresse?«

Der Mann am anderen Ende wohnt in der Nähe der Freien Universität.

»Mein Name ist Hendrik Kahn.«

»Morgen vormittag könnte ich bei Ihnen sein.«

»Sagen wir um elf?«

»Elf ist sehr gut«, nicke ich.

Meine Sitznachbarn sind einverstanden.

Selena

Das Haus von Hendrik Kahn ist eine wilhelminische Villa mit einem riesigen Garten. Ich klingle am Tor. Ein Mann in anthrazitfarbenem Anzug öffnet die Tür, sieht mich an und fragt über die Gegensprechanlage: »Kommen Sie zu meinem Vater?« Seine Stimme klingt jünger als die am Telefon.

»Ja, guten Tag. Er hat mich gestern angerufen.«

»Kommen Sie, kommen Sie«, sagt der Mann im Anzug schnell. Die automatische Schließanlage summt, das Tor springt auf. Ich muß eine ganze Strecke durch den Garten gehen, um zu der Haustür zu gelangen.

»Guten Tag, ich bin Arthur Kahn. Sie haben gestern mit meinem Vater gesprochen.« Er streckt mir seine kühle Hand entgegen. Sein Händedruck ist kurz und fest. »Sie sind die Nichte von Herrn Poroschin?«

»Ja«, erwidere ich.

»Ich muß Ihnen offen sagen, ich weiß nicht recht, was ich von ihm halten soll. Er ist ein bißchen verrückt. Aber mein Vater fühlt sich aus irgendeinem, mir unverständlichen Grund zu ihm hingezogen.« Er spricht in kurzen, abgehackten Sätzen. »Aber das tut nichts zur Sache«, fährt er fort. »Ich führe Sie gleich zu meinem Vater. Danach muß ich in meine Kanzlei.« Er blickt auf die Uhr an seinem Handgelenk. »Das hier ist mein Elternhaus. Ich wohne nicht weit von hier. Ich wollte Sie nur kurz kennenlernen, als ich erfuhr, daß mein Vater Sie einstellen will. Sie haben Medizin studiert?«

»Ich habe mein Studium abgebrochen.«

»Warum?«

Ich schweige. Warum sollte ich ihm das erzählen?

»Wie auch immer. Können Sie Spritzen geben?«

»Sicher.«

»Eine Infusionsflasche auswechseln?«

»Kein Problem.«

»Viel mehr in dieser Richtung werden Sie auch nicht zu tun haben. Die Krankenschwester und der Arzt werden Ihnen genaue Anweisungen geben.«

»Ich habe Erfahrung in der Krankenpflege, falls das Ihre Frage ist.«

Arthur Kahn scheint erleichtert. »Das Haus wird von Frau Buschkow in Schuß gehalten. Morgens kommt eine Krankenschwester, abends der Arzt, und später schauen meine Frau und ich vorbei. Frau Buschkow wird Sie gleich zu meinem Vater führen.«

Wir treten in den Hausflur. Hoch oben an der Decke glitzert das Licht durch die kleinen Kristalle eines riesigen Leuchters. Ich blicke mich um. Entlang der vielen Stufen zum oberen Stockwerk hängen eine Galerie von Gemälden und einige Fotos, schön gerahmt und noch schöner beleuchtet. Das Haus ist sehr groß.

»Hm«, beginnt Arthur Kahn zögerlich. »Mein Vater ist etwas eigensinnig. Er hat darauf bestanden, nach unten, in den Keller zu ziehen. Dort hängen auch seine Bilder. Nun, Sie sollen ihm etwas Gesellschaft leisten, ihm helfen, seine Erinnerungen und Gedanken aufzuzeichnen. Mein Vater führt seit Jahren ein Tagebuch.«

Ich soll also eine Art Ghostwriter oder Faktotum eines Greises sein, geht es mir durch den Kopf.

»Hören Sie, ihm bleibt nicht mehr viel Zeit. Er hat Krebs. Es geht dem Ende zu.« Die Stirn des Anwalts legt sich in tiefe Falten. »Falls etwas ist, rufen Sie mich bitte sofort an. Hier sind alle meine Telefonnummern.« Er drückt mir einen Zettel in die Hand. »Frau Buschkow?« ruft er dann in die hallende Leere des Hauses.

»Ach, da ist also das Mädchen.« Ihre Hand ist weich und naß. Sie trägt eine klatschmohnrote Schürze und sieht seltsam aus in dieser stillen, gerahmten und schön illuminierten Umgebung. Sie lächelt mich an, mütterlich, freundlich.

»Frau Buschkow bringt Sie zu meinem Vater«, sagt Arthur Kahn. »Ich muß jetzt gehen. Wir sehen uns heute abend. Viel Glück.« Er hebt hastig die Hand zum Abschied und eilt zur Tür hinaus.

»Kommen Sie, hier entlang, bitte«, sagt Frau Buschkow, deren Erscheinung auf den ersten Blick von beneidenswert strotzender Gesundheit ist. »Der alte Kahn kann es kaum erwarten, Sie kennenzulernen«, zwinkert sie mir zu und kichert mit ihrer rauhen Stimme. Wir steigen die Treppe in den Keller hinab. Mir ist nicht sehr wohl zumute. Dort, wo andere Menschen ihre kleinen Feste feiern oder ihre Trimmübungen vollführen, sich ein Gästezimmer einrichten oder einen Weinkeller, hat jemand die gesamten Wände über und über mit Ölgemälden, Lithographien, Aquarellen, Skizzen und Graphiken behängt. Die meisten könnten aus der Zeit des deutschen Expressionismus stammen, einige aus der Gründerzeit.

Jemand hat sich hier ein Privat-Museum eingerichtet. Frau Buschkow führt mich durch die Räume. Ich fröstle. Die Luft ist kühl, an den Wänden blinken die kleinen, roten Lichter einer Klimaanlage. Obwohl wir uns im Kellergeschoß aufhalten, ist es erstaunlich hell, da sich überall kunstvoll vergitterte Lichtschächte befinden. Die Wände sind bordeauxrot.

»Herr Kahn sammelt Kunst. Es ist seine Leidenschaft.« Frau Buschkow lacht und hebt die Augenbrauen. »Diese hier sind nicht die schönsten Bilder, aber seine liebsten. Oben hängen noch mehr. Ich darf sie nicht einmal mit dem Staubwedel berühren!« lacht sie wieder und schüttelt nachsichtig den Kopf.

»Warum zieht jemand, der ein so großes, schönes Haus besitzt, ausgerechnet in den Keller?« will ich wissen.

»Er sagt, er möchte seine liebsten Bilder immerzu ansehen können, ohne dabei gestört zu werden. Sie müssen wissen, niemand außer ein paar auserwählte Menschen darf diese Räume betreten.«

»Wo ist er denn?« Ich werde immer neugieriger auf den

Mann, der sich freiwillig mit seinen Bildern in den Keller sperrt.

»Gleich, gleich«, schmunzelt Frau Buschkow, »gleich werden Sie ihn kennenlernen. Und wie Sie das werden«, sanft schubst sie mich in ein Zimmer.

Es ist von der gleichen Größe wie die übrigen vier. Es hat auch das gleiche vergitterte, rechteckige Fenster. Die Wände leuchten im Tageslicht mal bräunlich, mal rötlich. Auch hier wieder Kunst aus der Zwischenkriegszeit und davor. Ein großes Plakat fängt als erstes meinen Blick ein. Darauf steht in wuchtigen Lettern:

»Ich kann ohne Essen und Trinken leben, aber nicht ohne DADA.«

Marschall G. Grosz

»Ich auch nicht«

John Heartfield

»Auch ich nicht«

Raoul Hausmann

In der Mitte des Zimmers, mit dem Kopfteil zur Wand, befindet sich ein Bett. Es ist eines der Betten, wie sie in Krankenhäusern stehen. Rechts und links daneben zwei Abstelltische mit Stapeln von Tabletten, Spritzen, Zeitungen, Heften, ein kleines Radio, Taschentücher, außerdem ein Spiegel, ein Kamm und ein Glas, wahrscheinlich für das Gebiß. Inmitten dicker Kissen und Decken liegt ein kleiner, perlmuttweiß schimmernder, alter Mann. Sein Körper ist dünn und zerbrechlich wie der eines Vogels, sein Gesicht ausgeprägt. Die Haut, dünn wie Pergamentpapier, spannt sich über die hervortretenden Wangen-, Stirn-, Nasen- und Kinnknochen. In ihren tiefliegenden Höhlen ruhen zwei große Augen, deren geschlossene Lider zucken. Der Mann im eleganten Pyjama, dessen silbergraue Farbe genau zu seinem spärlichen, dennoch exakt geschnittenen Haar paßt, ist an eine Infusionsflasche angeschlossen. Er sieht sehr alt aus. Und sehr krank.

»Herr Kahn, sehen Sie nur, die junge Dame ist hier«, sagt Frau Buschkow mit Absicht etwas rüde und zu laut zu dem schlafenden Mann. »Er schläft gar nicht«, flüstert sie mir augenzwinkernd zu.

»Herr Kahn, wachen Sie auf!«

Zögernd bewegt sich der Mann unter den Bettdecken und schlägt die Augen auf.

»Warum wecken Sie mich schon wieder?« stöhnt er. Ich erkenne seine Stimme.

»Die junge Dame ist da.«

»Wer?« krächzt Hendrik Kahn, während er mich mit einem verstohlenen Blick mustert.

»Guten Tag«, sage ich und trete näher an sein Bett. Ich lache ihn an.

Er richtet sich auf und betrachtet mich mürrisch.

»Die junge Dame ist da«, sagt Frau Buschkow noch einmal laut und beugt sich zu ihm vor.

»Schon gut, Lore, ich bin nicht taub!« krächzt der Alte und versucht, ihr mit dem Kopf auszuweichen.

»Gehen Sie jetzt wieder nach oben!«

»Aber, ja, natürlich, ich bin schon weg, aber seien Sie bitte nett zu ihr«, entgegnet Frau Buschkow tantenhaft, während sie die obere Decke aufschüttelt. »Falls Sie Probleme bekommen, rufen Sie mich«, sagt sie zu mir und läßt mich mit dem Alten allein.

Schweigend blicken wir uns an. Ich lächle. Er starrt nur stumm.

»Ich habe Sie mir anders vorgestellt« brummt er dann plötzlich.

»Tatsächlich? Wie denn?«

»Anders. Etwas«, – er sucht nach dem richtigen Ausdruck, »dicker!« fällt ihm auf einmal ein.

»Soll ich wieder gehen?«

»Nein, wo Sie schon mal hier sind, bleiben Sie!« Er hebt seinen Kopf aus dem Bett und mustert mich. »Haben Sie eigentlich einen Namen? Wie heißen Sie überhaupt?«

»Violetta«, entgegne ich, weil mich das Krankenbett an die Sterbeszene aus Verdis »La Traviata« erinnert.

»Soll ich mich denn ›Alfredo‹ nennen, oder ziehen Sie

›Armand‹ vor?« lächelt er verschmitzt. »Oder wollen wir tauschen, da ich hier derjenige bin, der demnächst den letzten Hauch von sich geben wird.« Grinst er. »Die Kameliendame hier, bin ich.«

Ich warte geduldig, bleibe vor ihm stehen und blicke in seine stahlblauen Augen. Ich brauche diesen Job.

»Ich weiß, wie ich Sie nennen werde«, krächzt er plötzlich, seine Augen blitzen, das Lächeln auf seinen Lippen ist unverschämt. »Selena!«

»Nach der griechischen Göttin des Mondes?«

»Nein.«

»Eine Freundin von Ihnen?«

»Nein. Nach meiner ersten großen Liebe. Sie war fünfzehn Jahre alt und ich ganze sieben.«

»Ich fühle mich geehrt, daß ich Sie an die erste Frau in Ihrem Leben erinnere«, spotte ich.

»Es war eine Katze«, räuspert er sich.

»Wie bitte?«

»Eine alte, dürre, schwarze Katze. Immerhin wurde sie dreiundzwanzig.« Der Greis lächelt schelmisch, während er versucht, sich in seinem Krankenbett ein wenig aufzurichten. Ein paar Sekunden lang hat sein alter, schwerkranker Körper die Leichtigkeit eines kleinen Buben, doch gleich darauf verläßt ihn die Kraft. Er schafft es nicht, sich im Bett aufzusetzen. Ich helfe ihm. Sein Körper ist leicht wie der eines Kindes. Meine Nähe und seine Hilflosigkeit machen ihn verlegen. Ich lasse ihn los und stelle mich wieder an das Fußende seines Krankenbettes.

»Lassen wir den Unsinn. Ich heiße Hendrik. Sagen Sie einfach Henry zu mir.«

Henry

Hendrik Kahn ist einer der Männer einer Generation, die sich aus dem Nichts heraus selbst erschaffen haben. Nach dem Krieg, eltern- und mittellos, ohne eine Ausbildung und gerade mal sechzehn Jahre alt, handelte er mit defekten Schreibmaschinen und hielt sich mit Schwarzmarktgeschäften über Wasser. Danach hat er als Schrotthändler ein Vermögen gemacht, in den fünfziger Jahren scheinbar eine sehr lukrative Angelegenheit. Mit dem Geld stieg er in die Elektroindustrie ein, genoß Ansehen und bald noch größeren Reichtum. Sein Herz jedoch gehört der Kunst; ganz besonders der Kunst aus der Zeit seiner Jugend. Alles Wissen darüber hat er sich selbst angeeignet, mit den Jahren wurde er nicht nur zu einem Kunstsammler und -kenner, sondern auch zum Mäzen vieler Künstler, und er war ihnen, wie ich aus vielen Dankesbriefen erfahren habe, ein geschätzter, wenn auch nicht immer feinfühliger Berater.

Henry stellt mir keine Fragen, hofft dennoch darauf, alles über mich zu erfahren, indem er wartet, daß ich freiwillig erzähle. Die ersten Tage sind unerträglich. Henry benimmt sich grauenvoll. Er schickt mich raus, um mich gleich darauf wieder zu sich zu rufen. Kaum habe ich etwas geholt, soll ich es wieder zurückbringen. Das Fenster sei zu weit geöffnet oder zu wenig, es sei zu kalt oder zu warm, die Jalousien wären zu sehr hochgezogen oder zu weit herunter, es sei zu laut oder zu leise. Er hat sich von seinem Sohn ein Notebook bringen lassen und es mir zusammen mit einem Stapel vollgekrakelter Schulhefte in die Hände gedrückt.

»Tippen Sie das ab!« befiehlt er mir barsch, hält sein Ohr an das kleine Radio und tut, als wäre ich nicht vorhanden.

Ich blättere in den Heften, kann kaum erkennen, worum es sich bei dem Geschmiere handelt. Es dauert, bis ich mich an seine wirre Handschrift gewöhne.

»Wenn ich mich nicht irre, ist das hier eine Auflistung. Wahrscheinlich handelt es sich um Namen und Bildtitel, Jahreszahlen«, versuche ich, mit ihm ins Gespräch zu kommen. Er brummt etwas, ohne mich anzusehen. »Soll ich Listen anfertigen? Tabellen?« frage ich leise verzweifelt, denn beim bloßen Gedanken an saubere Striche und ordentliche Tabellen steigen alte Schulängste in mir auf. Henry schweigt weiter und hält sich das Radio dichter ans Ohr.

»Henry!« schreie ich ihn an, »ich spreche mit Ihnen!«

Endlich blickt er auf und grinst.

»Soll ich Listen anfertigen?«

»Ja, ja. Schreiben Sie alles genau und sauber ab. Wir müssen das alles drucken. Schreiben Sie!« sagt er zu mir, um sich gleich wieder seiner Radiosendung über die Plünderung irakischer Kunstsammlungen zuzuwenden.

Und so schreibe ich, so ordentlich, wie es einer Chaotin überhaupt nur möglich ist, Bildtitel ab, setze den Namen des Malers daneben, das wahrscheinliche Entstehungsjahr, dann den Namen einer Privatperson, dahinter die Adresse des Museums oder einer Sammlung oder einer Ausstellung und wieder Jahreszahlen. Stundenlang sitze ich vor dem Bildschirm, während Hendrik in seinem Krankenbett schläft, wenn ich zu ihm blicke, und mich mit einem Auge beobachtet, wenn ich wegsehe. Zwischendurch klingelt der Wecker, und ich reiche ihm ein paar Tabletten, gebe ihm eine Spritze, oder Frau Buschkow kommt, um nach uns zu sehen. Wenn er wach ist, will er prüfen, was ich geschrieben habe, und alles beginnt von vorn: Etwas ist nicht richtig geschrieben, ein Name ist falsch, eine Jahreszahl oder gleich alles. Immer hat er etwas an mir auszusetzen. Ich schnalze zu laut mit der Zunge oder klopfe während des Tippens nervös mit dem Fuß auf den Boden. Mein Pullover mache unerträgliche Geräusche, oder war es vielleicht die Tastatur? Ich solle meine Stirn beim Tippen nicht so sehr in Falten legen, es verleihe mir einen finsteren Gesichtsausdruck, vor dem er Angst bekäme.

Ich halte es nicht mehr aus. Blut schießt mir in den Kopf. Ich brauche diesen blöden Job nicht. Dann bleibe ich eben noch eine Weile länger in der »Sansibar« hängen, denke ich, während ich gegen Abend dorthin aufbreche.

Am nächsten Vormittag betrete ich sein Zimmer. Erschöpft. Verstört. Geistesabwesend. Er sitzt, von großen Kissen gestützt, in seinem Bett. Er hat auf mich gewartet.

»Sie sehen grauenvoll aus. Was ist Ihnen passiert?«

»Wie wäre es mit: Guten Morgen?« Ich lege meine Tasche auf den Stuhl neben dem Schreibtisch.

»Aber kein Mensch denkt an etwas Gutes, wenn man Sie so sieht«, plappert der Alte angriffslustig vor sich hin. Leise fluchend bereue ich meine Entscheidung, überhaupt noch einmal erschienen zu sein.

»Was haben Sie?« fragt er mich plötzlich, »warum gukken Sie so verbiestert?«

»Noch ein Wort von Ihnen, und ich bin weg. Sie können mir den Buckel runterrutschen«, bricht es aus mir heraus, während ich die seltsame Redewendung betone.

»Hast genug von dem alten Kacker, was?« lacht er daraufhin.

»So benimmt sich kein Sterbenskranker!« schreie ich.

»Wenn du gehen willst, dann geh! Reisende soll man nicht aufhalten.«

»Wie soll man auch diese ewige Nörgelei ertragen?«

»Niemand zwingt Sie hierzubleiben«, entgegnet er beleidigt.

»Gut, dann gehe ich jetzt.« Ich stehe auf, will das Zimmer verlassen.

»Der Alte macht dich also verrückt im Kopf«, krächzt er.

»Genauso ist es.«

»Er ist dir nicht sympathisch«, er verzieht das Gesicht zu einer Grimasse.

»Ehrlich gesagt: Das Sympathischste an Ihnen sind die blaßrosa Punkte Ihres Pyjamas.«

»Nun, dann werde ich veranlassen, daß mir jemand vier weitere Exemplare dieses Modells besorgt«, grinst er mich an.

»Versuchen Sie es. Vielleicht wirkt es.«

»Ich bin ein Ekel?«

Ich schweige, packe meine Sachen zusammen, will gehen.

»Hoffentlich haben Sie auch einen Grund!« ruft er mir hinterher.

»Grund wofür?«

»Für das Weglaufen. Ein professioneller ›Davonläufer‹, ein ›Runaway‹ hat wenigstens immer einen Grund wegzulaufen.«

»Was wollen Sie damit sagen?«

»Bleiben Sie hier«, kräht er plötzlich, im Rahmen seiner Möglichkeiten, bemüht. »Versuchen Sie es einmal mit Bleiben. Es ist nicht einfach, ich gebe es zu. Das schwierigste daran ist allerdings, sich selber auszuhalten. Sie wissen, was ich meine ...«

Ich stelle meine Tasche wieder ab.

»Warum wollen Sie, daß ausgerechnet ich bei Ihnen arbeite? Warum wollen Sie ausgerechnet mich, wenn Sie so unzufrieden mit mir sind.«

»Wer sagt denn, ich sei unzufrieden?«

»Die alberne Auflistung Ihrer Sammlung kann Ihnen auch jemand anders machen. Jemand, der mehr von Tabellen und Inventarlisten versteht.«

Hendrik betrachtet mich prüfend und zögernd zugleich.

»Warum sehen Sie mich so an?« frage ich.

»Das ist ausgeschlossen.«

»Was ist ausgeschlossen?«

»Jemand anderes wäre dafür gänzlich ungeeignet.« Seine Stimme wird plötzlich leise und glasklar.

»Warum?«

»Das erfahren Sie ein anderes Mal, Selena. Bleiben Sie hier. Das alte Ekel ist jetzt müde. Bitte bleiben Sie noch etwas neben mir sitzen. Ich will dem Teufel nicht alleine in die Augen sehen müssen. Bleiben Sie hier.« Er schließt die Augen.

Ich verharre still neben ihm, sehe den kleinen Tropfen zu, die im gleichmäßigen Rhythmus aus der Infusionsflasche in den Schlauch fallen. Bald schläft er ein. Wenn er schläft, liegen seine Lider ruhig auf den Augäpfeln. Nur wenn er schummelt, zucken sie.

Familientreffen

Wie lange wird er wohl noch leben? Es gibt Tage, da denke ich, er wird den nächsten Winter noch erleben, dann wieder gibt es Tage, an denen er so schwach ist, daß sein Atem nicht einmal mehr bis zum Frühling reicht. Sein Sohn ist liebevoll darum bemüht, es ihm so angenehm wie möglich zu machen. Henry muß schreckliche Schmerzen haben. Dem Arzt wurde aufgetragen, die Schmerzmittelmenge großzügig zu bemessen. Da er nicht mehr in der Lage ist, selber zu essen, wird er künstlich ernährt. Seine Arme sind übersät von blauen Flecken und Blutergüssen der Einstichwunden. Morgens, wenn ich ankomme, war bereits die Krankenschwester da und hat ihn gewaschen, angezogen und seine Zähne gepflegt. Im Laufe des Tages, wenn ich ihn zwischendurch waschen oder umziehen will, weigert er sich. Er schämt sich vor mir. Frau Buschkow muß mir dann helfen.

Oft treffe ich Arthur morgens an, der nach seinem Vater sieht, bevor er zur Arbeit fährt. Ich bleibe meist bis zum Nachmittag. Manchmal, bis die Sonne untergeht, manchmal, wenn er sehr müde ist, gehe ich früher. Gegen Abend erscheint der Arzt, und später kommen Arthur und Elvira, seine Frau, zu Besuch. Manchmal bringen sie ihre Kinder mit.

Elvira ist das Gegenteil ihres Mannes. Sie spricht laut und viel, gleichgültig, wer ihr zuhört. Sie ist ständig überfordert, obwohl sie genaugenommen nichts zu tun hat. Obgleich sie von viel Personal umringt ist und ihren Köchen, Putzfrauen, Kindermädchen und Gärtnern nur Befehle zu geben braucht, beklagt sie ununterbrochen den Mangel an Zeit, die Unfähigkeit ihrer Angestellten, die Wortkargheit ihres Mannes, die Unselbständigkeit ihrer Kinder, die Verschrobenheit ihres Schwiegervaters. All das erfahre ich bereits, kurz nachdem wir uns das erstemal die Hand zur Begrüßung reichen.

»Das hier, die Bilder, die Sie hier sehen, bedeuten mir mehr als alles andere auf der Welt«, sagt Henry mit weicher Stimme.

Ich schaue mich um, die Gestalten auf den Bildern starren mich an. Ich blicke in verzerrte Gesichter, betrachte lüsterne Grimassen, sehe in verhungernde Augen.

»Gefällt Ihnen meine Sammlung?« fragt er.

»Ja, sehr, aber warum richten Sie Ihr kleines Museum nicht oben ein? Das Haus ist doch riesengroß.«

»Hier unten kann ich allein sein. Niemand stört mich.«

»Aber oben ist doch niemand außer Frau Buschkow.«

»Doch«, entgegnet er trotzig. »Zu viele Erinnerungen.«

»Die Sonne scheint heute morgen so hell, und das Licht über Berlin ist das erstemal in diesem Jahr nicht trüb. Ich mache die Fenster auf, damit sie Ihren Garten sehen«, sage ich und fahre die Rolläden hoch.

»Ich will den Garten nicht sehen. Ich kenne ihn bereits. Kommen Sie, Selena, ich habe nicht mehr viel Zeit. Wir müssen noch einiges erledigen. Beeilen wir uns.«

Einige Tage später verabschiede ich mich von ihm und Arthur und laufe die Stufen hinauf zur Eingangstür, ziehe meinen Mantel an und bleibe kurz in der Diele stehen, um ihn zuzuknöpfen, als ich aus dem Keller Henrys Stimme krächzen höre. »Warum ladet ihr Selena nicht am Sonntag zum Essen ein?«

Stille. Dann wieder Henrys Stimme. »Sie hat hier niemanden. Sie ist allein.«

Schweigen. Mir ist das unangenehm. Ich will keine Einladung zum Essen.

»Gut, Vater, Elvira wird sie anrufen, wir werden sie einladen«, bricht Arthur ungeduldig das Schweigen. Er will schnell nach Hause.

»Ist sie überhaupt von hier?« höre ich die Stimme von Adam piepsen.

»Komm, Adam! Arthur, wir müssen jetzt gehen«, das Crescendo in Elviras Stimme ist unüberhörbar. »Kinder, sagt eurem Großvater gute Nacht!«

»Tschüs, Opa!« ruft Sonjas Stimme.

»Ist das alles? Kriege ich keinen Kuß?« krächzt Henry. Sie verabschieden sich, verlassen Hendriks Zimmer, schließen die Tür und bleiben unten an den Stufen stehen.

»Hör mal, ich denke nicht daran, diese Selena an meinen Tisch zu bitten. Was ist das überhaupt für ein komischer Name?« bemerkt Elvira abfällig. »Ich weiß nicht, was sie hier überhaupt zu suchen hat. Sie ist mir nicht geheuer. Wer weiß schon, was die ausheckt. Es kann doch nicht sein, daß sie nichts im Schilde führt«, redet sie im accelerando auf ihren Mann ein.

»Sie ist eine Studentin, es ist ein Job«, entgegnet Arthur kühl.

»Die ist mir eine schöne Studentin«, höre ich wieder Elvira. »Geht irgendwo in einem Nachtclub tanzen. Sie ist ein Flittchen.«

»Na und?« sagt Arthur knapp. »Du hast doch früher auch gerne getanzt.«

»Ich meine, mit dem Hintern wackeln!« Elviras Stimme erreicht ein allegro con fuoco.

Ich kann Arthurs Antwort nicht vernehmen, weil Frau Buschkow im oberen Stockwerk den Staubsauger eingeschaltet hat.

»Genau das tut sie wohl auch hier!« höre ich dann wieder Elviras schrille Stimme. »Und wartet, bis er was springen läßt! Der ist doch nicht mehr zurechnungsfähig bei all dem Morphium!« schreit sie nun außer sich, im furioso angekommen.

»Reiß dich zusammen! Beherrsch dich!« übertönt Arthurs Stimme das Staubsaugergeheul. »Sie ist ein nettes Mädchen. Warum soll man ihm die letzten Tage seines Lebens nicht leicht und angenehm gestalten? Er freut sich, wenn sie kommt. Sie schreibt sein Tagebuch für ihn ab.«

»Mama, was ist ein Flittchen?« fragt Sonja besorgt.

»Frag deinen Papa, der erklärt es dir!« faucht Elvira.

»Mir reicht's. Wir gehen auf der Stelle nach Hause«, bestimmt Arthur streng. »Hast du gesehen, wie sie die Sachen aus dem Haus schleppt?« höre ich wieder Elvira.

»Was denn schon wieder für Sachen?« fragt Arthur verzweifelt.

»Pakete, Papierstapel, Briefumschläge, Taschen. Wieviel zahlt er ihr eigentlich?«

»Keine Ahnung, das geht dich nichts an. Sie erledigt seine Korrespondenz.«

»Korrespondenz? Pah!« spottet Elvira voller Häme. »Seit wann führt dein Vater Korrespondenz? Mit wem denn? Mit dem Mann im Mond?«

»Halt den Mund. Halt endlich deinen blöden Mund!« unterbricht Arthur sie mit zusammengebissenen Zähnen. Einen kurzen Augenblick lang ist es still.

»Du kannst das Auto nehmen. Hier ist der Schlüssel«, zischt er voller Verachtung. »Kinder, kommt, wir gehen! Wir gehen zu Fuß.«

»Von mir aus. Geht doch zu Fuß. Ich will sowieso noch zur Benefizgala zum Wohle kriegsgeschädigter Kinder«, entgegnet Elvira gleichgültig. Ich höre ihre Schritte und renne hastig zur Tür hinaus.

Das Bild des einsamen Artisten

»Kommen Sie, Selena, geben Sie mir Ihre Hand«, krächzt Henry, während er versucht aufzustehen, »begleiten Sie mich ins Bad.« Auf mich gestützt, humpelt er unendlich langsam bis ans andere Ende des Zimmers. »Ha!« ruft er plötzlich, als wir an der Tür zum Bad ankommen. »Früher hätte ich gesagt: Begleiten Sie mich nach Paris, nach London oder Lissabon! Und heute? Begleiten Sie mich auf die Toilette. Sehen Sie nur, was aus einem Menschen werden kann.« Auf dem Weg zurück in sein Bett fragt er mich zum tausendsten Mal: »Wie finden Sie meine Sammlung?«

»Wunderbar«, entgegne ich abermals.

»Was sehen Sie, wenn Sie sich umschauen?«

»Nun, ich sehe ›Das Mädchen und der Soldat‹, ich sehe ›Schießschul-Karl‹ und ›Die kleine Marijell‹, ›Zwei weibliche Akte‹, den ›Dieb am Osthafen‹, das ›Café Verschwundenes Glück‹, den ›Einsamen Artisten‹ und alle anderen.«

»Was, glauben Sie, ist das wertvollste unter ihnen?«

»Keine Ahnung, ich verstehe nicht viel davon.«

Er versucht sich ein wenig aufzurichten. Deutet mit zittrigem Finger auf das Bild des »Einsamen Artisten«.

»Von wem ist es?« frage ich.

»Der Maler heißt Egon Friedrich. Kein besonders begnadeter Künstler und auch nicht sehr berühmt.«

»Was finden Sie dann an dem Bild?«

»Es ist das Bild, das ich einst, vor vielen Jahren, schon einmal in den Händen hielt.«

Ich nicke, obwohl ich nicht verstehe, was er meint.

»Was sehen Sie, wenn Sie die Bilder betrachten?« fragt er mich erneut.

»Soll ich Ihnen meine Eindrücke schildern, wie schon so oft?«

»Nein, nein, sehen Sie, was ich damit meine, ist – es sind besondere Bilder.«

»Zweifelsohne, aber was meinen Sie damit?«

»Sie gehören mir nicht.«

»Sie meinen, sie sind eine Leihgabe?«

»Nein.«

»Sie sind doch nicht etwa …«

»Genau das sind sie.

»Gestohlen?!«

Vor Erstaunen vergesse ich, den Mund zu schließen. Henry bleibt ruhig in seinem Bett liegen. Er hat sich die Decke bis unter das Kinn gezogen. Still wartet er ab, bis ich mich wieder beruhigt habe.

»Warum? Warum stiehlt ein vermögender, berühmter Kunstsammler Bilder?« will ich von ihm wissen.

Er zuckt mit den Schultern. »Nur so«, entgegnet Hendrik flapsig. Wir sehen uns schweigend an, bis er zu erzählen beginnt: »Nun, sehen Sie: den ›Artisten‹ hielt ich bereits in den Händen, da war ich noch eine Rotznase. Ich arbeitete mal hier, mal dort, als Laufbursche und Handlanger, Mädchen für alles, immer auf der Suche nach ein bißchen Geld. Dadurch ging ich auch in den Salons reicher Leute ein und aus. Eines Tages werde ich erwischt, als ich Orangen stehle, oder war es ein Paar Ohrringe? Ein Polizist zerrt mich zum Kommissariat. Der Inspektor zieht mir die Ohren lang. Und nach einer Weile, als wir allein sind, sagt er zu mir: ›Hör zu, du Bengel, die Zeiten sind schlecht. Man muß zusehen, wo man bleibt. Du gehst doch bei feinen Leuten ein und aus. Wenn du mir etwas Bestimmtes besorgen kannst, lasse ich dich laufen. Sonst bleibst du eingesperrt, bis du schwarz wirst.‹ Ich bekomme furchtbare Angst. ›Was soll ich Ihnen denn besorgen?‹ frage ich mit weichen Knien. ›Nun, es ist nicht für mich. Es ist für einen befreundeten General, der Kunstsammler ist‹, fängt er an. ›Kurzer Rede langer Sinn; du kennst doch diesen Kunstmäzen in der Bleibtreustraße, diesen Fatzke?‹ Ich wußte natürlich genau, wen er meinte. ›Wenn du mir ein schönes Bild von dem besorgst, etwas Nettes für den General, laß ich dich frei, Bürschchen. Ansonsten ...‹ Er beugt sich zu mir und berührt mit seinem Schnurrbart fast mein schweißüberströmtes Gesicht. ›Ansonsten mach ich dich kalt.‹ Und so fing meine Freundschaft mit dem ›Artisten‹ an. Ich stahl es für einen unbekannten General aus der Sammlung des berühmten Mäzens Otto Mehring, eines freundlichen, großzügigen Mannes, für den ich dann und wann als Laufbursche gearbeitet hatte. Es kann durchaus sein, daß Mehring den Diebstahl nicht einmal bemerkte. Die Wohnung war über und über mit zeitgenössischer Kunst behängt. Mir aber rettete dieses Bild das Leben, ich kam frei.« Hendrik macht eine Atempause. »Kurze Zeit später waren die Mehrings aus der Bleibtreustraße verschwunden. Wie vom Erdboden verschluckt. Niemand wollte sich mehr an sie erinnern. Nicht die Nachbarn, nicht die Freunde, auch nicht die Angestellten. Alle schwiegen. Mehring und seine Familie sind nie wieder zurückgekehrt. Seine gesamte Sammlung ist verschwunden. An die 7000 Objekte. Keines von ihnen ist je wieder öffentlich aufgetaucht. Nur der Polizeiinspektor machte einen kometenhaften Aufstieg und glänzte bald in neuer Uniform.«

Ich blicke um mich, in die unruhigen Gesichter der eingerahmten Gestalten. »So sind alle diese Bilder hier gestohlene Kunst?«

»Wenn Sie so wollen, ja.«

»Sie haben sie den unrechtmäßigen, neuen Besitzern wieder abgenommen?«

»Ich habe sie zurückgeholt. Hierhergebracht, gerettet.«

»Gehören sie denn hierher?«

Hendrik hält einen Augenblick inne.

»Sie sind ebenso heimatlos wie Sie, wie ich«, sagt er dann. »Zusammen sind sie es ein kleines bißchen weniger.«

»Verzeihen Sie, Henry, aber das klingt völlig bizarr.«

»Warum? Ich möchte, daß alle Welt diese Bilder sieht, wenn ich die Augen für immer schließe.«

»Wie sind Sie überhaupt an sie herangekommen?«

»Das war gar nicht so schwer. Jemandem wie mir zeigt man schnell seine geheimsten Archive. Stück für Stück sammelte ich die Bilder ein, brachte sie von überall hierher, aus der ganzen Welt.«

»Das ist ein Scherz.«

Henry lacht. »Kompliziert war nur herauszufinden, wo sich die Bilder nach all den Jahren jeweils befanden. Manche hatten eine Odyssee hinter sich. Die meisten waren in privatem Besitz, wenige holte ich mir aus Museumssammlungen, andere lagen versteckt in einem Archiv. Sie können sich nicht vorstellen, wie viele Werke es gibt, deren Herkunft nicht nachzuweisen ist. Und glauben Sie mir, es gibt im Kunsthandel kaum jemanden mit schlechtem Gewissen. Ich für meinen Teil wußte immer genau, wonach ich zu suchen hatte.«

»Ich verstehe immer noch nicht ganz.«

»Ich wußte, wen ich fragen mußte, nach einem bestimmten Künstler oder einem Werk. Ich kaufte zum Beispiel in Italien ein Bild von einem Galeristen und fragte ihn nebenbei nach einem bestimmten Bild. Der sah sich zwar unglücklicherweise gezwungen, mich enttäuschen zu müssen, doch zum Abschied fiel ihm dann doch die Adresse eines anderen Galeristen ein, der mir vielleicht weiterhelfen könnte, die ich allerdings mit der Bitte um höchste Diskretion für mich behalten sollte. Jener Galerist wiederum war mit dem einen bestimmten Museumsdirektor befreundet, dessen Sohn mich kurze Zeit später zu einer ihm sehr ungelegenen Stunde in das Archiv führte und mich, den alten, kunstvernarrten Opa aus Deutschland, unbekümmert für eine halbe Stunde mit all den schönen und vergessenen Gemälden alleine ließ, während er sich wieder dem Chaos und den Problemen in der Museumsdirektion zuwenden konnte.«

Henry lächelt mich an.

»Gib mir einen Schluck Wasser.«

Vorsichtig halte ich den Becher an seine Lippen.

»Gut, das war einmal, vielleicht war es Glück, Anfängerglück, aber Sie konnten sich doch unmöglich jedesmal unbeobachtet mit irgendwelchen Bildern unterm Arm einfach aus dem Staub machen.«

»Sie irren sich, Selena. Es gibt Menschen, die haben immer Anfängerglück ...«

»Warum hat man Sie nicht gesucht? Es war bestimmt nicht schwer nachzuweisen, wer mit den gestohlenen Werken zuletzt in Berührung kam.«

»Ich habe sie ja nie gleich mitgenommen.«

Ich sehe ihn fragend an.

»Sie und ich, wir teilen dieselbe Liebe zur Dunkelheit ...«

»Ich verstehe kein Wort.«

»Ich habe immer etwas Zeit verstreichen lassen, dann kam ich noch einmal zurück.«

»Sie sind eingebrochen?«

»Sie hätten mich einmal vor zwanzig Jahren sehen sollen.«

Henry grinst anzüglich, setzt sich aufrecht ins Bett und hebt die Brust.

»Man ist Ihnen kein einziges Mal auf die Schliche gekommen? Man hat Sie all die Jahre lang nicht einmal verdächtigt?«

»Sie ahnen gar nicht, mein liebes Kind, wie oft nach irgendwelchen gestohlenen Kunstwerken gefragt wird unter den Käufern, den Händlern und hinter vorgehaltener Hand. Je mehr Kriege es gab auf der Welt, um so reicher und üppiger fiel die Beute aus; am liebsten griff man zur Kunst. Unüberschaubar ist die Zahl der hungrigen Geier, die damit ihre Geschäfte machen. Die Kunsthändler, so mancher Zwischenhändler, Vermittler, Kunstagent, manch ein Sammler oder Käufer hat mehr zu verschweigen, als Sie sich vorstellen können. Und oft nehmen sie lieber den Verlust durch einen Diebstahl in Kauf, als Aufsehen zu erregen und somit zu riskieren, daß Nachforschungen angestellt werden über die wahre Herkunft des Diebesguts und der anderen Kunstobjekte, mit denen sie ihre Geschäfte machen.«

Henry bettet seinen Kopf vorsichtig wieder auf das Kissen und schließt die Augen.

»Und niemand hatte Sie jemals verdächtigt?«

Er öffnet die Augen und sieht mich an: »Niemand hat sich überhaupt für diese Bilder interessiert.«

»Sie meinen, nicht einmal Ihre Frau wußte von Ihrer geheimen Leidenschaft?«

»Sie war eine Frau, wie es sie heute nicht mehr gibt. Sie stellte niemals die falschen Fragen.«

»Bin ich froh, heute zu leben ...«

»Wenn ich tot bin, möchte ich, daß diese Sammlung auf Reisen geht. Ich will, daß die Welt diese Bilder sieht. Sie müssen mir helfen, alles zu organisieren.«

»Und wie wollen Sie die Ausstellung nennen?«

»Gestohlene Kunst«, entgegnet mir Henry fröhlich.

»Das ist wirklich absurd. Verzeihen Sie, daß ich lache.«

»Lachen Sie nur, mein Kind, es steht Ihnen besser als Tränen.«

»Weiß Ihr Sohn, daß Sie die Bilder gestohlen haben?«

»Er hat keine Ahnung, er ist ein anständiger Kerl.« Henry lacht. »Er hat den Charakter meiner Frau geerbt.«

»Was geschieht, wenn früher oder später alles ans Tageslicht kommt?«

»Machen Sie sich darüber keine Gedanken, mein Sohn ist Anwalt.«

Wir lachen beide.

»Bis dahin haben wir alles in die Wege geleitet«, sagt er.

»Henry, wenn das herauskommt, wird man mich einsperren.«

»Keine Sorge, Ihnen passiert schon nichts.«

Ich beiße mir auf die Unterlippe.

»Was ist mit Ihnen? Kriegen Sie etwa Angst? Wo ist die Meisterin der Tarnung?«

»Ich wußte nicht ...«

»Sie können jetzt nicht aufhören. Sie sind bereits Teil des Unternehmens. Sie sind meine Komplizin.«

»Das kann man wohl sagen ...«, seufze ich.

»Ich würde Ihnen als Honorar den ›Artisten‹ schenken, nur leider gehört er mir nicht«, lacht er.

»Lassen Sie die Witze.«

»Sie sind meine Verbündete.«

Ich sinke auf meinem Stuhl zusammen und vergrabe den Kopf in meinen Händen.

»Was ist mit Ihnen?« fragt Henry erschrocken. »Wollen Sie mehr Honorar?«

»Das ist es nicht«, schüttle ich den Kopf.

»Was ist es dann?«

»Es ist nur … daß … ich dachte, endlich einen einigermaßen normalen Job gefunden zu haben.«

Der Dieb und der Tod

Einige Tage später flüstert Henry: »Erzählen Sie mir etwas.«

»Was wollen Sie hören?« flüstere ich zurück.

»Die Sterne«, sagt er stimmlos und deutet nach oben.

»Erzählen Sie mir, was mich dort oben erwartet.«

Ich erzähle ihm von den Sternen und Himmelskörpern, die die Griechen einst »planetes«, »Umherirrende«, nannten, weil sie in unregelmäßigen und unbegreiflichen Bewegungen durch die Sternbilder des Tierkreises am Himmel des Altertums wanderten. Ich erzähle ihm von dem silbernen, fernen Bogen der Milchstraße, der Hunderte von Millionen anderer Sonnen beherbergt, dem Sonnenwind und seinen aufleuchtenden Polarlichtern, hohen Wolken aus Eiskristallen, dem Sonnensturm, der eines Tages in wenigen Augenblicken die Atmosphäre, die Ozeane verdampfen und die Berge und Kontinente der Erde verbrennen wird, während ich sehe, wie sein Atem schwächer und schwächer wird. Er schaut mich an, ohne mich wirklich zu sehen, doch plötzlich versucht er, meine Hand zu drücken. Ich lehne mich näher zu ihm, er will mir etwas sagen. Er ringt um jedes Wort und sagt: »Der Himmel ist eine braune Tüte aus Papier.«

Ich habe nicht die geringste Ahnung, was er damit meinen könnte.

Ich halte seine Hand. Sie ist noch warm, als sein Puls zu schlagen aufhört.

Über uns klappert Frau Buschkow mit dem Geschirr. Draußen vor dem Fenster hüpfen ein paar wintermüde, ausgehungerte Vögel, verdorrte Gräser in den Schnäbeln. Nur Henry schläft den Schlaf der Ewigkeit.

Ich überlege, was ich zuerst machen soll. Frau Buschkow holen oder Henrys Sohn anrufen? Ich fürchte mich vor dem Tumult, der dann losbrechen wird und den schönen, stillen Gesichtsausdruck auf Henrys Gesicht zerstören könnte. Der Arzt hatte seinen Tod für die Nacht zuvor prophezeit. Sie haben die ganze Nacht bei ihm gesessen. Am frühen Morgen schlug Henry als erster die Augen auf und verlangte nach einem Glas Champagner. Der Arzt sagte: »Ihr Vater hat ungeheure Lebenskraft. Sein Herz ist stark.«

Die Krankenschwester war noch eine Weile geblieben, um mit Henry zusammen dem Morgengesang der Vögel zu lauschen, während Arthur und seine Familie sich schlafen legten. Dann setzte ich mich zu Henry. Später sind sie in die Stadt gefahren, um Verwandte am Flughafen abzuholen. Sie werden sich ärgern, daß ausgerechnet ich ihn als letzte lebend gesehen habe. Ich befreie Henry von der Infusionsflasche. Jetzt bin ich hier fehl am Platz, er gehört seiner Familie, seinen Verwandten. Ich sollte jetzt gehen.

»Schlaf schön, mein liebes Ekel, vergiß mich nicht, dort, wo du nun bist«, flüstere ich und küsse seine Stirn. Wie betäubt taumle ich die Stufen hinauf zu Frau Buschkow, die sich vor mir erschreckt und eine Glasschüssel fallen läßt.

Braune Tüte aus Papier

In rasender Geschwindigkeit reihen sich die Ereignisse zwischen Tränen und Klagerufen, Telefonaten und Geschäftigkeit aneinander. Freunde und Verwandte werden informiert, das Begräbnis wird organisiert, Gespräche mit dem Testamentsvollstrecker in die Wege geleitet, Blumen werden bestellt usw. Alles verläuft so, wie es Henry spottend vorausgesehen hatte.

Bevor seine heimliche Leidenschaft ans Licht kommt, sehe ich zu, daß ich alle Unterlagen, Inventarlisten, Fotos, Kataloge, Briefe und Notizen aus dem Keller hinausschaffe und verschwinde. Wie oft hatten wir bei dem Gedanken an den Gesichtsausdruck seiner Angehörigen gelacht, wenn sie erführen, daß Henrys Sammlung zusammengestohlen und er einer der größten Kunsträuber der Welt war.

Bei seinem Begräbnis bin ich nicht dabei. Ich wurde nicht eingeladen. Ich wäre aber ohnehin nicht hingegangen. Das ist eine Angelegenheit für die Familie und enge Freunde.

Einmal muß ich nach seinem Tod noch in das Haus zurück, um die Kontaktabzüge der Fotos zu holen, die ich von den Gemälden gemacht hatte. Sie kamen in unsere selbstgebastelten Kataloge. Henry bat mich, nichts außer den Gemälden im Keller zurückzulassen – keine Notiz, keine Anmerkung, kein Foto – und alles bei mir zu behalten, bis sich seine Freunde in London um die Sammlung kümmern würden. Er drängte mich auch, den Umschlag mit dem Geld zu holen, den er in einer Schublade für mich bereithielt, falls er vorzeitig den Verstand verlöre, wie er sagte, und es versäumen sollte, mich auszuzahlen. Auch diesen Umschlag hatte ich vergessen, als ich Henry seiner trauernden Familie überließ.

Ich bin nervös, hoffe, daß Frau Buschkow die Tür öffnen und mir keine Fragen stellen wird. Zu meinem Schrecken höre ich Elviras Stimme über die Gegensprechanlage.

»Was für eine Überraschung! Selena, meine Liebe, was kann ich denn für Sie tun?« zwitschert sie und stellt sich in die Tür.

»Ich habe unten etwas vergessen.«

Sie lächelt mich an. Ihre Augen sind kalt.

»Etwas vergessen?« wiederholt sie spöttisch.

Ich nicke und schlucke.

»Was ist es denn?« fragt sie mich im Ton einer bösen Kindergärtnerin, der die Bestrafung der Kinder eine besondere Lust bereitet.

»Einen Notizblock von mir.«

Elvira rührt sich nicht.

»Ich würde gerne kurz nach unten gehen und meine Sachen holen.«

»Was denn für Sachen? Ich dachte, es sei nur ein Notizblock?« Nun klingt sie wie eine Polizeiinspektorin beim Verhör.

»Lassen Sie mich bitte hinein«, dränge ich, doch sie hat die Arme verschränkt und versperrt mir den Weg.

»Hören Sie zu, Selena, es ist besser, Sie gehen jetzt. Meinen Sie nicht, daß Sie meinen Schwiegervater zur Genüge ausgenommen haben? Sie haben dem Alten völlig den Kopf verdreht. Sie mit Ihrer Unschuldsmiene. Ich habe Sie von Anfang an durchschaut. Sie haben es auf sein Geld abgesehen. Sie und ihr Freund, dieser Betrüger, dieser Gigolo, Ihr Dimitri Poroschin, was sollte man von dem auch anderes erwarten?«

»Ist Ihr Mann da?« frage ich.

»Willst du ihn auch noch um den Finger wickeln?« knurrt sie jetzt wie ein Raubtier, das zum Sprung ansetzt.

»Oder Frau Buschkow?«

»Es ist niemand da«, erwidert mir Elvira siegessicher. »Nur ich allein.«

Ich gebe nicht auf und bleibe stehen.

»Verschwinden Sie dahin, wo Sie hingehören«, zischt sie in unnachahmlichem pizzicato.

»Elvira? Was ist da unten an der Tür los?« höre ich jetzt Arthurs Stimme aus dem oberen Stock.

»Ich bin es, Herr Kahn! Selena!« rufe ich erleichtert.

»Selena, schön, Sie zu sehen! Kommen Sie doch herein!« Arthur kommt die Treppe herunter.

»Was führt Sie zu uns?« fragt er mich.

Elvira sieht mich haßerfüllt an.

»Ich habe unten etwas vergessen«, sage ich und ergreife meine letzte Chance.

»Wenn Sie etwas vergessen haben, das Ihnen gehört, dann müssen Sie es sich holen.« Sein Lächeln ist freundlich.

»Danke«, sage ich schnell und schlüpfe an Elvira vorbei in den Keller.

Mit Henry ist alles Leben aus dem Keller entwichen. Alles ist starr und aufgeräumt, und sogar die Bilder sehen mich leblos an. Bis jetzt scheint sie niemand angerührt zu haben. Ein jedes hängt an seinem Platz. Hinter meinem Rücken höre ich Elviras Schritte. Unter ihren Blicken suche ich in den Papieren nach den Kontaktabzügen. Als sie einmal nicht hinsieht, falte ich sie schnell zusammen und stecke sie in meine Tasche. Dann suche ich nach dem Umschlag mit dem Geld. Doch alle Schubladen sind sorgfältig ausgeräumt. Ich hätte Henry bitten sollen, mich im voraus zu bezahlen. Schnell sage ich: »Vielen Dank, Elvira, ich habe alles. Auf Wiedersehen. Ein schönes Leben noch!«

Voller Häme lacht sie mich jetzt an: »Na? Hat man für Sie nichts mehr übriggelassen?«

»Seien Sie vorsichtig, mit Ihrer Bösartigkeit verstrahlen Sie sonst noch ganze Landstriche. Ihr Gesicht leuchtet schon giftgrün«, fauche ich und laufe rasch die Treppen hinauf und aus der Haustür.

»Bleiben Sie noch einen Moment, Selena, warten Sie«, ruft mir Arthur aus dem offenen Fenster hinterher. »Ich muß Sie etwas fragen!«

Aber ich bin schon auf der Straße.

»Ich muß weg, Herr Kahn, ich rufe Sie an!« schreie ich zurück und winke ihm zum Abschied.

Ich erledige den Rest meiner Aufgabe, verschicke Henrys letzte Briefe und die selbstgebastelten Kataloge, wie er es sich gewünscht hatte. Einen nach London an einen Galeristen, einen nach Marseille an einen Anwalt, drei nach Los Angeles, einen nach Argentinien zu Henrys Jugendfreund, die restlichen an Museumsdirektoren, Kunstsenatoren und Kulturminister. Alle Unterlagen, die mit der Sammlung im Zusammenhang stehen, lege ich in ein Schließfach am Bahnhof Zoo. Den Schlüssel stecke ich in einen Umschlag und verschicke ihn an Arthurs Kanzlei. Damit ist meine Arbeit vollbracht. Mehr kann ich nicht tun. Möge die Ausstellung eines Tages, wenn die Aufregung vorbei ist, von den richtigen Leuten ohne große Schwierigkeiten organisiert werden und um die Welt reisen, so wie Henry es sich gewünscht hat. Seine Ausstellung: »Gestohlene Kunst«.

Rattenjagd

Ich muß zusehen, daß ich von hier verschwinde. Ich werde meine Telefonnummer ändern müssen. Ich will mich auch nicht mehr lange in der »Sansibar« sehen lassen. Das allein schon wird mir, auch ohne Aussicht auf einen anderen Job, ein großes Vergnügen sein. Am liebsten würde ich dort nie wieder hingehen, doch ich muß noch zweimal auftreten, dann ist Monatsende, und ich bekomme mein Geld. Danach werde ich verschwinden, beschließe ich, als ich an diesem Abend zur »Sansibar« laufe.

Mein vorletzter Abend verläuft reibungslos. Gegen ein Uhr nachts füllt sich das Lokal, wie meistens am Wochenende. Eine kleine Gruppe von Männern tröstet einen gemeinsamen Freund, der gerade von seiner Frau verlassen wurde.

»Andere Mütter haben auch schöne Töchter!« ermuntert ihn einer seiner Freunde feuchtfröhlich und zeigt auf uns tanzende Mädchen. Doch er läßt nur seinen Kopf auf den Tresen fallen und vergräbt das Gesicht in den Armen.

Wie immer kurz vor meinem letzten Auftritt rufe ich Syrus an und frage, ob er mich abholen kommt. Er ist in Eile.

»Ich habe gleich eine Fahrt zum Flughafen Schönefeld. Ich beeile mich. Vielleicht schaffe ich es aber heute nicht.«

»Das macht überhaupt nichts, Syrus, ich nehme den Nachtbus.«

»Nein, warte, falls wir uns nicht erreichen sollten, warte noch etwas vor der »Sansibar« auf mich. Aber warte nicht länger als zehn Minuten.«

Klaus hat heute abend beschlossen, uns ausschließlich in rotem Licht vor die Leute zu schicken. Charly zieht die blauen, grünen und gelben Folien aus den Scheinwerfern.

Das rote Licht mache uns abgemagerte, leichenblasse Ziegen runder und etwas feuriger, meint er. Wir fühlen uns einmal wie in der Dunkelkammer eines Fotolabors, einmal wie auf einer Hühnerfarm, auf der man die Eier und Küken mit Rotlicht bestrahlt. Während meines Auftritts freue ich mich über die wenigen noch verbleibenden Stunden an diesem verhaßten Ort und daran, wie ich die Tür zu diesem Schuppen für immer hinter mir schließen werde. Während mein Körper über den Köpfen der Männer tanzt, denke ich daran, daß ich die Gesichter dieser armseligen Kreaturen nie wieder sehen werde. Ich lasse meinen Blick achtlos über die Menge schweifen, schließe kurz die Augen. Öffne sie erneut. Der Schreck fährt mir in die Glieder. Hinten, versteckt in der Menge, sehe ich das breite Gesicht der Bulldogge.

Mein erster Gedanke ist, von der Bühne zu springen und um mein Leben zu rennen. Aber ich entscheide mich anders. Ich tanze die Nummer zu Ende, gehe ab wie üblich und versuche, mir nichts anmerken zu lassen. Dann ziehe ich mich um, so schnell ich kann, packe meine Sachen und renne, ohne mich von den Mädchen zu verabschieden, zum Hinterausgang hinaus. Mit rasendem Herzschlag laufe ich in den Hof. Ich hoffe von ganzem Herzen, Syrus' Taxi zu finden. Doch er ist nicht da und geht auch nicht ans Telefon. Die Straße ist leer. Zur Bushaltestelle sind es fünf Minuten. Hinter mir höre ich das Quietschen der schweren Eisentür vom Hinterausgang. Ich drehe mich um. Es ist die Bulldogge. Ein Wagen hält vor der Sansibar. Durch das halboffene Wagenfenster leuchtet eine Halbglatze, umringt von einem dunklen Haarkranz. Die Wagentür springt auf und das Rattengesicht auf die Straße. Ich verstecke mich in der Durchfahrt hinter dem Kellereingang, wage es kaum zu atmen. Mit zitternder Hand wähle ich noch einmal Syrus' Nummer. Besetzt. Ich spähe um die Ecke. Sehe, wie die Bulldogge herumirrt und nach mir Ausschau hält wie ein Spürhund. Wenn ich jetzt losrenne, wird er mich bemerken. Er bewegt sich in meine Richtung, ich ziehe den Kopf zurück. Er sucht alles nach mir ab, klappt selbst die Deckel der

Müllcontainer auf. Dann höre ich plötzlich das Geräusch eines laufenden Motors. Das Rattern ist mir vertraut. Ich wage wieder einen Blick aus meinem Versteck, schaue auf die Straße. Dort steht auf einmal Syrus' alter, beigefarbener Benz. Ich fasse mir ein Herz und renne los. Mit einem Sprung aber hat mich die Bulldogge geschnappt. Er hält mich fest. Ich schreie und ramme ihm mein spitzes Knie in die Hoden. Er heult auf vor Schmerz, läßt mich los und krümmt sich. Ich rapple mich hoch und renne. Als ich das Taxi erreiche, läßt sich die Tür nicht öffnen. Es dauert eine Ewigkeit, bis der verwunderte Syrus die Kindersicherung aufhebt. Ich reiße die Tür auf, springe auf die Rückbank und schreie: »Fahr! Fahr! Fahr schnell! So schnell du kannst!«

Syrus, überrascht und verwirrt, wirft die Zeitung weg, legt einen Gang ein und rast los.

»Was ist passiert?« fragt er mich erstaunt, während wir am Güterbahnhof vorbeirasen.

»Sie sind hinter mir her!« Durch die Heckscheibe sehe ich, wie die humpelnde Bulldogge und das Rattengesicht in Sokolovs Wagen springen und die Verfolgung aufnehmen.

»Wer ist hinter dir her? Was ist passiert? Was soll ich tun?« fragt mich Syrus, während er am Lenkrad kurbelt wie ein Rennfahrer.

»Versuch sie abzuhängen!« stammle ich verzweifelt und krame in meiner Tasche. »Verdammt, ich kann sie nicht finden.« Ich kippe die Tasche aus, schütte den gesamten Inhalt auf die Rückbank.

»Wer verfolgt dich? Was suchst du?«

»Irgendwo hier muß sie sein.«

»Was denn?«

»Die Visitenkarte des Polizisten.« Ich wühle weiter, Papiertaschentücher, Ansichtskarten, Notizzettel, Schlüssel, Bürsten, Lippenfarben und Kämme.

»Jetzt sind sie direkt hinter uns.«

Eine Sekunde später biegt Syrus scharf um die Kurve und rast durch eine Seitenstraße. Ich schlage mit dem Kopf gegen den Vordersitz.

»Mist«, flucht er und blickt in den Rückspiegel. Sokolovs Auto ist noch immer hinter uns.

»Ich habe sie! Ich habe sie!« Ich halte die Visitenkarte des Polizisten ins Laternenlicht, fische mein Handy aus der Jackentasche und wähle seine Nummer.

»Hallo?« klingt es verschlafen am anderen Ende. Ich habe Oliver aus dem Bett geholt.

»Sie sind hinter mir her!« schreie ich zusammenhanglos, »sie fahren ganz dicht hinter uns her!«

»Wer? Wer spricht da?« fragt die belegte Stimme.

»Sokolov! Ich sollte dich anrufen! Sie sind hinter mir her!« Ich kippe auf die andere Seite der Rückbank, da Syrus wieder eine scharfe Kurve nimmt.

»Okay. Alles klar. Wo bist du?« Oliver ist jetzt hellwach.

»Syrus, wo sind wir?«

»Moritzplatz«, erwidert er knapp.

»Moritzplatz! Ich bin in einem Taxi!«

»Gut. Gut, versucht, sie dranzuhalten. Fahrt zurück Richtung Hallesches Ufer. Was für einen Wagen fährt Sokolov?«

Ich blicke durch die Heckscheibe.

»Keine Ahnung – BMW. Dunkel! Schwarz!«

»Fahrt immer Richtung Hallesches Ufer. Ich rufe meine Kollegen von der Bereitschaft. Sie werden euch abfangen. Ich bin gleich da.«

»Wo sollen wir hin?« fragt mich Syrus angestrengt. Sokolovs Wagen hängt fast an unserer Stoßstange.

»Hallesches Ufer.«

Syrus nickt und tritt aufs Gaspedal.

»Vielleicht sagst du mir jetzt, wer diese Herren hinter uns sind?«

»Russen«, antworte ich schnell und blicke durch die Heckscheibe direkt in das bebrillte Steuerberatergesicht.

»Irgendwelche Russen, die irgend so ein Mädchen irgendwohin, wegen irgend etwas durch die Stadt jagen?« fragt Syrus bitter lachend, während er mit quietschenden Reifen das Kottbusser Tor hinter sich läßt.

»Ja, so ungefähr«, ich blicke suchend durch das Fenster. Noch nie in meinem Leben habe ich mich so auf den Anblick eines Polizeiwagens gefreut. Vergebens. Es ist wenig Verkehr auf den Straßen. Wir rasen an ein paar Autos vorbei, Sokolovs Wagen immer dicht hinter uns.

»Paß auf!« schreie ich, vom Schrecken gepackt.

Sokolovs Wagen schert plötzlich ruckartig aus, zieht auf die rechte Fahrspur und jagt neben uns her. Ich blicke zur Seite und sehe alle meine Verfolger.

»Sie werden uns umbringen. Syrus, wir schaffen es nicht.«

Er will mir etwas sagen, doch in diesem Augenblick spüren wir einen heftigen Stoß. Sie haben uns gerammt und um ein Haar von der Straße gedrängt. Syrus' Augen sind weit aufgerissen, und er tritt das Gaspedal durch bis zum Anschlag. Wieder spüren wir einen heftigen Stoß. Die Räder donnern gegen die Bordsteinkante. Syrus brüllt mich an: »Verdammt! Wo ist jetzt dein Freund, der Polizist?«

»Keine Ahnung!«

»Bei der nächsten Brücke fahre ich ab!« Syrus flucht in seiner Muttersprache und steuert das Auto scharf nach rechts. Ich verstumme. Irgendwo in Fahrtrichtung sehe ich Blaulicht. Wären wir nur noch ein Stück geradeaus gefahren.

»Syrus, da vorne war die Polizei.« Ich zerre an seinem Ärmel.

Er rast durch enge Seitenstraßen. Er kennt die Stadt im Schlaf. Ich habe die Orientierung verloren. Es dauert eine Ewigkeit, bis wir die Blaulichter wieder vor uns haben. Dann geht es sehr schnell. Syrus macht eine Vollbremsung, und Sokolovs Wagen knallt gegen unsere Stoßstange und schiebt uns ein Stück vorwärts. Vor uns steht ein Streifenwagen quer. Das kreiselnde Blaulicht wirft Schatten auf unsere Gesichter.

Die Polizisten haben hinter ihrem Wagen mit gezogenen Waffen Stellung bezogen. Dann hören wir einen Schuß. Von ferne heulen die Sirenen weiterer Einsatzfahrzeuge. Doch die Polizisten warten nicht auf Verstärkung.

»Nach alldem hier brauche ich Taronas Tabletten«, flüstert Syrus, und ich bin mir nicht sicher, ob er einen Witz machen will.

»Wir haben es gleich geschafft«, versuche ich ihn zu beruhigen. Heulend fahren Streifenwagen und vergitterte Polizeibusse vor. »Gleich ist alles vorbei.«

Ein weiterer Schuß fällt. Syrus sitzt blutend auf dem Fahrersitz.

Freunde und Helfer

Jemand leckt an meiner linken Hand. Ich schrecke hoch. Der dicke, alte Schäferhund wedelt mit dem Schwanz. Jemand hat sein Ohr angebissen. Mit meiner feuchten Hand fahre ich vorsichtig durch sein Fell, blicke mich um, wünschte, ich wüßte, wo ich mich befinde. Zusammenhangslos, jedoch in gestochen scharfen Bildern jagen die Geschehnisse der letzten Nacht durch meinen Kopf. Syrus! geht es mir durch den Kopf. Ich springe von der ausziehbaren Couch, suche meine Tasche. Mein Kopf und mein Rücken schmerzen. Ich laufe durch das Zimmer. Der dicke Hund trottet mir hinterher. Die Dachgeschoßwohnung ist winzig. Ich finde meine Tasche und Oliver im Flur. Er lächelt zu mir herab. Ein hübsches blondes Mädchen hat ihren Kopf an seine Brust gelehnt. Neben den beiden glänzen zwei bunte Motorräder. Das Foto bedeckt die halbe Wand. Ich wühle in meiner Tasche nach dem Telefon, der Hund fängt an zu schmatzen und anschließend schneller mit dem Schwanz zu wedeln, dann legt er sich neben mich, und ich tätschle seinen warmen Kopf.

»Was nun?« frage ich das Tier.

Er hebt nur die Ohren. Ich bleibe eine Weile neben ihm sitzen. Mein einziger Gedanke gilt Syrus. Ich wähle seine Nummer, anschließend Taronas. Nichts. Die Eingangstür ist versperrt. Im Türschloß steckt kein Schlüssel. Ich stelle mich in Olivers Badezimmer unter die Dusche. Die Schnittwunden an meinen Armen brennen. Auf meinem Kopf sind die Haare verklebt. Ich streife mir einen Bademantel über, auf dem »Zuckerschnecke« steht. In Olivers Küche koche ich starken Kaffee und füttere den Hund mit Cornflakes. Dann springen wir beide ruckartig auf. Ein Schlüssel hat sich im Schloß gedreht. Es ist Oliver. Er setzt sich zu uns, und auf meine dringliche Nachfrage beginnt er mit seiner Schilderung der gestrigen Ereignisse dort, wo meine Erinnerung aufhört. Ich erfahre, daß Syrus mit einer Schußverletzung ins Krankenhaus eingeliefert worden ist, erfahre aber nicht, in welches. Er erzählt mir, daß er entgegen jeder Regel mich hinter dem Rücken seiner Kollegen aus dem Auto geschmuggelt hat, um mich bei sich zu verstecken. Er hätte so etwas noch nie gemacht, sagt er. In seinen zinngrauen Augen sehe ich Angst.

Ich stehe in den Kleidern seiner Freundin im Flur und verabschiede mich von »Pelé«. Er reicht mir die Pfote. Oliver gibt mir vierundzwanzig Stunden, die Stadt zu verlassen. Ich verschweige ihm, daß ich nicht weiß, wohin. Ohne Geld. Als ich die Wohnungstür öffne, steht die Luft still und trägt noch den Geruch des vergangenen Tages. Ich gehe aus dem Haus, folge einfach der eilenden Menschenmasse. Am Zeitungsstand lese ich die Schlagzeile: »Schußwechsel am Kottbusser Tor. Berliner Polizei faßt gefährliche Verbrecherbande.«

Ich irre den ganzen Tag durch die Stadt. Gegen Abend, nach unzähligen Versuchen, erreiche ich Tarona. Sie kommt aus dem Krankenhaus, erzählt, Syrus sei operiert worden, die Kugel aus seiner Schulter entfernt, er könne bald wieder nach Hause zurück. Ich sage: »Tarona, verzeih mir …«

Sie antwortet: »Ich gehe jetzt schlafen, ich bin seit achtundvierzig Stunden wach«, und legt auf.

Die Luft ist lau und mild. Der staubige Asphalt riecht nach dem ersten Frühlingsregen. Die Menschen haben leichte Kleidung aus ihren muffigen Schränken gezogen und sich übergestreift. Der Wind spielt mit den Röcken der Mädchen. Die Männer, von so viel unverhoffter Blöße überwältigt, setzen ihnen nach. Niemand will in einer solchen Nacht alleine bleiben.

Auch die Erde riecht nach Regen, der alles Schlafende erneut zum Leben erweckt. Es ist mir unerträglich, dieses frivole Frühlingserwachen, all die Leichtigkeit erstickt mein Herz. Über mir ein wolkenloser Himmel aus schwarzem Samt, von dem die Sterne herableuchten, jeder für sich von unerreichbarer Schönheit und unerreichbarem Frieden. Dort ist meine Großmutter, und da ist Urs und dort drüben Ariane, und da hinten sehe ich zwei Sterne: meine Eltern, und dort meinen Großvater, und da dieser silbern flammende Fleck etwas abseits von allen, das bist du, Henry, mein Freund. Der Himmel ist eine braune Tüte aus Papier. Was auch immer du damit gemeint haben könntest. Ich wünschte, du wärest hier.

Ich halte mein Gesicht in den Regen. Regen wischt Tränen weg. Metallisch spitze Töne dringen aus meiner Jakkentasche. Mein Telefon läutet. Ich erwarte keinen Anruf, möchte mit niemandem sprechen, irgendwann ist es verstummt. Ich laufe immer weiter, vorbei an knospenübersäten Sträuchern und Bäumen und hell erleuchteten Lokalen, deren fröhliche Gäste draußen sitzen, das erste Mal in diesem Jahr. Ich will nur weg von hier. Für immer.

Wieder läutet es und wieder, und ich lasse es klingeln, bis schließlich meine Hand in die durchnäßte Jackentasche taucht und es herausfischt, das schrillende Gerät.

»Hallo? Hallo? Selena? Sind Sie es«? Höre ich eine aufgeregte Stimme.

»Ja«, sage ich leise.

»Selena, hier ist Frau Buschkow, es ist schon eine Weile her, erinnern Sie sich an mich?«

»Ja, natürlich erinnere ich mich.«

»Selena, der junge Herr Kahn ließ mich die Sachen seines Vaters zusammenpacken, persönliche Sachen. Das Haus wird verkauft. Das ist ja eine Geschichte mit den Bildern im Keller. Henry Kahn, der alte Gauner! Aber deswegen rufe ich nicht an. Hören Sie zu, ich habe etwas gefunden. Eine zusammengeknüllte Papiertüte. Mit Klebeband verklebt. Ich weiß nicht, was drin ist, aber draußen drauf steht Ihr Name, ganz groß: ›Für Selena‹. Wollen Sie es sich holen?«

»Ich wüßte nicht, was es sein könnte, ich habe mit alldem nichts mehr zu tun.«

»Ich kann sie doch nicht einfach wegwerfen. Warum kommen Sie nicht vorbei und holen sie ab? Ich kann ohnehin nicht schlafen. Kommen Sie! Ich freue mich, Sie zu sehen.«

Ich fahre in einem leeren Bus nach Schmargendorf. Die Straße, in der Frau Buschkow wohnt, ist ein Bild von beruhigend kleinkarierter Umgebung. Die Wohnblöcke, die Rasenflächen der Vorgärten entsprechen einem perfekten geometrischen Muster, ebenso wie die kleine Wohnung, die sie mit ihrem Mann teilt. Sie empfängt mich herzlich, besteht darauf, daß ich etwas esse. Ihr Mann löst im Wohnzimmer ein Preisrätsel. Als sie von Hendrik und seinem Haus spricht, weint sie.

Dann lacht sie: »Er hat uns alle zum Narren gehalten«, und drückt mir zum Abschied ein zerknittertes Papierknäuel in die Hand, auf dem ich Henrys krakelige Schrift erkenne.

Ich gehe wieder hinaus in die laue Nacht. Über mir derselbe wolkenlose Himmel aus schwarzem Samt, die hell strahlenden Sterne. Ich blicke zu dem einen, kleinen, demjenigen, der silbern flimmert, hole das verklebte Papierknäuel aus meiner Tasche und versuche es zu öffnen. Ich zerreiße das Papier und stoße auf einen kleinen, schwarzen Beutel und einen Briefumschlag. Ich öffne ihn und lese in Henrys Schrift, die mich an herausgerissene Fliegenbeine erinnert:

Liebe Selena, Ihre Sterne kann ich Ihnen nicht vom Himmel holen, aber diese hier werden Ihnen vielleicht die Erde ein wenig erträglicher machen. In Liebe, Ihr Henry

Als ich an der Schnur ziehe und den Beutel öffne, erblicke ich darin fünf schillernde Diamanten, die wie phosphoreszierende Tieraugen im fahlen Licht der Straßenlaternen ihr helles Feuer versprühen.

Die Suche nach dem guten Wind

Und es ist wieder diese Unruhe, die in mir hochsteigt und den Drang wachruft, erneut aufzubrechen, um nach dem »guten Wind« zu suchen. Ohne Land- oder Sternenkarte, allein mit der Hoffnung auf einen Ort, irgendwo draußen in einem Landstrich, der mich anziehen und beherbergen wird; ein Ort, den ich verehren und verteidigen will, bis ich seiner überdrüssig werde und er mich wieder abstößt, mich, das fremde Element. Ich sitze in einem kleinen Café am Flughafen und schreibe diese Zeilen. Zeilen, die ich liegenlassen werde, sobald mein Flug aufgerufen wird. Ich will keine unnötigen Dinge mitnehmen auf meine Reise, keine unnötige Last, falls es da, wohin ich gehe, keine Taxis gibt.

Selim Özdogan
Die Tochter des Schmieds
Roman
320 Seiten. Gebunden
ISBN 3-351-03039-8

»Özdogan beherrscht die Leichtigkeit des Schreibens.«

NÜRNBERGER ZEITUNG

Voller Wärme und Poesie erzählt Selim Özdogan die Geschichte vom Mädchen Gül, das nicht nein sagen konnte. Sie wächst in einem anatolischen Städtchen auf, verläßt die Schule ohne Abschluß, heiratet einen Mann, den sie nicht liebt, und folgt ihm ohne Hoffnung nach Deutschland. Gül ist zwar klein, aber stark, vor allem jedoch kann sie lieben und weiß, daß man sich von nichts schrecken lassen darf.

»Ein ernstzunehmender Chronist seiner Generation.«
SÜDDEUTSCHE ZEITUNG

Von Selim Özdogan als Taschenbuch (eine Auswahl):
Ein gutes Leben ist die beste Rache. Stories. AtV 1479
Ein Spiel, das die Götter sich leisten. Roman. AtV 1991
Mehr. Roman. AtV 1721
Nirgendwo&Hormone. Roman. AtV 1969
Trinkgeld vom Schicksal. Geschichten. AtV 1917

aufbau
VERLAG

Weitere Informationen über Selim Özdogan erhalten Sie unter www.aufbau-verlag.de oder in Ihrer Buchhandlung

Richard Wagner
Habseligkeiten
Roman
281 Seiten. Gebunden
ISBN 3-351-03027-4

»Ein Autor, den Sie unbedingt entdecken sollten.« ELKE HEIDENREICH

Richard Wagner beschreibt karge und traumhafte Landschaften, erzählt von Verrat und Korruption zu allen Zeiten und setzt den Menschen einer aussterbenden Familie mit diesem Roman ein wunderbares Denkmal. Indem er Gegenwart und Vergangenheit auf brillante Weise verschränkt, zeigt er uns das Leben in seinem ganzen Ausmaß, als komisches und trauriges Schauspiel.

»Wagner ist ein hervorragender Erzähler, er schreibt pointiert, humorvoll, beklemmend, mit wenigen Sätzen schafft er Atmosphäre.« BERLINER ZEITUNG

Von Richard Wagner als Taschenbuch lieferbar:
Ausreiseantrag, Begrüßungsgeld. Erzählungen. AtV 1815
Miss Bukarest. Roman. AtV 1951

aufbau VERLAG

Weitere Informationen über Richard Wagner erhalten Sie unter www.aufbau-verlag.de oder in Ihrer Buchhandlung

Matthew Sharpe
Eine amerikanische Familie
Roman
Aus dem Amerikanischen
von Verena von Koskull
336 Seiten. Gebunden
ISBN 3-351-03020-7

»Matthew Sharpe trifft das heutige Amerika ins bittersüße Mark.« DBC PIERRE

Heiter und melancholisch wie der Film »American Beauty« erzählt dieser Roman von den heiklen Banden, die Eltern und Kinder zusammenhalten. »Eine amerikanische Familie« handelt aber nicht nur von den Problemen einer modernen Familie, der Roman spiegelt die große Verunsicherung im heutigen Amerika wider, den Vertrauensverlust in die Obrigkeit und das mentale Leid einer ganzen Nation. Doch in erster Linie erzählt er eine ebenso komische wie rührende Geschichte.

»Zwanzig Verlage lehnten es ab, jetzt ist es das zur Zeit angesagteste Buch: Matthew Sharpes umwerfender Coming-of-age-Roman ›Eine amerikanische Familie‹.«
NEW YORK OBSERVER

»Ein Meister der Ironie.« THE NEW YORK TIMES

aufbau
VERLAG

Weitere Informationen erhalten Sie unter www.aufbau-verlag.de oder in Ihrer Buchhandlung

Noch mehr Herz als Kopf: Junge Literatur bei AtV

TANJA DÜCKERS
Spielzone
Sie sind rastlos, verspielt, frech, leben nach ihrer Moral und fürchten nichts mehr als Langeweile: junge Leute in Berlin, Szenegänger zwischen Eventhunting, Hipness, Überdruß und insgeheim der Hoffnung auf etwas so Altmodisches wie Liebe. – »Ein Roman voller merkwürdiger Geschichten und durchgeknallter Gestalten.«
DER TAGESSPIEGEL
Roman. 207 Seiten. AtV 1694

ANNETT GRÖSCHNER
Moskauer Eis
Voller Erzählfreude hat Annett Gröschner ihre biographischen Erfahrungen als Mitglied einer Familie von manischen Gefrierforschern und Kühlanlagenkonstrukteuren zu Metaphern für das Leben in deutschen Landen vor und nach 1989 verdichtet.
»Ein wunderbares Debüt.« FOCUS
»Ein unbedingt lesenswertes, witziges Schelmenstück par excellence, leicht wie ein Softeis.« ZEITPUNKT
»Ein von Witz sprühender Roman« NEUE ZÜRCHER ZEITUNG
Roman. 288 Seiten. AtV 1828

SELIM ÖZDOGAN
Mehr
Er ist jung, entspannt und verliebt, aber leider pleite. Als ein Freund ihn als Dialogschreiber für Serien unterbringen will, lehnt er ab: keine Kompromisse. Irgendwann jedoch ertappt auch er sich dabei, Zugeständnisse zu machen. Was ist mit ihm passiert, daß er seine Ansprüche an sich selbst aufgegeben hat? – »Eine Studie über das Scheitern und die grenzenlose Lust (ehrlich und aufrichtig) zu leben.«
JUNGE WELT
Roman. 244 Seiten. AtV 1721

EDGAR RAI
Ramazzotti
Rai lebt ein karrierefreies Leben. Als Barpianist hält er sich über Wasser, ansonsten treibt er mit seinen Freunden durch die Berliner Nächte. Aber dann ist er einmal zur falschen Zeit am falschen Ort; zwar rettet er die junge schöne Mila vor ihrem Vergewaltiger, doch er selbst verfällt der Frau mit den zwei verschiedenen Augen ...
Ein erfrischendes und spannendes Buch über die Liebe und das Leben.
Roman. Originalausgabe. 249 Seiten. AtV 1739

Mehr Informationen über die jungen Autoren erhalten Sie unter www.aufbau-verlag.de oder bei Ihrem Buchhändler

AtV